W0406725

ADELE GRIFFIN

DAS UNVOLLENDETE LEBEN DER ADDISON STONE

ADELE GRIFFIN

DAS UNVOLLENDETE LEBEN DER ADDISON STONE

Aus dem Englischen von
Anja Hansen-Schmidt

cbt

Kinder- und Jugendbuchverlag
in der Verlagsgruppe Random House

Für Charlotte Sheedy

MIX
Papier aus verantwortungsvollen Quellen
FSC® C084279

Verlagsgruppe Random House FSC® N001967
Das für dieses Buch verwendete FSC®-zertifizierte Papier
Tauro liefert Sappi, Stockstadt.

1. Auflage
© 2014 Adele Griffin
Published by arrangement with
Soho Press and Rights People, London.
Die amerikanische Originalausgabe erschien 2014 unter dem Titel
»The Unfinished Life of Addison Stone« bei Soho Teen,
an imprint of Soho Press, New York.
© 2015 für die deutschsprachige Ausgabe by cbt Verlag
in der Verlagsgruppe Random House GmbH, München
Alle deutschsprachigen Rechte vorbehalten
Aus dem Englischen von Anja Hansen-Schmidt
Lektorat: Monika Hofko
Umschlaggestaltung: Kathrin Schüler, Berlin
unter Verwendung eines Fotos von © Soho Press
he · Herstellung: kw
Satz: Uhl + Massopust, Aalen
Druck und Bindung: Print Consult GmbH, München
ISBN: 978-3-570-16385-6
Printed in Czech Republic

www.cbt-buecher.de

»Ich brauch' ein hell'res Wort als hell.«

JOHN KEATS

Foto von Addison Stone, mit freundlicher Genehmigung von Lincoln Reed

TAGESZEITUNG FÜR NEW YORK CITY — Montag, 29. Juli

BERÜHMTE KÜNSTLERIN ADDISON STONE STIRBT MIT 18

New York City (AP)
Die Polizei von New York bestätigt, dass sie im Todesfall der Künstlerin Addison Stone die Ermittlungen aufgenommen hat. Die Leiche der jungen Frau wurde am frühen Morgen im East River in der Nähe der Manhattan Bridge aufgefunden. Erste Berichte deuten darauf hin, dass die Tote bei dem Versuch, ein Plakat an die obere Ebene der Manhattan Bridge zu kleben, in den Fluss stürzte.
»Wir standen auf der Brücke und sahen sie fallen«, berichtete Michael Frantin, der mit seiner Frau Ginny anlässlich ihres ersten Hochzeitstags auf der Brücke war. »Sie trug ein silberweißes Kleid. Es ging alles ganz schnell. Wie eine Sternschnuppe.«
Am Abend zuvor war die Künstlerin auf einer Party von Carine Fratepietro gewesen, die auf dem Landsitz der Gastgeberin im Hudson Valley stattfand. Nach einem Streit mit einem der Gäste hatte Stone das Fest überstürzt verlassen. »Sie war sehr aufgebracht«, erklärte Alexander Norton, ein weiterer Gast, und fügte hinzu, Stone habe eine spannungsreiche Beziehung mit dem Künstler Lincoln Reed geführt, der dafür bekannt ist, politische und soziale Anliegen in seinen Werken zu thematisieren.
Ein Freund der Familie, der nicht genannt werden will, erklärte, Stone, die in Peacedale im Bundesstaat Rhode Island aufgewachsen war, habe öfter davon gesprochen, sie wolle sich umbringen, und sie habe auch mindestens einen Selbstmordversuch hinter sich.

ERICKSON MCAVENA

Lieutenant Keith Buschhueter von der New Yorker Polizei bestätigte, kurz vor 2.30 Uhr am Mittwochmorgen seien mehrere Notrufe bei der Leitstelle eingegangen. Stone sei bewusstlos gewesen und habe nicht reagiert, als der Krankenwagen eintraf, erklärte er weiter und fügte hinzu, die Ermittlungen seien noch nicht abgeschlossen, aber bislang gebe es keine Anzeichen für ein Fremdverschulden. Er beschrieb Stones Tod als einen tragischen, vermeidbaren Unglücksfall. »Offenbar trug sie keinen Klettergurt und hatte auch sonst keinerlei Vorsichtsmaßnahmen für die Arbeiten in einer Höhe von über sechs Metern getroffen«, sagte er. »Es ist nicht auszuschließen, dass sie bewusst so gehandelt hat.«
Stone war nicht nur bekannt für ihre Gemälde, sondern auch für ihre subversiven öffentlichen Kunstaktionen. Ihre Werke wurden über die Berger-Galerien verkauft, doch sie bemalte auch häufig öffentliche Orte wie Brücken, Wassertürme und verlassene Gebäude. Am bekanntesten ist vermutlich das kontroverse *Project #53*, für das sie im Frühling dieses Jahres ihr eigenes Porträt aus dem Whitney-Museum stahl.
Addison Stone erhielt unter anderem das W.-W.-Sadtler-Stipendium und auch ein Stipendium der Maynard-Stiftung für das Studium an einer Kunsthochschule, erklärte ihr Vater Roy Stone der *New York Daily News*. Ihre Arbeiten wurden in Galerien und Museen in New York, Los Angeles, Europa und Asien ausgestellt. »Meiner Tochter standen sämtliche Möglichkeiten offen«, sagte Stone. »Ich warte die ganze Zeit darauf, dass sie anruft und sagt, das Ganze sei nur wieder so ein verrückter Stunt von ihr gewesen.«

»Wer hat unserem Schmetterling die Flügel gebrochen?«: Die Titelgeschichte der Zeitschrift *Art & Artists* über Addison Stone war die meistverkaufte Ausgabe in der Geschichte der Zeitschrift.

PROLOG

ICH BEGEGNETE ADDISON STONE nur ein einziges Mal. Sie hatte sich als Erstsemester in meinem Schreibseminar am Pratt Institute, einer sehr angesehenen Kunsthochschule, angemeldet. Es waren nur noch sechs weitere Studenten in dem Kurs und als Gastdozentin war ich froh über so eine kleine Gruppe. Eine Viertelstunde nach Beginn der ersten Seminarstunde ging ich davon aus, dass der oder die »A. Stone« auf meiner Liste bestimmt nicht mehr auftauchen würde. Daher war ich etwas verärgert, als kurz darauf ein Mädchen ganz dreist hereinspazierte.

Sie war wunderschön, groß und schlank, mit blasser Haut, dunklen Augen und mit zwei Zöpfen, die ihr über die Schultern hingen wie zwei schwarze Seile. Nur die Narben an ihren Handgelenken waren ein etwas verstörender Anblick. Sie sagte nichts, entschuldigte sich auch nicht für die Verspätung. Noch bezeichnender war jedoch, dass sie den einzigen leeren Stuhl so weit zurückschob, dass er sich außerhalb des Stuhlkreises befand, den ich vorbereitet hatte. Sobald sie saß, ließ sie ihre farbbekleckten Arme sinken, als würde sie sie nicht mehr brauchen.

Wir waren mitten in der Vorstellungsrunde und fingen ihr zuliebe noch einmal von vorn an. Jeder im Kreis sagte ein paar Sätze darüber, wer er war und woher er stammte. Als Addison an der Reihe war, schüttelte sie den Kopf. »Ich bin noch nicht hier«, murmelte sie. Verblüfft schauten die anderen Studenten, wie ich darauf reagieren würde. Was bildete dieses Mädchen sich eigentlich ein? Ich tat gar nichts und dachte: *Jedem von euch wird von diesem Tag nur das Mädchen in Erinnerung bleiben, das sagte, es sei nicht da.*

AM ENDE DER STUNDE gab ich den Schülern die Aufgabe, eine Erinnerung auszuwählen und sie mit der Erzählstimme ihres damaligen Ichs zu beschreiben. Höchstens eine Seite. Der Aufsatz sollte bis siebzehn Uhr am Freitag in meinem Mail-Postfach sein. Um 17.13 Uhr am Freitag traf Addisons Text ein:

Ich komme als Letzte. Ich bin zu spät. Ich ziehe den Stuhl weg, damit ich mich wohler fühle. Ich bin unsichtbar und zur Schau gestellt. Meine Worte bauen eine Mauer um mich. Mein ganzes Leben schon bin ich zwei Menschen – ich bin sie und ich bin ich. Jetzt soll ich einen Moment auswählen. Aber die Vergangenheit ist mir total egal. Warum sollte ich zurückblicken, wo ich doch so rasend schnell vorwärtseile? Ich habe nur Angst, dass ich nicht mit mir Schritt halten kann. Mir rennt fast immer die Zeit davon.

Kurz darauf landete noch eine Mail von ihr in meiner Mailbox:

Hiermit melde ich mich von Ihrem Seminar wieder ab.

Das war's.

Natürlich habe ich sie nie vergessen. Als ich hörte, Addison habe die Kunsthochschule nach nur einem Semester wieder verlassen, war ich enttäuscht, verfolgte aber wie alle in der Fakultät ihre Karriere. Ich jubelte innerlich, als ihr Selbstporträt für die Whitney-Biennale ausgesucht wurde. Ihr Coup *Project #53* faszinierte mich. Und im Juli darauf war sie schon tot. Eine außergewöhnliche

Addison-Doppelgängerin, mit freundlicher Genehmigung von Adele Griffin

Künstlerin mit so viel schöpferischem Potenzial – alles ausgelöscht. Wie traurig und sinnlos.

In der Zeit hatte ich Schwierigkeiten, Ideen für mein nächstes Buch zu entwickeln, und während ich immer mehr über meine ehemalige Schülerin erfuhr, wurde mir klar, dass Addison Stones Leben sämtliche Zutaten für einen Roman mitbrachte. Schließlich hatte ich es Julie Jernigans brisanter Titelgeschichte in der Kunstzeitschrift *Art & Artist* zu verdanken, dass ich in die Gänge kam und tiefer nach der Wahrheit forschte. In »Wer hat unserem Schmetterling die Flügel gebrochen? Die letzten Tage der Addison Stone« deutet sie an, einer der beiden berühmten jungen Männer, mit denen Addison zusammen gewesen war, Zachary Fratepietro und Lincoln Reed, könnte für ihren Tod verantwortlich sein.

Jedes Mal wenn ich den rätselhaften Absatz lese, den Addison für meinen Kurs hastig heruntergetippt hatte, fragte ich mich, ob darin nicht die Bitte lag, sie zu finden.

Ich beschloss, mich auf die Suche zu machen. Da ich ein Jahr vom Unterrichten befreit war, stürzte ich mich in die Recherche. Ich interviewte zahlreiche Menschen, die eine Verbindung mit Addison hatten. Ihre Geschichte führte mich von Sag Harbor nach Kalifornien, von Europa nach Nepal und natürlich auch in die kleine Stadt Peacedale in Rhode Island, wo Addison ihre Kindheit verbracht hatte. Ich war fast schon besessen von ihr. In jeder Galerie, in jedem Café und an jeder Straßenecke meinte ich eine Doppelgängerin von ihr zu sehen.

Ich dachte – völlig lächerlich –, wenn ich in ihre Vergangenheit eintauchen würde, hätte ich bessere Chancen, irgendwo etwas von Addison selbst zu erhaschen, und wenn es auch nur eine flüchtige Begegnung auf einer belebten Straße wäre. Sie schien überall zu sein und nirgends. Und nach der Veröffentlichung von Polizeiberichten, denen zufolge sowohl Lincoln als auch Zach in jener Nacht in Manhattan gewesen waren und beide kein Alibi hatten für die Zeit um Addisons Tod, wurde ich noch neugieriger, fast schon misstrauisch. Beide waren nicht sehr zugänglich. Keiner von ihnen wollte mit mir sprechen.

Was hatten sie zu verbergen?

Nachdem ich Tausende Stunden an Gesprächen mit Leuten aufgezeichnet hatte, die Addison gut gekannt hatten, und monatelang gesichtet, gesammelt und zusammengefasst hatte, soll diese Biografie nun die Wahrheit ans Licht bringen, so wie ich sie sehe. Zugleich danke ich den vielen Menschen, die dieses Buch durch ihre großzügige Mitwirkung möglich machten, darunter auch einige wenige, die lieber anonym bleiben wollten. Großer Dank gebührt auch denen, die mir Fotos und Erinnerungsstücke zur Verfügung stellten und uns dadurch einen lebendigen und persönlichen Einblick in Addisons Welt geben.

Nun wünsche ich allen Lesern, ihrer Familie, ihren Freunden, den Fans und auch denjenigen, die Addison hier zum ersten Mal begegnen, dass sie sie zwischen diesen Seiten finden mögen.

Adele Griffin

I.
RÜCKKEHR

JONAH LENOX: Ich war Addisons erster Freund. Wir lebten beide in Peacedale und gingen eine Weile miteinander, aber als ich im Sommer dann nach Boulder in Colorado zog, ging Addison nach New York. Sie liebte diese Stadt, die sie dann am Ende das Leben kostete. Nachdem Addisons Leichnam von New York hierher überführt worden war, damit sie in Rhode Island bestattet werden konnte, meinte ich fast sie frotzeln zu hören: »Das ist doch nicht zu fassen, Lenox. Gerade als ich dachte, ich wäre entkommen, karren sie mich wieder hierher zurück.«

Am Tag vor der Beerdigung bin ich von Boulder hergeflogen und sofort zu unserem Strand am Point Judith gefahren. Dorthin, wo wir immer saßen und über die Sandbank schauten. Ich habe den Himmel betrachtet und das Wasser, ganz grau bis zum Horizont, und alles sah so echt aus und so unendlich weit, und da wusste ich es. Ich sagte es sogar laut: »Sie ist frei.«

Der Strand bei Point Judith, Rhode Island, mit freundlicher Genehmigung von Jonah Lenox

LUCY LIM: Ich heiße Lucy und bin – ich meine, ich war – Addys beste Freundin. Wir kannten uns schon seit dem Kindergarten. Ich dachte, sie würde mal meine Mitbewohnerin sein, meine Trauzeugin, die Taufpatin meiner Kinder. Stattdessen ist sie gestorben. Am 28. Juli. Laut den Wetteraufzeichnungen war es der heißeste Tag in diesem Jahr. Am Morgen ihrer Beerdigung lag die Hitze immer noch über der Stadt. Heißer als die Achselhöhle eines Schafscherers, hätte meine Großmutter Lim gesagt. Niemand mit auch nur einem Funken Verstand würde an so einem Tag wegen einer Beerdigung aus dem Haus gehen und gelangweilt in einer stickigen Kirche herumstehen. Dachte ich zumindest.

Doch schon als Mom und ich in die Columbia Street einbogen, sahen wir die Autos. Hunderte säumten die Straße bis zum Kirchentor und noch mehr parkten schräg auf dem Rasen und vor dem Friedhof. Dazu noch Fotografen, Nachrichtenteams und so viele Jugendliche, wie ich noch nie auf einem Haufen gesehen habe. Alle standen schweigend da, dunkelviolette Iris in den Händen, Kopien von Fotos von ihr, dieses *Catch*-Foto von ihr und Lincoln im Aufzug, Ausdrucke von ihren Bildern, Kerzen, sogar Teddybären. Und ich weiß noch, wie ich dachte: *Ach du Scheiße, Addy! Wenn du das sehen könntest!*

JONAH LENOX: Vor dem Gottesdienst hab ich bei meiner Großmutter noch ein paar Schnäpse gekippt. Ich wollte eigentlich nicht hin. Addison war mein Mädchen gewesen. Die andere Addison Stone, wegen der sich jetzt die ganze Stadt in die Kirche quetschte, die kannte ich gar nicht. Aber ich hab mir eine Krawatte umgebunden, obwohl es mindestens hundert Grad im Schatten waren. Und ich trug die rote Strickmütze, die sie mir mal geschenkt hat. Diese Mütze – also, die würde ich sogar aus 'nem brennenden Haus rausholen.

WILMA PLANO, Mitarbeiterin bei Allens-Plano, Bestattungsunternehmen und Krematorium:

Seit fünfunddreißig Jahren kümmere ich mich um die Verstorbenen hier in Peacedale. Ich habe alte Menschen zurechtgemacht, Kinder, manchmal sogar winzige Babys, Gott sei ihren kleinen Seelen gnädig. Die meisten in meiner Branche wissen, dass bei dieser Arbeit nur eines wichtig ist: Es muss so aussehen, als würden sie schlafen. Aber in meinem ganzen Leben habe ich noch nie so viel Leben im Gesicht einer Toten gesehen. Sie schien förmlich zu strahlen. Als hätte sie der Welt einen Streich gespielt und würde sich jeden Moment aufsetzen und lachen. Nachdem mir dieser Gedanke gekommen war, konnte ich ihn nicht mehr abschütteln. Hat mir eine Heidenangst eingejagt, wenn ich ehrlich sein soll. Dabei hab ich immer gedacht, mir würde vor nichts gruseln. Aber da hab ich mich geirrt.

HAILEY REISS, Reporterin von *The Times*: Ich erhielt den Auftrag, über Addison Stones Beerdigung zu berichten. Das war eine ziemlich heiße Sache, weil es zu dem Zeitpunkt schon jede Menge Gerüchte über ihren Tod gab. Manche meinten, es sei ein missglückter Streich von Zach Frat gewesen, andere berichteten von einem Streit mit Lincoln Reed und von einer tragischen Dreiecksbeziehung.

Unfall, Selbstmord – die Leute tratschten, egal worüber. Es gab zu viel Rätselhaftes an dieser Nacht, was nicht zusammenpasste. Deshalb war ich neugierig, wer alles auftauchen würde und wer nicht: Freunde, Feinde, die üblichen Spinner… Und ich wollte unbedingt ein Zitat von Lincoln Reed als Aufhänger für meinen Artikel, aber der war gar nicht da.

Addison Stone war – und ist es bis heute – ein heißes Thema.

Mein Redakteur wollte auch unbedingt ein paar gute Bilder haben. Zum Beispiel einen Schnappschuss von Lincoln, auf dem er schuldbewusst guckt. Oder tieftraurig. Oder wie Carine Fratepietro Addison Stones Mutter umarmt. Oder von diesem exotischen Riesen Gil Cheba, wie der völlig zugedröhnt herumwankt. Oder wie einer der Lutz-Brüder auf einer Hollywoodschaukel sitzt und Cola trinkt.

Meine Zeitung dachte, sie hätte als Einzige die geniale Idee gehabt, einen Promi-Bericht über die Beerdigung zu bringen, doch als ich ankam, sah ich die anderen schon: *New York Post*, *Vanity Fair*, *New York*, Daily Beast, Gawker, TMZ, *People*, *Star*, *ArtRightNow*. Und ich entdeckte Julie Jernigan, die schließlich diesen Artikel für *Art & Artists* schrieb, der längst zu einem Klassiker geworden ist. Alle waren da. Und alle wetteiferten wir um eine gute Platzierung auf Reddit. Doch wir mussten unsere Kameras abgeben. Es sah so aus, als wären sämtliche Polizisten der Gegend ausgeschwärmt, um nur für einen Tag Addisons Privatsphäre zu schützen. Niemand wird also je Fotos von der Feier zu Gesicht bekommen, weil keiner welche machen durfte.

Addisons Beerdigung lief ganz anders ab, als ich erwartet hatte. Da drängten wir uns alle, um über den spektakulären Tod einer Prominenten zu berichten, zu jung, zu schön, zu begabt und zu früh gestorben – ich meine, wer hätte über eine solche Beerdigung nicht berichten wollen?

Aber wissen Sie was? Es war wirklich furchtbar traurig. Addisons Gäste hatten dieses Mädchen wirklich alle sehr geliebt. Das spürte man. Wie eine riesige knisternde Woge der Trauer.

OFFICER SEAMUS RIORDAN von der South Kensington Police: Ich bin jetzt schon seit fünfzehn Jahren bei der Polizei, aber so etwas habe ich noch nie erlebt. Man hatte uns schon vorgewarnt, als wir etwa um Viertel nach elf mit sechs Streifenwagen abgestellt wurden: Wegen der Beerdigung eines Mädchens, das irgendeine Berühmtheit gewesen war, könnte es zu einem Massenauflauf kommen. Also, ihr Name sagte mir nichts. Jon Bon Jovi, LeBron James – das sind berühmte Leute. Aber offenbar hatten viele das tote Mädchen gekannt, denn wir steckten erst mal in einem Riesenstau fest, von der Columbia Road bis ganz rüber zur Kirche.

Und dann diese Massen. Jugendliche, die auf Autodächern saßen, Kränze um Hydranten legten und mit roter Kreide Botschaften auf den Gehweg und an Telefonzellen schrieben. Junge Leute, die Bäume mit Klopapier umwickelten.

Wir hatten Pfefferspray dabei, Taser, das ganze Programm. Man muss auf alles vorbereitet sein. Aber dann wurde uns klar, dass es nur Fans von ihr waren. Harmlose Kids. Sie durften nicht in die Kirche und wollten einfach nur irgendwie dabei sein. Man muss sich das so vorstellen wie bei dem Open-Air-Konzert bei unserem Sommer-Festival drüben in Pawtucket. Wir brauchten keine Verstärkung. Und als es doch mal kurz brenzlig wurde, war das wegen einem Familienstreit beim Empfang hinterher, und da war sowieso keiner von uns dabei.

Ein paar Tage später bin ich an ihr Grab gegangen. Wollte es mir ganz in Ruhe allein ansehen. Alle Blumen blühten im Sonnenschein. Es sah richtig hübsch aus. Und wissen Sie was? Man konnte den Geist des Mädchens immer noch spüren. Man konnte immer noch die Liebe spüren, die sie umgab.

Addison Stones Grab auf dem St.-Martin-in-the-Fields-Friedhof in Peacedale, Rhode Island, mit freundlicher Genehmigung von Adele Griffin

CHARLIE STONE, Addisons Bruder: Ich bin sechzehn Monate jünger als Addison. Wir hatten keine anderen Geschwister. Und nur dass Sie es wissen: Ich hasse es, über die Beerdigung meiner Schwester zu sprechen. Aber natürlich erinnere ich mich noch ganz genau an alles. Meine Eltern und ich saßen in der ersten Reihe. Dann kamen unsere Cousinen Maddy und Morgan mit Tante Jen und Onkel Len, dann Gam-Gam, meine Großmutter väterlicherseits, und unsere Großeltern aus Bristol, Gran und Pop O'Hare. Ich wollte das nicht mit dem offenen Sarg. Aber in dem Punkt waren meine Eltern ein bisschen verrückt. Sie waren so stolz auf Addisons Aussehen. Ein offener Sarg – das war so ziemlich das Einzige, worauf Mom und Dad sich einigen konnten.

Mom hatte Addison ganz falsch angezogen. Ich musste die ganze Zeit daran denken, dass Addison sich total aufgeregt hätte wegen ihrem letzten Outfit: einer weißen Bluse und einem langen schwarzen Rock, den sie höchstens mal zu einer Chorprobe in der neunten Klasse getragen hatte. Schwarze Schuhe, die sie nicht mal mit nach New York nehmen wollte. Die standen schon seit zwei Jahren bei uns im Flur im Schrank und dann schickt Mom sie mit diesen Schuhen an den Füßen zu Petrus in den Himmel? Ach du lieber Gott!

Ich bin einfach sitzen geblieben. Ich habe schönere Erinnerungen an meine Schwester als ihr totes Gesicht auf einem Spitzenkissen. Wie ich so allein dasaß, habe ich durch die offene Tür die vielen Leute gesehen. Da hab ich erst kapiert, wie wichtig Addisons Beerdigung war. Noch viel wichtiger als der Schulball. Und die Kids waren total respektvoll. Sie saßen einfach nur auf den Autodächern oder lagen auf Decken im Gras. Die ganze Zeit habe ich ihre Anwesenheit … spüren können. Wie ein Summen in den Wänden der Kirche. Dieses *Wusch-wusch-Wusch* vom vereinten Herzschlag ihrer Verehrer – ob es wohl so war, Addison zu sein? Und ich fragte mich, ob sie es in dem Moment vielleicht auch spüren konnte.

LUCY LIM: Ich hab sie mir angesehen. Ich konnte nicht anders. Ich musste wissen, ob dieses Mädchen, das immer so unglaublich lebendig wirkte, tatsächlich weg war. Ich konnte die vielen brennenden, qualmenden Drähte in ihrem Kopf immer noch spüren. Am härtesten traf es mich, wie ruhig sie aussah. Keine Angst mehr in ihrem Gesicht, keine Panik. Ihre Augen waren geschlossen und ihre Wimpern geschwungen wie bei einer Puppe. Rosige Wangen und glänzendes Haar. Sie sah kein bisschen verwahrlost oder fertig aus. Nur wie meine liebe Addy, die ein Mittagsschläfchen hält.

MAUREEN STONE, Mutter: Ich sage es mir immer wieder. Ich bin die Mutter eines Kindes, das gestorben ist. Ich gehöre zu einem Klub, in dem keiner Mitglied sein will. Gott weiß, wie viele Monate es mir einfach nicht in den Kopf wollte. Meine Tochter war weg. Meine Tochter ist tot.

Sie wissen ja nicht, wie es die ganzen Jahre über war. Sie haben ja keine Ahnung, wie es ist, die Mutter eines Mädchens zu sein, von dem man meint, es könnte jeden Tag sterben – so lange, bis sie tatsächlich gestorben ist.

EVE LIM, Lucys Mutter: Schade, dass Sie die Mädchen nie zusammen erlebt haben! Die allerbesten Freundinnen! Lulu und Addy, Addy und Lulu, so nannten sie sich immer. Die Hälfte der Zeit verbrachten sie bei Addison, die andere Hälfte bei uns. Später, als die Mädchen in der Highschool waren, kam Addison öfter zu uns, wegen der Schwierigkeiten bei ihr zu Hause.

Ich bin eine alleinerziehende Mutter, deshalb fand ich es toll, sie bei uns zu haben. Die Mädchen ins Kino zu fahren oder mit ihnen zum Essen zu gehen. Einen anderen Radiosender einzustellen und zu hören, wie sie hinten auf dem Rücksitz kichern. Das war so schön! Ich weiß, dass sich Addison seit diesen Addy-und-Lulu-Tagen sehr verändert hat, aber als ich ihr Gesicht im Sarg sah, konnte ich ihr Lachen in meinem Kopf hören. Wenn sie lächelte, ging die Sonne auf. Was für eine Schönheit. Ich werde sie nie vergessen.

LUCY LIM: Nach dem Gottesdienst liefen Mom und ich erst mal herum wie Zombies. Seit drei Tagen standen wir total unter Schock. Und als wir uns schluchzend bis zu dem Empfang im Untergeschoss der Kirche durchgekämpft hatten, merkten wir, dass sich auch ein paar Medientypen eingeschlichen hatten. Alle wollten sie ein Stück vom Kuchen, und alle stellten tausend Fragen über Addy – über ihr Intimleben, ihren Drogenkonsum, ihre geistige Verfassung, ihre angeblichen Selbstmordversuche, und vor allem: Wo war Zach Frat? Wo war Lincoln Reed? Mein Blick wanderte durch den Raum und ich entdeckte Addys Bruder. Armer Charlie. Ein Reporter redete wie ein Irrer auf ihn ein und ich sah es schon kommen. Ich dachte mir: *Oh verdammt, gleich verliert Charlie die Beherrschung. Gleich explodiert er.*

JONAH LENOX: Später habe ich zu Charlie gesagt: »Ich wünschte, ich hätte als Erster zugeschlagen. Ich hätte diesem Reporter zu gern den Gefallen getan.« Aber die Sache ist die: Wenn ich kann, versuche ich, mich aus so was rauszuhalten. Meine Oma sagte immer: »Werd bloß nicht wie dein Vater, sonst jag ich dich auch mit dem Gewehr vom Hof!« Deshalb hab ich mich an dem Tag eher zurückgehalten. Ich hatte mir eine Dose Cola mitgebracht und sie mit Whiskey gemischt, um mich zu betäuben, und hielt mich raus. Aber dann fingen Charlie und der Reporter irgendwann an zu raufen und schließlich wurde ein richtiger Kampf daraus und ich musste mich einmischen.

Charlie ist ein kräftiger Kerl und ziemlich jähzornig. Und ich hörte den Reporter sogar noch fragen: »Gab es da nicht so eine *Abmachung* zwischen Ihrer Schwester und Max Berger?« Und Charlie nur so: »Was hast du gesagt, du Arsch? Was sagst du da? Sag das noch mal!« Und als der Reporter lieber schwieg, packte Charlie einen Stuhl und drückte ihn damit gegen die Wand: »Sag das noch mal! Sag das noch mal!« Wer Addison kannte, hätte eine solche Frage niemals gestellt. Addison stand auf eigenen Füßen. Sie brauchte keinen alten Scheißer wie diesen Kunsthändler Berger, um den Durchbruch zu schaffen.

CHARLIE STONE: Ja, also, der Typ sagte, er sei von der Presse. Jack Soundso. Jack Wichser. Redete über meine Schwester, als wären sie die besten Freunde gewesen. Als wäre er am Boden zerstört. Ich war erst kurz vorher von einem Football-Trainingscamp unten in Pensacola nach Hause zurückgerufen worden und stand noch voll unter Strom. Meine Schwester war tot. Meine Schwester! Direkt neben uns stand der Stuhl. Ich weiß, alle sagen, ich hätte ihn damit gegen die Wand gedrückt. Aber es war eher so, dass ich ihn damit gestoßen habe, und er fiel dann gegen die Wand und fuchtelte mit den Händen herum und traf mich dabei im Gesicht. Da schlug ich zurück und landete einen perfekten Haken. Manchmal kann so ein perfekter Haken halt auch ganz schön erleichternd sein. Und dann kam Jonah Lenox – der Lenox, wie Addison ihn immer nannte, er war ihr Freund in der Highschool – und mischte sich ein. Lenox wirkt immer ganz ruhig, aber wenn er provoziert wird, kämpft er bis zum bitteren Ende. Und hast du nicht gesehen, schrien alle herum und zogen und zerrten, und ich schlug mit den Fäusten um mich und wollte gar nicht mehr aufhören … aber ich war froh über die blauen Flecken. Die blauen Flecken, die man sehen konnte, meine ich.

JACK FROEK, Blogger und Redaktionsmitglied der Zeitschrift *Last Call*: Sagen wir mal so: Auf der Beerdigung trieben sich nur Deppen herum. Lauter Kleinstadtspießer. Die hätten sich gegenseitig ein Bein gestellt, um einen Erdnussflip am Boden zu ergattern. Genau solche Hinterwäldler, die in ihrer Freizeit gern Schwule totprügeln. Und zu meiner Verteidigung: Ich kannte Addison Stone *wirklich* aus New York. Ich konnte ihr jederzeit 'ne SMS schicken: *Und, was geht,*

Stone im Frühling

von Christa Waring

Styling von Beverly Feirtag • Fotos von Christopher Bacardi

Addison ist es gewöhnt, dass man sie anstarrt. Jetzt gerade zum Beispiel schaue ich sie an, so wie die meisten anderen Gäste im ständig überfüllten Café Rouge im West Village, die alle so furchtbar lässig tun. Wir sind hier auf einen Kaffee verabredet, bevor sie Richtung Uptown schwirrt zur Frost Gallery, um auf die Vernissage eines »neuen Freundes« zu gehen. Stone ist pünktlich, was mich überrascht, obwohl es mich eigentlich nicht überraschen sollte. Groß und schlank in einer schwarzen Hose und einem perfekt verwaschenen dunkelgrauen T-Shirt. Trotz ihrer schlanken Linie bestellt sie sofort gut gelaunt einen Eiskaffee und einen glutenfreien Cupcake mit Schokoladenfüllung. »Weiß

“Ich bin jung, ich studiere noch. Der Weg ist noch weit.”

eigentlich jemand, was Gluten überhaupt ist?«, fragt sie. »Ich nicht, ich weiß nur, dass man es nicht essen soll.« Stones Appetit auf Süßes ist ansteckend. Ich bestelle zu meinem grünen Tee noch ein Stück Zitronenkuchen. Doch solche süßen Sünden sind das passende Vergnügen für eine junge Frau mit einem übergroßen Appetit auf diese Stadt. Stone ist ziemlich angesagt, seit sie letzten Sommer mit ihrem Gemälde *Talking Head* Aufsehen erregte, und gilt als der neue Stern der Berger/Fratepietro-Künstlerschmiede. Und jetzt wollen wir mehr über sie erfahren. Am besten gleich alles. Wer ist diese Addison Stone? Zuallererst sieht sie sich als Künstlerin. »Ich bin jung, ich studiere noch. Der Weg ist noch weit«, gibt sie zu, aber sie scheint selbst zu wissen, dass diese Beschreibung nicht ganz zutreffend ist. Stone, die hauptsächlich mit Öl auf Leinwand malt, zeigt einen Porträtstil, der einerseits an eine vergangene Zeit erinnert und zugleich eine Dekonstruktion dieser Art von Malerei darstellt. Mit kühnen Pinselstrichen zaubert sie kraftvolle, schöne

(Fortsetzung auf S.128)

Stone?, und sie antwortete mir dann so was wie: *»Überraschungs-Auftritt« von DJ Generate im Green Monkey, aber erst ab Mitternacht*. Und ich war dann da. Ich holte mir ein Zitat von ihr, machte heimlich ein Foto, das gar nicht so heimlich war. Sie liebte es, so bekannt zu sein. *Last Call* brachte immer wieder Storys über sie und bekam dafür exklusive Schnappschüsse, vor allem als sie dann mit Zach Frat zusammen war. Das ist Carine Fratepietros Sohn, wussten Sie das? Echte New Yorker High Society. Nachdem Zach und Addison zusammengekommen waren, sah man gar nichts mehr vor lauter Blitzlichtern.

Addison ließ sich tragen von dieser Liebe. Wir brauchten sie und sie brauchte uns. Sie ging großzügig um mit ihrem Privatleben, zum Beispiel schrieb sie kostenlos Berichte für uns, einfach nur so zum Spaß, darüber, was sie zum Frühstück aß und wo sie gerne Schuhe oder Künstlerbedarf kaufte. In der Redaktion nennen wir Leute wie sie »Style Checker«. Leute, die man beachten sollte. Gleichzeitig verweigerte sie sich der Selbstvermarktung über Plattformen wie Facebook oder Instagram. Sie fand es völlig in Ordnung, wenn über sie geredet wurde, aber sie wollte das Gerede nicht in Gang setzen.

Die wichtigste Nachricht war: Zach Fratepietro und Lincoln Reed kamen *nicht* zur Beerdigung. Keiner von ihnen stand in diesem schäbigen Kirchenkeller herum, mit einem Teller Grillfleisch und Brot in der Hand. Dafür waren alle anderen da: Max Berger, die Lutz-Brüder, und sogar der halbe Familienclan der Broyards und der Galarzas hatte sich nach Peacedale begeben. Nur Stones Exfreunde fehlten! Und ich hatte einen Tipp bekommen, sie hätte an dem Abend vor ihrem Tod nicht nur mit *einem* von ihnen Streit gehabt, sondern mit beiden, mit Lincoln *und* Zach!

Klar war es nicht ganz in Ordnung, wie ich das mit Charlie angepackt habe. Aber dieser Gorilla gehört echt hinter Gitter! Er hat mir das Schienbein gebrochen und mir ein blaues Auge verpasst. Hat er Ihnen das erzählt? Den Rest des Tages saß ich in diesem Provinz-Krankenhaus rum und wurde geröntgt. Die Rechnung habe ich dem Typen geschickt. So ein Wichser. Hab allerdings auch nicht erwartet, dass er sie bezahlt.

LUCY LIM: Der Empfang hinterher war dann der emotionale Overkill. Addys Mutter musste sich auf eine Liege im Pfarrbüro legen. Es war gesteckt voll. Ich weiß noch, dass es mir fast vorkam wie eine Horrorversion des Abschieds, den wir durchmachten, als Addy nach New York zog. Einmal hatte sie ihre Mutter zu sich eingeladen, um ihr zu zeigen, dass es ihr gut geht. Weil ihre Mom auch Geburtstag hatte, führte sie uns zum Abendessen aus und nahm uns dann zu einer

Filmpremiere mit und anschließend zu einer abendlichen Gartenparty in Williamsburg. Überall drängten sich die Menschen um sie, sie liebten sie und suchten ihre Nähe.

Addys Mutter genoss den Abend sehr. Und ich auch. Es war magisch. Das chaotische Gegenstück zu dieser Feier im Untergeschoss der Kirche. Auch wenn Addy selbst das bestimmt sehr lustig gefunden hätte. Ich kann fast hören, wie sie zu mir sagt: »Lulu, meine Beerdigung war echt krass! Alle waren da! Und es gab sogar eine Schlägerei!« Das hätte ihr supergut gefallen.

Addison Stone, Maureen Stone und Lucy Lim, mit freundlicher Genehmigung von Brian Bedrino

JONAH LENOX: Am Nachmittag fuhr ich alle Orte ab, wo wir zusammen gewesen waren. Die Scheune von meiner Großmutter, unsere alte Schule, die alte Molkerei. Ich ließ die Verliebtheit noch einmal aufleben. In der alten Molkerei habe ich sie zum ersten Mal geküsst. Es war Oktober. Ich hatte eine Kugel Honigeis gekauft, die wir uns teilten.

Wir saßen draußen auf der Steinbank. Addison sagte: »Ich finde es toll, Eis zu essen, wenn es kalt ist. Kälte hoch zwei!« Sie legte die Beine auf meinen Schoß.

Ihr Mund war klebrig sahnig und schmeckte nach Honig. Ich wollte sie eine Million Dinge fragen, so persönliche Sachen wie: »Was macht dir Angst. Bist du noch Jungfrau? Was würdest du tun, wenn du nur noch einen Monat zu leben hättest? Was wäre deine letzte Mahlzeit? Was bedeutet der Himmel für dich? Mit welchem Wort würdest du dich beschreiben?«

Aber am meisten wollte ich sie küssen. Von ihren Küssen bekam ich Hunger nach mehr. Ich war total verrückt nach ihr, körperlich, geistig, einfach nach allem. Ich konnte Addison näher an mich heranlassen als sonst irgendeinen Menschen auf der Welt, obwohl ich mich dann jedes Mal nach noch mehr sehnte. Deshalb war ich auch so froh, dass ich diese beiden Idioten Zach und Lincoln auf der Beerdigung nicht sehen musste. Das einzig Gute an dem Tag war, dass die nicht auftauchten.

MAUREEN STONE: Irgendwann waren alle weg. Die Kids, die in unserem Vorgarten campiert hatten, packten ihre Sachen zusammen und kehrten in ihr eigenes Leben zurück, und Charlie zog los, um sich mit Freunden zu treffen, und Roy schlich sich ins Bett. Und mein Mädchen war auch weg.

Wissen Sie, dass man nie einen Abschiedsbrief gefunden hat? Ich habe gelesen, bei der Hälfte aller Selbstmorde gibt es einen Brief. Addison hätte bestimmt einen dagelassen. Als Mutter weiß ich das. Ich weiß es ganz tief drin. Deshalb kann ich einfach nicht glauben, dass sie es mit Absicht getan hat. Nein. Ich will es nicht glauben. Und ja, ich finde es seltsam, dass diese beiden jungen Männer sich nicht blicken ließen. Vor allem Lincoln. Den ganzen Tag habe ich nach ihm Ausschau gehalten und gehofft. Aber er kam nicht.

Dabei hatte ich tausend Fragen an ihn.

Exit: Roy, gemalt von Addison Stone, mit freundlicher Genehmigung der Saatchi Gallery

II.
ZU ADDISON WERDEN

ROY STONE, Vater: Dann werde ich wohl auf die Art in die Geschichte eingehen. Als Addison Stones Vater. Wegen dem und wegen ihrem Gemälde von mir, *Exit: Roy*. Ich habe gehört, es hängt irgendwo in London. Ich hab kein Problem damit, dass ein Bild von mir berühmt ist. Es kümmert mich einfach nicht groß. Vielleicht fahre ich eines Tages mal nach London und schaue, ob mich dort jemand erkennt. Ich habe auch kein Problem damit, dass ich selbst berühmt bin.

Wie wär's, wenn wir mit einem kleinen Überblick über den Familienstammbaum anfangen? Meine Familie stammt ursprünglich aus Lowell in Massachusetts. Sie lebten schon seit Generationen dort und arbeiteten in der Textilindustrie. Hauptsächlich als Spinner. Baumwollstoffe, Leinen, Wolle – meine Vorfahren zogen mit den Spinnereien mit, die entlang des Fall River gebaut wurden, bis diese Arbeit vor Jahren verschwand und unser einst so großartiges Land nach Indien outgesourct und von Chinesen übernommen wurde. Ich meine, heutzutage findet man in Amerika doch kein einziges Produkt mehr, das von Amerikanern hergestellt wurde, oder?

Als mein Vater Ethan Stone noch ein Junge war, in den Fünfzigerjahren, und sogar noch in den Siebzigerjahren, als ich aufwuchs, gab es jede Menge Arbeit in den Textilfabriken. Die meisten aus meiner Sippe, Onkel, Tanten, Cousins und Cousinen, alle arbeiteten irgendwann einmal in der Mantelfabrik in Burlington. Meine Leute zogen uns drei Kinder in Burlington groß und später dann in Bristol. Ich war der Klugscheißer, der einen anderen Weg einschlug. Machte gleich nach dem College den Abschluss zum Buchhalter. Ich war fast schon ein Genie in Mathe. Und wissen Sie was? Addison hat ihr Talent hundertprozentig von meiner Ururgroßmutter Dorothea Egglington geerbt, die alle nur Dottie nannten.

Dorothea »Dottie« Stone, geborene Egglington, Fall River 1913.
Fotograf unbekannt. Mit freundlicher Genehmigung von Roy Stone

Die Art und Weise, wie Addison eine Zeichnung entstehen lassen konnte, wie sie ein Muster oder einen Umriss zeichnete, der das Auge erfreute und einen zum Nachdenken brachte … also, genau so war Dottie auch. Sie war eine Berühmtheit und sie sah Addison sogar ein bisschen ähnlich. »Schwarze Iren«, so nennt man so ein Aussehen bei uns. Sie konnte Muster für Quilts und Kragen entwerfen, da war sie ihrer Zeit weit voraus. Und mütterlicherseits waren unter Addisons Vorfahren fast nur puritanische Lehrer und jede Menge flohzerbissene katholische Nonnen und kanadische Holzfäller. Aber verraten Sie bloß Maureen nicht, dass ich das gesagt habe.

MAUREEN STONE: Meine Großmutter, Addisons Urgroßmutter, Renee Arsenault, war Addisons Ebenbild. Nicht äußerlich, aber von der Seele her. Ein richtiger Wildfang. Sie war frankokanadischer Abstammung, Dichterin und Abenteurerin und schon zwei Mal verheiratet, bevor sie meinem Großvater begegnete. Mit einem ihrer Männer hatte sie das ganze Umland der Großen Seen bereist. Selbst Fische gefangen, sich von den Früchten des Landes ernährt, bis sie sich auf einmal einer Theatertruppe in Vermont anschloss, den Portland Players. Sie trat in einer Inszenierung von *Only an Orphan Girl* auf, die so beliebt war, dass sie fast ein Jahr lief. Sie war sehr unkonventionell, meine Granny Renee. Addison kam genau nach ihr. Lassen Sie sich da von Roy bloß nichts einreden.

Renee Arsenault, circa 1952, mit einem unidentifizierten Mann, möglicherweise ihrem zweiten Ehemann. Fotograf unbekannt. Mit freundlicher Genehmigung von Maureen Stone

ROY STONE: Sobald die Kinder aus dem Gröbsten raus waren, entschied Maureen, sie brauche eine Veränderung, weg von Bristol, und begann mir Peacedale schönzureden, die Schulen und die Krankenhäuser und die Kinderbetreuung und so. Dinge, die einer Mutter eben wichtig sind. Für mich gab es keinen Grund, in Bristol zu bleiben. Außerdem, was nützt es einem Mann, mit seiner Frau zu streiten?

Dann fand Maureen das Haus mit dem weißen Lattenzaun und ich nahm das so hin. Fand eine Stelle in der Buchhaltung einer Firma. Die Arbeitszeiten waren erträglich und die Zusatzleistungen ganz ordentlich. Da war Allison gerade fünf geworden. Damals nannten wir sie noch Allison. Wissen Sie, dass sie ihren Namen aus eigenem Antrieb geändert hat? Wir hatten sie nach meiner Mutter getauft. Allison Grace Stone. Allison kam von mir, und Grace, so hieß Maureens Mutter. Aber das war wohl nicht gut genug für sie. Klar hat es mich enttäuscht. Addison – was ist denn das für ein Name?

In Peacedale ließ es sich gut leben. Im Bramble Circle, wo wir wohnten, gab es freundliche Nachbarn und ordentliche Vorgärten. Wollen Sie wissen, was ich nach unserem Einzug als Erstes tat? Ich spannte eine Hängematte auf. Wie gesagt, ich bin leicht zufriedenzustellen. Ich lebe mich überall ein.

KARL TAEKO: Meine Frau Ele und ich wohnten gegenüber von Roy und Maureen Stone. Heute leben sie nicht mehr hier, aber als sie einzogen – das muss jetzt fünfzehn Jahre her sein –, marschierte Ele plötzlich in unserem Garten auf und ab wie ein Gladiator. »*Ole wale, pupule, pupule!*« Das ist Hawaiianisch und bedeutet so viel wie: »Hier ist was faul.«

»Ach was, das ist doch eine nette Familie«, sagte ich zu ihr. »Wieso regst du dich so auf?«

Aber Ele ließ sich nichts vormachen. Von Anfang an war sie überzeugt, dass Maureen eine unglückliche Frau war. Dass Roy zu rücksichtslos war. Und die Tochter sei die schlimmstmögliche Kombination aus beidem: der dunkle Geist beider Eltern. Ele bat sogar unseren Schamanen, ein *la'au kahea* für unser Haus durchzuführen, und hängte Klangspiele auf unserer Veranda auf, um ihre Gedanken von diesen Verrückten abzulenken – den *pupule*, wie sie sie nennt. Die Klangspiele hängen immer noch da.

Nach Addisons Tod hat sich der Bramble Circle in einen Pilgerort verwandelt. Zu jeder Tages- und Nachtzeit tauchen Jugendliche auf, legen Blumen nieder und stellen Opferkerzen auf. Oder sie besprühen die Türschwelle mit lila Farbe. Im Juli – das ist der Monat, in dem Addison starb – waren es besonders viele. Sie schliefen draußen auf dem Rasen und ließen Zigarettenschachteln, Zeichnungen, Karten und Wodkaflaschen zurück. Ele und ich sammeln immer alles ein und werfen es in den Müll.

Roy und Maureen haben schon vor fast einem Jahr ihre Sachen gepackt und sind weggezogen. Ich weiß, dass Maureen mittlerweile bei ihrer Schwester in New Jersey wohnt. Roy hat sich mit irgendeiner Freundin auf einem Hausboot in Woonsocket eingenistet. Ele und ich denken auch darüber nach, woandershin zu ziehen. In diesem Viertel herrscht schon seit langer Zeit eine ungute Atmosphäre.

CHARLIE STONE: Peacedale sollte ein neuer Anfang für die Familie sein. Addison sagte, sie hätte schon vor meiner Geburt gespürt, dass es in der Ehe meiner Eltern kriselte, und sich Sorgen um mich gemacht. Sie sagte, sie hätte während Moms Schwangerschaft immer mit mir geflüstert. Sie drückte ihren Mund auf den Bauch meiner Mutter und machte lustige Geräusche, um mir zu sagen, dass ich es gut haben würde. Ich habe keinen Zweifel, dass das stimmt. Sie war wirklich eine liebe Schwester.

Bei unserem Umzug war ich erst vier, aber Addison wurde schon bald sechs und erinnerte sich noch an vieles. Zum Beispiel, wie meine Mutter ausflippte, weil mein Vater unseren Umzug von einer Billigfirma aus Bristol machen ließ. Ihr Hochzeitsservice ging dabei kaputt. Heulend schmiss Mom die Scherben auf die hintere Veranda. Später schlich Addison sich hinaus, holte die Porzellanstücke und klebte sie mit Gummikleber als Mosaik an ihre Wand. Sie brauchte den ganzen Tag dafür und zerschnitt sich übel die Hände. Keiner sah es, weil nie jemand nach uns sah. Sie musste mit neun Stichen genäht werden. Addison erklärte mir später, sie habe einfach nur etwas Schönes aus etwas Kaputtem machen wollen.

LUCY LIM: Ich werde nie vergessen, wie ich Allison Grace Stone auf dem Schulhof der South Road School zum ersten Mal sah. Am Freitag zuvor hatte unsere Lehrerin Miss Katie verkündet, ein neues Mädchen käme in unsere Klasse. Ich war furchtbar aufgeregt. Ich war erst in der Vorschule, aber ich hatte schon begriffen, dass an der South Road School eigentlich nie etwas Aufregendes passierte.

Am Montagmorgen sah ich gleich als Erstes, wie sie auf einem imaginären Pferd laut wiehernd über den Schulhof galoppierte, ohne sich darum zu scheren, ob jemand sie beobachtete. Damals wurde sie noch Allison genannt, und ihre große Leidenschaft waren Pferde und Einhörner – was sie später beides am liebsten vergessen hätte, ha, ha. Allison Stone war zaundürr, hatte lange Beine und einen gerade abgeschnittenen Pony, genau wie ich. Aber auch damals hatte sie schon so eine unheimliche Art, jemanden anzusehen, wie mitten ins Herz. So etwas hätte ich nie gemacht.

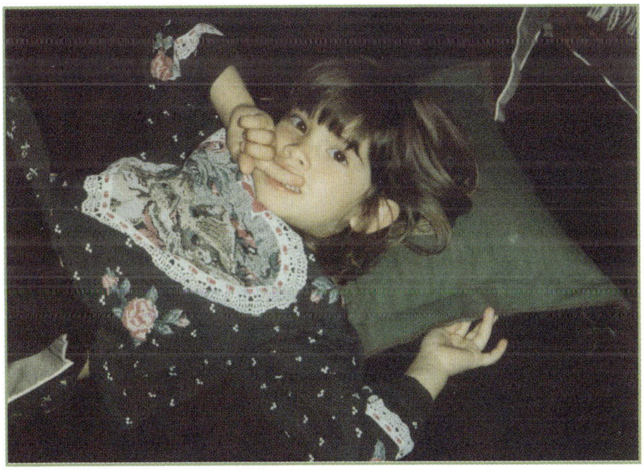

Addison Stone mit fünf Jahren, mit freundlicher Genehmigung von Maureen Stone

Sie war so schlau, dass es förmlich wie Hitze von ihr abstrahlte, und ich wollte so gern ihre Freundin sein, dass es fast wehtat. Später war es vermutlich eher ermüdend für sie, dass alle sie so bewunderten. Aber an diesem ersten Tag suchte sie mich als Freundin aus. Sie nannte mich Lulu und ich nannte sie Ally – das war's. Und später, als sie ihren Namen änderte, nannte ich sie Addy. Ich habe nie gefragt, warum sie das gemacht hat. Es passte jedenfalls viel besser zu ihr.

KATE ORTEGA: Ich war Addisons Lehrerin in der ersten Klasse. »Miss Katie« nannten die Kinder an der South Road School mich damals. Das Winterhalbjahr hatte schon vor einem Monat angefangen, da hörten wir auf einmal, dass ein Mädchen zu uns wechseln würde. Sie war vorher nur zu Hause unterrichtet worden, aber die Mutter versicherte mir am Telefon, ihre Tochter sei der klügste Kopf, den man sich nur vorstellen könnte. Alle Eltern sagen so was. Ich hoffte nur, sie würde nicht zu große Lücken aufzuholen haben. Aber gleich am ersten Morgen sah ich den verwegenen Ausdruck im Gesicht dieses kleinen Mädchens. Sie wirkte deutlich älter als ihre fünf Jahre. Sie stolzierte durch unser Klassenzimmer, als wäre es eine Bühne. Man merkte gleich, dass sie für Höheres bestimmt war.

Ich weiß nicht mehr genau, wann wir die Unterrichtseinheit über das Lieblingstier machten. Aber dort zeichnete sie zum ersten Mal etwas. Ein Einhorn. Als sie sah, wie sehr es mir gefiel, schenkte sie es mir.

»Wie hast du das nur gemalt?«, fragte ich sie.

»Das kommt von hinter meinen Augenlidern, Miss Katie«, erklärte Addison.

»Und was siehst du hinter deinen Augenlidern?«, fragte ich.

»Die ganze Welt. Nur mehr davon«, antwortete sie. »Hinter meinen Augen ist viel mehr als davor.«

Von dem Tag an war ich überzeugt von ihr. Sie erinnerte mich an eine Zeile von Keats: »Ich brauch' ein hell'res Wort als hell, ein hübsch'res Wort als hübsch.«

Die andere Seite von Addison versuchte ich nicht zu sehen – ein dunkleres Wort als dunkel. Aber wenn Sie mich fragen, ob Dunkelheit in ihr steckte – ja, auf jeden Fall. Das schwarze Gegenteil von hell.

LUCY LIM: Von frühester Kindheit an nannten die anderen Kinder sie »die kleine Künstlerin«. Ihr Talent machte sie bekannt. Ich würde nicht sagen, dass sie beliebt war – sie war einfach zu versponnen für so ein Wort. Aber *bekannt.* Viele Kinder störten sich an Addys bestimmender Art. Dass sie den anderen sagte, ihre Bilder würden nichts taugen, oder dass sie ständig die besten Kreiden oder Malkästen klaute, oder ihre Wutanfälle, wenn sie mitten in einem Projekt von der »Aufräumzeit« überrascht wurde.

Dafür schenkte sie ihre Kunst einfach so her. Sie hatte auch eine andere Seite und da war sie großzügig bis zum Gehtnichtmehr. »Hier, das ist für dich, Tatum. Du magst doch Delfine so, oder?« Und dabei war sie nicht mal befreundet mit Tatum. Ich weiß noch, wie alle hinter Addy standen und ihr beim Malen zu-

Believe von Addison Stone, sieben Jahre, mit freundlicher Genehmigung von Kate Ortega

schauten. Ich war immer dicht neben ihr, weil sie mich als Freundin ausgesucht hatte. Haben Sie schon ein paar der Bilder aus ihrer Grundschulzeit gesehen? Wahnsinn, nicht?

KATE ORTEGA: Allison Stone war das begabteste Kind, das ich je unterrichtet habe, und das wird sicher auch so bleiben. Nach dem ersten Monat schickte ich den anderen Lehrern eine begeisterte E-Mail mit einigen ihrer Bilder. Ich wollte, dass alle wissen, wie besonders dieses Mädchen war. Ihre Collagen und Bleistiftzeichnungen, auch ihre Wasserfarbenbilder zeigten eine außergewöhnliche Reife. Sie waren nicht zu vergleichen mit den Bildern der anderen Schüler. Ihr Kopf war voll mit Beobachtungen und Schlussfolgerungen. Ich fand, die anderen Lehrkräfte sollten das wissen. Ich hielt es sogar für meine Pflicht. Warum? Nun, ein solches Talent ist eine äußerst seltene Pflanze. Man muss sie hegen und darf sie auf keinen Fall ersticken.

LUANNE DENGLER: Bitte zählen Sie mich nicht zu ihren Schulfreundinnen! Ich war nie mit ihr befreundet. Addison war ein Miststück, und ich war nicht die Einzige, die das so sah. Viele Leute fanden, dass sie egoistisch war und andere ausnutzte. Ich weiß, sie ist tot, aber so ist es nun mal.

Addison und ich waren erst ab der siebten Klasse in derselben Schule, weil da die South Road School und die Matunuck Elementary zur South Kingstown Junior High zusammengelegt wurden. Aber von der ersten bis zur fünften Klasse hatte sie mit mir zusammen Ballettunterricht an der Stage-Door-Tanzschule.

Wenn man bedenkt, was aus Addison wurde und wofür sie nach ihrem Umzug nach New York berühmt wurde, hätte es vielleicht nicht geschadet, wenn man mit ihr befreundet gewesen wäre, oder? Ich meine, sie hätte mich Schauspielern und coolen Bands vorstellen und mich in Klubs mitnehmen können so wie Lucy Lim. Aber ich wollte einfach nicht so rumschleimen wie Lucy. Lucy hat es ja förmlich zu ihrer *Lebensaufgabe* gemacht, Addisons Leben zu managen. Tut mir leid, aber für so was habe ich echt zu viel Selbstachtung.

Außerdem war Addison eifersüchtig auf mich. Manchmal glaube ich, ihre negative Art kam einfach daher, weil sie nie die Sachen hatte, die man eben so brauchte. Für die Ballettstunde hatte sie einen alten schwarzen Gymnastikanzug, eine Strumpfhose und ein Paar zu kleine Ballettschuhe mit abgerissenen Bändern.

An diesem ersten Sonntag marschiere ich ins Studio und da steht sie an meinem Platz. Ganz vorn in der Mitte. Jeder konnte sehen, dass sie gut war, aber keine Ahnung hatte vom Ballett. Schlimmer noch, Madame Kuznetov beschloss sofort, dass dieses Mädchen von jetzt an ihr neuer Liebling war. Auf einmal hieß es nur noch: »Miss Stone« hier und »Miss Stone« da und »Miss Stone, Sie haben so eine bezaubernde Ausstrahlung«, und »Mädchen, schaut mal, wie Miss Stone das Gesäß einzieht und wie sie die Füße setzt«.

Mir wäre das ja egal gewesen, ehrlich, aber Addison hackte auch dauernd auf mir herum. Sie brachte die anderen dazu, mich »Dengler-Beere« zu nennen, sogar Lucy. Mit Addison zeigte Lucy sich immer von ihrer schlimmsten Seite, vor allem nachdem sie Addisons Schoßhündchen geworden war.

Addisons Mutter sorgte dafür, dass Lucy kostenlosen Unterricht an der Ballettschule bekam, und dafür stellte sie Addison als Model für die Homepage zur Verfügung. Addison war auf eine sehr angesagte Weise hübsch, und ihre Mutter schreckte auch nicht davor zurück, sie noch mehr aufzustylen. Sie hätte alles getan, wenn es dafür etwas umsonst gegeben hätte. Wissen Sie, ich habe jetzt selbst ein Baby, und ich weiß, dass das Geld nicht auf Bäumen wächst. Eltern wollen für ihre Kinder sorgen. Da spielt man eben seine Trümpfe aus. Aber Addisons Mom hat nicht mal versucht, dabei ein gewisses Niveau zu wahren.

JENNIFER O'HARE MEYERS: Addison nannte mich nie Tante Jen.

»Jen«, sagte sie immer.

»*Tante* Jen«, verbesserte ich sie.

»Stimmt«, sagte sie. Aber sie hielt sich trotzdem nie daran.

»Hey, Jen«, sagte sie fünf Minuten später wieder.

Meine Töchter nannten meine Schwester immer Tante Maureen. Charlie nennt mich auch Tante Jen. Nur Addison nicht. Die sagte Jen, absichtlich und jedes Mal.

Was die Erziehung der Kinder betraf, da war Roy der Schwache. Ich kann das so offen sagen, weil Charlie jetzt groß ist und weil Addison nicht mehr lebt und weil Maureen und Roy sich längst getrennt haben. Wollen Sie die Wahrheit über Roy Stone wissen? Er wurde aus Bristol verjagt, weil er so viele Affären hatte. Er trinkt und er ist ein Versager. Und vor allem ist er ein untreuer Ehemann. Er ist eine Schande für diese Familie. Ich habe mich immer geschämt, dass ich so einen Schwager habe.

Oft rief Maureen unter Tränen bei mir an. »Ich habe Lippenstiftflecken an Roys Sachen gefunden«, sagte sie dann.

»Schmeiß den Loser doch raus«, hab ich ihr geantwortet.

Ein andermal rief sie an: »Ich habe einen Spitzen-BH im Handschuhfach entdeckt.«

»Setz einen Privatdetektiv auf diese Ratte an«, riet ich ihr. »Dann muss sich dieser Mistkerl dumm und dämlich zahlen, wenn du dich scheiden lässt.«

Schließlich hörte Maureen auf meinen Rat und gab die paar Hundert Kröten, die sie zusammengekratzt hatte, dafür aus, Roy beschatten zu lassen. Dabei stellte sich heraus, dass er sich jede Nacht in einem schäbigen Motel mit seiner Tussi traf. Maureen hätte ihn damals schon fast verlassen. Aber weil Charlie noch ein Baby war und Addison auch nicht viel älter, fühlte sie sich zu dem Zeitpunkt völlig schutzlos. Roy hörte nie auf damit, sich mit anderen Frauen zu treffen. Und die Geldnot wurde von Jahr zu Jahr schlimmer.

Natürlich versuchten Len und ich, Maureen und den Kindern zu helfen. Aber meine Schwester war zu stolz, auch nur einen Penny von uns anzunehmen. Deshalb ließ sie Addison auch als Kindermodel arbeiten, und weil sie keinen Agenten hatten, waren einige der Aufnahmen meiner Meinung nach ziemlich anzüglich. Aber Maureen war manchmal furchtbar naiv und weltfremd.

LUCY LIM: In der dritten Klasse bat uns der Schulleiter Mr Hemple, Lebensmittel für die Bedürftigen zu spenden. Wir schleppten Dosen, Einmachgläser und Kartoffelsäcke an, und ein Junge namens Jeremy Sullivan brachte sogar eine ganze Kiste Ginger Ale mit von seinem Bruder, der in einem Supermarkt arbeitete. Ein paar Tage später spielte ich bei Addy und entdeckte dieselbe Kiste draußen im Windfang. Da wurde mir zum ersten Mal bewusst, dass die Stones »bedürftig« waren. Arm, das schon. Bei Addy zu Hause gab es immer nur das Nötigste. Keine Süßigkeiten, kein Kabelfernsehen, keine Milch im Kühlschrank, und manchmal war die Heizung so weit runtergedreht, dass ich meinen Winteranorak gar nicht ausziehen wollte. Aber *bedürftig*?

Ich habe das Addy gegenüber nie erwähnt. Sie hätte mich verprügelt.

MADDY MEYERS: Ich bin Addisons Cousine, und wir waren fast gleich alt, aber wir standen uns nicht besonders nah. Ich bin in Princeton aufgewachsen und studiere jetzt in Virginia. Mein Vater ist Schönheitschirurg. Ich prahle nicht damit herum, dass ich eine besonders luxuriöse Kindheit hatte, aber Addison hatte immer fürchterliche Komplexe deswegen.

Als Addison acht war und ich neun, merkte ich zum ersten Mal, wie neidisch sie auf meine Familie war. Es war Sommer, und Tante Maureen war mit Allison und Charlie nach Princeton gekommen, um eine Woche Ferien bei uns zu machen. Wir haben uns immer einigermaßen gut verstanden, aber an diesem Morgen kam ich nach dem Frühstück hoch und erwischte sie in meinem Zimmer, wo sie eines meiner Lilly-Pulitzer-Sommerkleider angezogen hatte. Sie hatte die Hände in die Hüften gestemmt und ein böses, hartes Lächeln im Gesicht. Mit ihren Zöpfen und mit diesem Lächeln sah sie aus wie eine verhexte Pocahontas. Sie jagte mir richtig Angst ein.

»Was soll das?«, fragte ich. »Warum hast du mein Kleid an?«

»Das ist total ungerecht!«, schimpfte sie. »Du darfst auf diese blöde, teure Privatschule gehen und wohnst in einem großen Haus mit Pool und deine Mutter kauft dir jeden Tag was zum Anziehen. Und was habe ich? Gar nichts!«

Ich hatte keine Ahnung, was ich darauf sagen sollte. Ich glaube, ich sagte so was wie: »Trotzdem kannst du dir nicht einfach meine Sachen leihen, ohne mich zu fragen«, und griff nach dem Ärmel. »Du darfst mein Kleid nicht einfach so nehmen!«

Sie kreischte und schlug mir ins Gesicht. So richtig hart. Es knallte und meine Backe wurde feuerrot.

Ich weinte, aber ich verpetzte sie nicht.

Als sie am Ende der Woche abfuhren, hatte Addison mein Kleid in ihren Koffer gepackt, das wusste ich genau. Aber ich hatte zu große Angst vor ihr, um meiner Mutter davon zu erzählen.

Bei unserem nächsten Treffen an Thanksgiving sagte sie: »Du musst mich von jetzt an Addison nennen.«

»Was?«, fragte ich. »Warum?«

»Darum. So heiße ich eben.«

Ich war total schockiert. Das klang ja fast genau wie mein Name: Madison.

Dann fing sie an, mich Maddy zu nennen. Maddy, Maddy. Und manchmal auch Mads.

Addison mit acht Jahren, mit freundlicher Genehmigung von Maureen Stone

Mittlerweile tun das alle. Niemand nennt mich mehr Madison. Wir wechselten von Madison und Allison zu Mads und Addison. Das macht mir eigentlich nicht viel aus. Wie Shakespeare schon sagte: »Was ist ein Name?« Es ging eher darum, *wie* meine Cousine ihn mir stahl. Als stünde er von Rechts wegen ihr zu. Sie hat

Ausgewählte Arbeiten aus Addisons frühen Skizzenbüchern, aus dem Nachlass von Addison Stone

ihn mir weggenommen und nie mehr zurückgegeben, genau wie mein Kleid. Und wie bei meinem Kleid hatte ich zu große Angst vor ihr, um sie daran zu hindern.

CHARLIE STONE: Nachdem Addison mit Zach Fratepietro zusammengekommen war, erzählte sie mir als Erstes, dass seine Familie sechs Villen überall auf der Welt hätte und dass die in Kalifornien die originalgetreue Nachbildung eines japanischen Palasts wäre. Sie schickte mir und Lucy Lim Links zu Zeitschriften, wo man die Fratepietros herausgeputzt auf ihren tollen Jachten oder mit Poloponys sehen konnte. Das war das einzige Mal, dass ich Addison eingeschüchtert erlebte. Natürlich verflog das bald wieder. Aber ich konnte schon verstehen, dass ein Typ wie Zach einen beeindruckt, wenn man kaum mehr hat als die Skizzenblöcke, die man kostenlos von der Schule bekommt.

Max Berger, Nachlassverwalter von Addison Stone, in seinem Haus.
Foto von August Choksi Burns für *Art Home*

Eigentlich komisch, dass diese Skizzenblöcke mittlerweile richtig viel wert sind. Weniger komisch ist, dass der Hauptteil davon in Max Bergers Taschen fließt. Das ist echt ein Verbrechen. Mom nennt ihn nur »den Aasgeier«. Um Geld zu machen, hat er ein paar von Addisons Entwürfen im Ausland nähen lassen, und dann hat er der Kollektion noch den Namen »Addison schläft« gegeben, weil sie jeden Tag einen Mittagsschlaf gemacht hat. Er beutet ihr Leben aus und macht gutes Geld damit.

Auf der anderen Seite war meine Schwester auf allen möglichen Gebieten begabt, und Berger war eben schlau genug, das zu erkennen. Also meine Eltern und ich hatten keine Ahnung davon. Berger schon. Was will man da machen?

MAUREEN STONE: Im Schlussverkauf konnte man eine Dreierpackung Mädchen-T-Shirts günstig bekommen. Addison stylte sie vollkommen um. Sie färbte die Shirts stundenlang, bis sie »ihren« lila Farbton angenommen hatten, und bearbeitete sie dann und machte Sachen damit, auf die ich nie gekommen wäre. Einfach unglaublich. Sie nähte einen Reißverschluss ein oder machte eine zweite Naht, die farblich abgesetzt war, oder nähte einen Samtstreifen auf oder ein Band mit winzigen Sicherheitsnadeln.

Ich war richtig enttäuscht, als sie mit der Nähmaschine so gut umgehen konnte, dass sie alles allein hinbekam. Ich half ihr doch so gern. Das waren immer so schöne Momente für uns als Mutter und Tochter. Aber Addison meinte, ich würde sie nur aufhalten. Du lieber Himmel, nein, natürlich habe ich das nicht persönlich genommen. Alle haben sie aufgehalten. Aber sie hätte auch ohne Weiteres Modedesignerin werden können, wenn das mit der Kunst nicht geklappt hätte. Sie hätte bei einer dieser Castingshows für junge Designer mitmachen können. Da hätte sie haushoch gewonnen.

LUCY LIM: Es war nicht nur die Kunst. Addy war in ganz vielem unglaublich begabt. Sie erfand zum Beispiel ganz neue Sprachen für uns, Dutzende von Wörtern und Sätzen, die nur wir verstanden.

»Snerps« waren zum Beispiel niedliche Loser. Ein »Snerpick« dagegen war ein eingebildeter Loser. »Squitsch« und »squitschig« waren verschiedene Ausdrücke für etwas Ekliges. Wir hatten auch viele Wörter für Jungs: ein »Schlicker« war ein fieser Kiffer. Und ein »Breitfleisch« war ein Fitnessstudio-Muskelprotz, Versagertypen wie Mike Gandara, der an einer Tankstelle jobbte. »Boingzie« bedeutete so viel wie krass cool, »froop« beschrieb etwas, das so dämlich war, dass man es kaum aushielt. »Zyklopisch« stand dafür, dass man wegen einem Typen so schlimm Liebeskummer hatte, dass man wie ein Zyklop durch die Gegend lief. Verstehen Sie? Also, das eine Auge, das man hat, klebt dauernd nur an diesem Typen.

Friendship Quilt von Addison Stone, mit freundlicher Genehmigung von Lucy Lim

In der Mittelschule schenkte sie mir ein Bild mit dem Titel *Friendship Quilt*. Es zeigt uns unter einem Baum und alles ist verbunden. Ich hatte es an meine Pinnwand geheftet, und jedes Mal wenn Addison bei mir war, schaute sie es sich an. Solche kleinen liebevollen Gesten bedeuteten ihr sehr viel. Addison war viel gefühlvoller, als sie sich gab.

In der achten und neunten Klasse ergatterte Addy die Hauptrollen in unserer Schultheateraufführung: die Dorothy in *Der Zauberer von Oz* und Mogli im *Dschungelbuch*. Das lag nicht unbedingt daran, dass sie die beste Schauspielerin oder Sängerin gewesen wäre – obwohl sie toll war. Es war eher so, dass die Leute sie unbedingt sehen wollten. Auf einer Bühne, im Zeichensaal, in der Mensa, überall.

Das besondere Talent und das Charisma, das Addy hatte, wirkten auf mich immer wie ein Parfüm. Alle lechzten nach dem Duft und keiner konnte es haben. Stattdessen scharten sich die Leute um sie und schnupperten an ihr. Ich denke schon, dass ich es geschafft habe, mich nicht aufzudrängen und dann für sie da zu sein, wenn sie mich brauchte. Das war eben *mein* besonderes Talent. Ich glaube, deswegen hat sie mich auch nie fallen lassen. Ich war vorsichtig. Ich musste lernen, wann es okay war, bei ihr zu sein, und wann man besser eine Armeslänge Abstand hielt oder sich gleich ganz unsichtbar machte.

JENNIFER O'HARE MEYERS: Ich fand meine Nichte eigentlich immer schon ziemlich überspannt. Sie schaute nur auf sich, nie auf die anderen. Doch das änderte sich an unserem zwanzigsten Hochzeitstag. Um dieses Ereignis zu feiern, veranstalteten wir eine Party, ein richtig großes Fest mit einem Barkeeper und Essen vom Caterer und einem Jazztrio. Ich lud auch Maureen, Roy und die Kinder über das Wochenende zu uns ein. Na ja, es ging nicht anders. Maureen ist immerhin meine Schwester.

Maddy und Addison kamen normalerweise gut miteinander aus und Maureen half mir bei meinen Besorgungen. Es war ein toller Abend, dauernd klingelte es an der Tür und immer noch mehr Leute kamen. Wir waren alle im Wohnzimmer bei einem Drink und Häppchen, als ich aus den Augenwinkeln plötzlich Addison entdeckte.

Ich war sprachlos. Wie um alles in der Welt konnte Maureen nur zulassen, dass ihre Tochter so nuttig herumlief? Ein dreizehnjähriges Mädchen in einem hautengen Glitzertop, einem Balletttröckchen und Stiefeln mit Pfennigabsätzen? Und Addison wusste genau, wie unangenehm mir das war! Ich hatte meinen eigenen Töchtern passende elfenbeinfarbene Leinenkleider mit knallroter Schärpe gekauft. Sie sahen so frisch aus wie Gänseblümchen. Vermutlich ging sie genau deshalb besonders langsam und stolzierte mit gemächlichen, wiegenden Schritten durch die Menge und genoss ihre Wirkung. Wie in einer Choreografie. In der einen Hand hielt sie eine Rolle – ich dachte erst, es wäre ein Poster, aber als sie vor uns stand, enthüllte sie die Leinwand.

»Alles Gute zum zwanzigsten Hochzeitstag, Jen und Len«, sagte sie. »Ich habe euch beiden ein Bild gemalt.«

Man hätte eine Stecknadel fallen hören können.

Und das muss ich ihr lassen, das Bild … Ich meine, das waren wirklich Len

Jen & Len von Addison Stone, mit freundlicher Genehmigung von Leonard und Jennifer Meyers

und ich, eingefangen in einer Pose, die meines Wissens auf keinem Foto zu finden ist, aber bis zum heutigen Tag erinnert es mich daran, wie wir als frisch verheiratetes Ehepaar in unsere erste eigene Wohnung in Boston zogen. Das Bild zeigt genau, wie wir damals waren, als Len noch Medizin studierte und ich drei Jobs hatte, damit wir die Miete bezahlen konnten. Man spürt, wie wir einander vertrauen. Ich schaue Len von der Seite an, voller Unsicherheit, aber auch voller Hoffnung in die Zukunft. Man sieht seine Zuverlässigkeit. Seine Behutsamkeit. Es ist wirklich erstaunlich.

Wie hatte sie das gemacht? Woher kannte sie uns so gut? Sie war damals ja noch gar nicht geboren? Und es gibt kein Foto, das sie hätte kopieren können. Das wird immer ihr Geheimnis bleiben.

Als ich *Jen & Len* rahmen ließ, erfuhr ich erst die Maße: knapp einen Meter auf eins dreißig. Dazu braucht es einen sehr großen, teuren Rahmen. Aber wir haben das Geld dafür ausgegeben und auch für Glas in Museumsqualität.

An dem Tag wurde mir klar, dass meine Nichte, auch wenn sie noch so anstrengend und provozierend war, etwas konnte, was andere Menschen nicht konnten.

MAXWELL BERGER: Als Addisons exklusiver Galerist und faktisch ihr Nachlassverwalter kenne ich das Gemälde *Len & Jen* natürlich. Ich bin sogar höchstpersönlich nach Princeton gefahren, um es zu schätzen.

Jen & Len zählt aus handwerklicher Sicht zu ihren Jugendwerken. Damals war

Addison noch nicht an der Kunsthochschule, sie hatte ihre Technik noch nicht entwickelt. Im Grunde genommen war sie noch ein Kind, aber ein sehr begabtes. Und deshalb wollte ich es auch unbedingt sehen. Sie erzählte mir einmal, sie hätte in der Schule einen Dokumentarfilm über den Künstler Alex Katz gesehen, und sein Einfluss auf das Bild ist offensichtlich. Es wirkt verführerisch und dennoch distanziert. Dieser weiche Pinselstrich. Das Bild ist zwar von einem jungen Menschen gemalt worden, aber es hat nichts Kindliches.

Ich denke schon, dass den Meyers bewusst ist, dass der Auktionspreis von *Jen & Len*, sollten sie es je verkaufen wollen, den Wert ihres Hauses und der gesamten Inneneinrichtung bei Weitem übersteigt.

MADDY MEYERS: Mom hat das nie so offen gesagt, aber Addison hat meinen Eltern die Feier zu ihrem Hochzeitstag verdorben. Irgendwie schaffte sie es, dass meine Eltern gar nicht mehr im Mittelpunkt standen. Alle staunten nur noch und sagten Addison, wie begabt sie doch sei. Wenn die Leute sich an diesen Abend erinnern, dann nur wegen Addison.

LEN MEYERS: An dem Wochenende hat sie mir meine Rolex geklaut, da bin ich mir sicher. Dieses Mädchen war ein furchtbarer kleiner Langfinger. Ich konnte es nur nicht beweisen. Trotzdem, es ist ein tolles Bild. Ich hätte ohne zu zögern bares Geld dafür auf den Tisch gelegt. Und jetzt könnte ich es mir gar nicht mehr leisten.

Alle wollen dich, aber du willst meine Schuhe.

CHARLIE STONE: In der neunten Klasse fing meine Schwester an, ihre Kunst zu Geld zu machen. Wie ein Straßenmaler baute sie jeden Samstag vor dem Kino in Peacedale einen Stand auf: »Zehn Dollar für ein Bild! Komm und hol dir eine Porträtskizze von dir. Was Besseres werdet ihr nicht kriegen!« Zu mir sagte sie: »Los, Charlie, besorg mir ein paar Kunden, dann kriegst du zehn Prozent.« Und das tat ich dann auch. Addison teilte absolut gerecht, es war fast schon übertrieben. Meistens gab sie mir ein Viertel ihres Gewinns, wenn ich ihr ein paar Kunden bringen konnte.

Ich habe ein Geheimnis und auch einen Plan

Zeichnungen von Addison Stone, aus dem Nachlass von Addison Stone

Addison konnte in fünf Sekunden ein naturgetreues Abbild von jemandem zu Papier bringen. Es war eher ein Porträtbild als nur eine Skizze, aber sie nannte es trotzdem so.

Ich glaube, um zu zeigen, dass sie das selbst nicht so ernst nahm. Und dann konnte auch niemand sauer sein, wenn die Ähnlichkeit nicht so groß war.

Aber Mannomann, die Bilder waren echt perfekt. Meistens kritzelte sie noch ein paar Worte unten auf das Blatt. Ich habe ein paar davon aufgehoben, die sie nicht so gelungen fand. Aber ich fand sie lustig. »Alle wollen dich, aber du willst meine Schuhe«, steht auf einem. Oder: »Ich bin heute weniger wach.« Oder: »Ich habe ein Geheimnis und auch einen Plan.«

Sie machte richtig Kohle, bis die Bullen sie verscheuchten. Sie hatte keine Erlaubnis und verdiente zweihundert Mäuse am Tag. Erheblich mehr als die Kinder sonst mit ihren Flohmarktständen.

LUCY LIM: Addy hat nie babygesittet oder Autos gewaschen oder Kuchen verkauft oder geputzt oder was Kinder sonst so für Jobs haben. Sie verdiente ihr Geld mit Malwettbewerben. In der neunten Klasse sollten wir einmal im Kunstunterricht ein Fahrrad malen. Addys Bild war so toll, dass die Schulleiterin sie bat, es der Schule zu schenken, damit sie es in der Aula aufhängen konnten. Addy sagte, herschenken würde sie es auf keinen Fall. Wenn die Schule es haben wolle, würde das hundert Dollar kosten. Und wissen Sie was? Die Schule hat bezahlt.

Bicycle von Addison Stone, mit freundlicher Genehmigung der Kingstown Highschool

Sie brauchte Geld, damit sie sich immer die besten Malsachen leisten konnte. Aber sobald sie genug zusammenhatte, gab sie es total leichtfertig aus für eine kitschige Designerjacke oder für superteure Geschenke. Sie liebte es, mit Geschenken beladen hereinzuplatzen. Meiner Mutter kaufte sie immer Rosen, zum Geburtstag, zum Muttertag, zum Valentinstag. Einmal kaufte sie mir eine Navajo-Tasche mit Fransen, die ich in unserem Lieblingssecondhandladen in Princeton bewundert hatte. Ein anderes Mal schenkte sie mir ein Paar Ohrringe mit Mondsteinen.

Allerdings musste man bei Addys Geschenken vorsichtig sein. Es konnte immer auch sein, dass sie gestohlen waren. Sie war eine Diebin, die Königin des Langfinger-Rabatts. »Ein gut ausgeführter Diebstahl ist wie Kunst«, sagte sie immer. Wahrscheinlich liebte sie deshalb auch Gaunerfilme so, *Ocean's Eleven*, James Bond oder Elmore-Leonard-Filme. Wo kriminelles Verhalten cool und elegant aussieht.

CHARLIE STONE: Haben Sie schon mit Lucy Lim über die Sache in der Green Hall gesprochen? Meiner Erinnerung nach war es im Frühjahr, ich war dreizehn, und Addison und Lucy waren ungefähr fünfzehn.

Die Green Hall ist ein kulturhistorisches Museum in Rhode Island. Drüben bei Newport Bridge gibt es einen ganzen Haufen Museen: The Elms, The Breakers, Green Hall, Marble House. Ich finde solche Museumstouren ja total langweilig, aber Mom hatte ein paar Freikarten bekommen und wollte unbedingt hin. Mom liebte alles, was umsonst war. Es war März und es war furchtbar kalt. Wir mussten aber nur für das Benzin und für das Mittagessen unterwegs bezahlen. Addison lud Lucy dazu sein und auf einmal wollte Dad auch mit. Hauptsächlich deshalb, weil er es nicht leiden konnte, wenn Mom ohne ihn mit dem Auto fuhr.

Als Addison endlich ins Auto stieg, trug sie schwarze Leggings und ein schwarzes T-Shirt wie ein Einbrecher. Ich wusste gleich, dass sie was vorhatte. Sie sprach kein Wort und summte nur leise vor sich hin, wie immer, wenn sie konzentriert nachdachte. Das letzte Mal, als sie so gesummt hatte, war im Jahr davor gewesen. Damals hatte sie mit knallroter Farbe BITTE LANDEN auf unser Dach gepinselt. Sie sagte, sie habe nur testen wollen, ob dort tatsächlich etwas landen würde.

Als wir in der Green Hall angekommen waren, verschwand sie.

LUCY LIM: Wir sahen uns nach ihr um, aber wir konnten die Führung nicht verlassen. Ich war sauer, dass sie abgehauen war. Ich meine, wer hat schon Lust, mit der durchgeknallten Familie seiner Freundin abzuhängen, wenn die Freundin nicht dabei ist?

Addys Mom hatte Angst, und ich kapierte nicht, warum. Addy machte sich ständig aus dem Staub. Wenn wir zum Beispiel bei mir zu Hause vor dem Fernseher saßen, sagte sie manchmal, sie würde sich nur kurz ein Glas Wasser holen. Eine Stunde später fand ich sie dann schlafend in meinem Bett oder in der Küche, wo sie mit meiner Mutter quatschte, oder draußen auf unserer Terrasse beim Malen mit Kreide. Mom bewahrte dort nämlich immer eine Schachtel mit Straßenkreide auf, nur so zum Spaß.

Addison bei den Lims beim Malen mit Straßenkreide, mit freundlicher Genehmigung von Eve Lim

Deshalb beunruhigte mich das in dem Museum eigentlich nicht. Ich dachte, sie hätte sich davongemacht, um im Auto ein bisschen zu schlafen. Das wäre nicht ungewöhnlich gewesen. Addy konnte überall schlafen. Aber Addys Mom war misstrauisch.

MAUREEN STONE: Du lieber Himmel! Die Minuten vergingen und ich wurde immer unruhiger. Die Tour ging zu Ende und wir verließen den Trakt mit den Schlafzimmern und gingen die große Treppe in die Eingangshalle hinunter. Addison verlief sich gern, das kannte ich schon. Im Zirkus, auf dem Spielplatz, im Kaufhaus. Irgendwann fand man sie dann in einem Brunnen beim Planschen wieder oder bei den Tierkäfigen. Ein echter Albtraum für eine Mutter.

Sobald wir unten in der Eingangshalle den Tumult oben hörten, hatte ich schon so eine dunkle Ahnung, dass das Addison war und dass es Ärger geben würde.

ROY STONE: Der Witz an Green Hall ist doch der, dass Errol Flynn mal in der Villa übernachtet hat. Und der war nun mal berühmt dafür, dass er sich an

Kronleuchtern herumschwang. Addison wollte das nachspielen. Nur so aus Jux. Mehr war da nicht.

LUCY LIM: Und zwar wortwörtlich. Sie saß auf dem Kronleuchter und schwang hin und her. Hundert Kilo aus Licht und Kristall, und Addison reitet darauf wie auf einem Karussellpferd. Ohne Zügel, ohne Seil. Ich weiß noch, dass sie so eine lilafarbene Mütze trug, die aussah wie ein Elfenhut. Das war typisch Addy, verrückt und waghalsig wie immer. Das Geräusch war kaum auszuhalten, so ein gruseliges Knirschen und Ächzen, und ständig fielen Kristallteilchen ab und zersprangen auf dem schwarz-weißen Marmorboden. Wäre das Kabel nicht stark genug gewesen, wäre Addy abgestürzt und voll auf den Marmorboden gekracht.

Später fragte ich sie: »Hattest du denn keine Angst? Hast du nicht darüber nachgedacht, wie grauenhaft es wäre, so zu sterben?«

Und sie sagte: »Lulu, du Angsthase. Ich denke nie an den Tod. Der Tod kommt sowieso.«

Wir sahen, wie sich die Aufnahme auf YouTube verbreitete, und das war echt cool. Die boingzigste Boingzaktion nannten wir es. Als Addy nach New York gezogen ist, kannten die Leute sie am Anfang nur als das »Kronleuchter-Mädchen«. Seitdem haben mich haufenweise Leute gefragt: »Wie war es denn, Addison dabei in echt zuzusehen? In dem Moment bei ihr zu sein?«

Wollen Sie eine ehrliche Antwort? Es war, als wäre man betrunken vor Angst.

ZACH FRATEPIETRO: Durch das Kronleuchter-Video habe ich zum ersten Mal von Addison Stone gehört. Ich habe Addison kurz nach ihrem Umzug nach New York kennengelernt, aber da kannte ich den Clip schon, alle kannten ihn. Er hatte in der Kunstwelt für einigen Aufruhr gesorgt. Als ich Addison zum ersten Mal zu uns zum Abendessen mitbrachte, damit sie meine Mutter Carine kennenlernte, habe ich sie so vorgestellt: »Meine Damen und Herren, das Kronleuchter-Mädchen.«

Das war eins der wenigen Male, dass ich meine Mutter beeindruckt gesehen habe. Addison erzählte mir, es sei als Tribut an Edgar Allan Poe gedacht gewesen. Damals las sie in der Schule gerade *Die Grube und das Pendel*. Lustig, nicht?

MADDY MEYERS: Meine Cousine scherte sich nicht um Regeln. Sie verkaufte die Kronleuchter-Sache zwar mit so einer hochgeistigen Schwachsinnsbegründung wie Hommage an Poe oder Errol-Flynn-Kopie, aber eigentlich hatte sie es natürlich nur wegen der Gefahr gemacht und um berühmt zu werden. Addison hat diese Show und alle anderen nur deshalb abgezogen, weil ihre erste Regel lautete: keine Regeln. Nie. Sie fand, alle sollten immer nur tun, was sie wollten. Sie tat es also einfach nur so. Weil sie sich dann gut fühlte. Ich sage dazu nur so viel, dass sie danach niemand mehr Allison nannte, nicht mal aus Versehen. Selbst meine Mutter, die immer sagte, wenn Addison es nicht fertigbrachte, sie »Tante« Jen zu nennen, würde sie sie ganz sicher nicht bei irgendeinem neuen, selbst ausgedachten Namen nennen. Aber die Kronleuchter-Sache war so etwas wie eine Feuertaufe. Danach war uns allen klar, dass Addison für ein größeres Publikum spielte als nur für Freunde und Verwandte. An dem Tag wurde sie zu Addison, und zwar für immer.

LUCY LIM: An dem Tag erwachte die zukünftige Addison zum Leben. Die Green-Hall-Aktion hatte alles, was sie inspirierte: Entsetzen und Schönheit, mit Addy im Mittelpunkt. Addy hatte auch das Video im Internet verbreitet. Sie kontrollierte ihr Image bis ins Letzte, auch damals schon, als sie noch gar kein Image hatte.

STEVEN JOHANNES: Addison schaltete eine Zeitungsanzeige und bezahlte mich in bar, und ich filmte alles mit meiner eigenen Kamera – deshalb war es übrigens auch keine Copyrightverletzung. Ich hoffe, dieser Drecksack Berger liest das hier. Er schickt mir immer wieder Briefe vom Anwalt. Er behauptet, der Clip sei Teil von Addison Stones Nachlass. Ist er nicht, da kann er einen drauf lassen.

Das Kronleuchter-Mädchen ist immer noch der Film von mir, der am häufigsten downgeloadet wird. Die Leute fragen ständig danach. Ich habe schon überlegt, ob ich zum zehnjährigen Jubiläum des Films eine Aktion starten soll, jetzt, wo Addison nach ihrem Tod so berühmt geworden ist. Das soll aber nicht respektlos klingen.

Addison hat mir ganz genaue Anweisungen gegeben. Sie hatte alles schon im Vorfeld durchdacht, und das war noch so ein Grund, warum ich nie damit gerechnet hätte, dass sie ein Kind ist. Ich weiß noch, dass sie mir eine SMS schickte: *Punkt 13 Uhr in der Green Hall Villa. Warten Sie auf mich. Wir besprechen kurz alles, dann warten Sie, bis ich Ihnen das Zeichen zum Filmen gebe. Bezahlung im Voraus. Halbes Honorar, wenn die Wachleute einschreiten.* Dazu ein Grundriss der Villa mit dem genauen Treffpunkt. Hätte ich gewusst, dass die Anweisungen von einer Jugendlichen kamen, wäre ich niemals hingegangen. Damals war sie ja noch nicht »Addison Stone«, stimmt's? Sie war einfach nur eine durchgeknallte Göre.

»Und worum soll's in deinem Film gehen?«, hab ich sie gefragt, als wir uns trafen.

»Ich reite auf dem Kronleuchter in der Eingangshalle.«

»Hast du das schon mal ausprobiert?«, fragte ich.

»Nein. Das ist ja das Spannende daran. Er hält vielleicht nicht.« Dann fragte sie, ob ich trotzdem dabei wäre – schließlich war das, was wir machten, nicht legal. Und auch nicht besonders klug. Oder normal. Es war also ziemlich riskant. Ich war dabei. Ich hatte zwar Schiss, aber ich brauchte die Kohle – und die hatte sie anscheinend.

Wir besprachen, wie wir vorgehen wollten. Es würde ja nur einen Versuch geben.

Sie sagte: »Film weiter, auch wenn er runterfällt.«

Und ich: »Wenn er runterfällt, Kleine, dann stirbst du.«

Und sie nur: »Genau. Und wenn ich sterbe, sorgst du dafür, dass es sich lohnt, das anzuschauen.«

Wer könnte je ein Mädchen vergessen, das so was Düsteres sagt?

LUCY LIM: Die Leute sehen die Green-Hall-Aktion ja immer als Addys großen Durchbruch. Damit hatte sie sich auf einen Schlag von einem rehäugigen, künstlerisch begabten Mädchen, das gut singen, malen, tanzen und zeichnen konnte, in das wagemutige Idol verwandelt, dessen Foto heute auf T-Shirts prangt.

Genau das ist der Grundgedanke, der in allen Sachen von Addy steckt: Menschen können in größeren Zusammenhängen denken. So wie in diesem Artikel aus der *BRKLN*, »Der persönliche Überschwang der Anarchistin«, der ein paar Jahre später veröffentlicht wurde. Aber Green Hall brachte sie so richtig in Fahrt. Es sollte ein Anfang sein.

Nur dass diese »überschwängliche Anarchie« nicht lange vorhielt. Denn kurz danach drehte Addy durch und alles zerfiel.

»Der persönliche Überschwang der Anarchistin«, Titelcover von *BRKLN*

III.

EIN SKELETT IN EINEM T-SHIRT

MAUREEN STONE: Nach der Sache mit Newport wachte ich ganz besonders über meine Tochter. Es ging ja nicht anders! Ich war ein nervliches Wrack, das können Sie mir glauben. Sie war schon immer ein unberechenbares Kind gewesen, aber was sie da angestellt hatte, das war kein Streich mehr oder jugendlicher Leichtsinn. In ihr lauerte so eine Wildheit. Ich konnte das einfach nicht verstehen.

Addison wurde nicht erwischt und deshalb auch nie dafür zur Verantwortung gezogen. Und ich war so erleichtert, dass sie überlebt hatte, dass mir die Kraft fehlte, wütend zu sein. Deshalb bestrafte ich sie auch nicht.

In dem Video sieht ihr Körper so frei aus, wie sie sich selbst wohl nie gefühlt hat. Aber ich hatte Jahre später noch Albträume, in denen Addison aus sechs Metern Höhe auf den Marmorboden knallt und mit gebrochenem Genick und mit verdrehten Gliedern daliegt. Immer wieder wachte ich schweißgebadet auf aus diesen furchtbaren Träumen.

Und natürlich starb sie am Ende durch einen Sturz. Als hätte ich mit meinem Mutterinstinkt ihr Schicksal längst vorausgeahnt.

ROY STONE: Die Leute machen viel zu viel Getöse um Green Hall. Wollen Sie wissen, was ich zu Maureen gesagt habe? Addison war einfach völlig zugedröhnt. Auf Meth oder Ecstasy? Oder bekifft? Keine Ahnung. Aber ich verwette meine Goldfüllungen, dass sie total high war.

MAUREEN STONE: Addisons Vater war einfach nicht oft genug zu Hause, um die wahre Addison zu erleben. »Kinder sind eben so«, sagte er immer. Als wäre das ein Trost. Und Green Hall war nicht mal das Schlimmste. Das richtige Unglück kam dann im Jahr darauf, im Sommer vor der elften Klasse.

Das Haus der O'Hares, Dartmouth, Massachusetts, mit freundlicher Genehmigung von Nancy O'Hare

MADDY MEYERS: Meiner Meinung nach fingen Addisons wirkliche Probleme in dem Haus in der Lyn Road an. Im Juli fuhren unsere Mütter gern mit uns zu unseren Großeltern, die ein Stück außerhalb von Bristol leben, oben in Dartmouth in Massachusetts. Total öde. Wenn wir dort waren, wurden Mom und Tante Maureen wieder zu Kindern. Schüchternen, gehorsamen irisch-katholischen Töchtern.

Addison und ich kamen dort besser miteinander aus als sonst. Wir lästerten darüber, dass unsere Mütter in ihrem Elternhaus so wenig Rückgrat zeigten. Dass sie uns zwangen, alle Hausregeln der O'Hares zu befolgen und keine Fragen zu stellen. »Aufstehen, Zeit für den Gottesdienst! Macht euer Bett, und zwar ordentlich! Esst euren Teller leer. In Indien verhungern die Kinder!«

Mit Addison waren Gran und Pops nicht ganz so streng. Sie ging ganz unbefangen um mit ihnen; zum Beispiel machte es ihr anscheinend gar nichts aus, einen Nachmittag lang mit Pops zusammen Vögel zu beobachten oder sich von Gran zeigen zu lassen, wie man einen Kuchenteig macht. So was fiel ihr leicht. Manchmal denke ich, dass sie deshalb auch so begabt darin war, Leute zu porträtieren. Das war so eine Aufmerksamkeit für andere, verstehen Sie? Und wenn sie dann ihren Brokkoli nicht aufaß, waren meine Großeltern nachsichtig und taten so, als würden sie es nicht bemerken.

Charlie verbrachte diesen Sommer oben in New Hampshire in einem Sommerlager für Jungs, Camp Winnipsaukee. Und meine ältere Schwester Morgan war als Au-pair in Nantucket. Deshalb waren es nur wir zwei, die sich dort auf dem Land langweilten, darauf angewiesen, von unseren Müttern irgendwohin gefahren zu werden, ohne Freunde oder Bekannte. Addison und ich schliefen im alten Kinderzimmer unserer Mütter. In einem Doppelbett mit durchgelegenen Matratzen, die sich anfühlten, als würde man auf einem Haufen Socken schlafen.

Es fing schon in der ersten Nacht an, als sie nicht einschlafen konnte. »Gib mir dein iPad«, sagte sie, weil sie kein eigenes hatte.

Manchmal hatte sie Albträume, dann schlüpfte sie zu mir unter die Decke. Ihre mageren Arme schlangen sich so fest um mich wie ein Schraubstock. Mir gefiel das irgendwie. Es bedeutete, dass wir uns immer noch nah waren als Cousinen, und deshalb ließ ich sie gewähren, wenn sie sich zu mir kuscheln wollte, damit sie schlafen konnte. Es zeigte mir, dass sie mich brauchte.

Doch eines Nachts war es anders. Sie rüttelte mich so heftig wach, dass sich ihre Nägel in meine Haut bohrten. Sie zischte: »Maddy, hör doch! Hörst du das auch? Hörst du das? Hörst du die Leute in der Wand?«

Ich schaltete das Licht an. Ich hörte nichts. Ich sagte, sie würde mir Angst machen.

»Komm schon! Hörst du das denn nicht, Maddy?«, fragte sie immer wieder. »Ich kann durch die Zeit hindurchhören! Ich höre Gesprächsfetzen von toten Menschen.«

»Lass das. Hör auf, mir Angst zu machen! Da ist niemand in der Wand, Addison!« Ich schob sie weg.

Sie fing an, im Zimmer auf und ab zu gehen. »Miss Cal will weich gekochte Eier zum Mittagessen, und Douglas geht später noch in die Stadt, um seine Stiefel abzuholen. Die sind neu besohlt worden. Ida möchte, dass er ihr eine Tüte mit Karamellbonbons mitbringt und neue Pinsel.«

Ich dachte, sie wollte mir einen Streich spielen. »Sei still«, sagte ich zu ihr. »Sei endlich still!«

Aber sie hörte nicht auf. Sie erzählte mir, was sie durch die Wand hindurch hören konnte, und wiederholte die Gespräche, als wären sie real.

Irgendwann habe ich es kapiert: Diese Stimmen waren tatsächlich real – für sie.

JENNIFER O'HARE MEYERS: Meine Schwester zog einen Therapeuten hinzu. Ich sagte: »Rede mit jemandem, tu etwas. Tu, was nötig ist, Maureen. Aber such dir Hilfe und lass Roy da raus. Der wird nur sagen, dass wir alle überreagieren, und wird über die Arztrechnungen schimpfen.« Das war mein Rat.

DR. EVELYN TUTTNAUER: Ich habe Addisons Fall sofort übernommen und wurde ihre behandelnde Psychiaterin. Der Kontakt kam über Maureen Stones Hausarzt Dr. Fergis zustande, der mich Mitte Juli kontaktierte. Er erklärte mir, seine Patientin Maureen Stone mache sich Sorgen um ihre sechzehnjährige Tochter. Laut seiner Patientin leide Addison Stone unter akustischen Halluzinationen. Sie glaube, sie könne in den Wänden im Haus die Stimmen ihrer Großeltern hören.

Da es keine medizinische Vorgeschichte gab, ging ich davon aus, dass die junge Frau nicht unter Halluzinationen litt, sondern sich nur aufspielen wollte. Manchmal erfinden Patienten, vor allem junge Patienten, Stimmen oder sonstige äußere Einflüsse, um ihren eigenen Wünschen oder Bedürfnissen Ausdruck zu verleihen. Es fällt oft schwer zu sagen: »Ich bin auch noch da.« Da ist es einfacher, irgendeinen Unsinn zu erfinden, der die Leute zwingt, einen zu beachten. Und ich wusste, dass ihre familiäre Situation recht schwierig war.

Ich sprach kurz über Skype mit Addison. Trotz ihrer erschöpften und vernachlässigten Erscheinung wirkte sie auf mich nicht wie jemand, der unter einer psychischen Störung leidet. Mein Verdacht war, dass sie einen Groll gegen ihren Bruder hegte, der, wie sie mir erzählte, in einem Sportcamp jede Menge Spaß hatte. Dieser Groll äußerte sich als pseudo-halluzinatorisches Syndrom. Nach diesem Gespräch notierte ich mir, dass Addison Stone trotz ihres schmuddeligen Äußeren charismatisch und einnehmend wirkte und mir durchaus sehr überzeugend etwas vorgespielt haben könnte, um mehr Beachtung zu bekommen.

Dennoch empfahl ich Maureen und ihrem Mann, ihre Tochter aufmerksam zu beobachten. Ich riet Addison, Vitamine zu nehmen, und verschrieb ihr ein leichtes Schlafmittel. Wir vereinbarten einen Termin in meiner Praxis in Providence für Ende Juli.

Hätte ich sie persönlich gesehen, hätte ich sicherlich einen stationären Aufenthalt und eine Behandlung mit Antipsychotika empfohlen. Aber leider bin ich kein Hellseher. Daher fühle ich mich auch nicht verantwortlich für die darauffolgenden Ereignisse. Eine Skype-Sitzung ist nun einmal nicht genug. Wenn Addisons Mutter tatsächlich so besorgt gewesen war, hätte sie Addison gleich zu mir in die Praxis bringen sollen.

MADDY MEYERS: Sie war wie besessen, ständig lauschte sie an den Wänden und ließ die ganze Nacht das Licht brennen. Ich hatte eigentlich mein ganzes Leben irgendwie Angst vor Addison gehabt, aber das hier war anders. Weil sie diesmal selbst Angst hatte. Doch als die Ärztin sagte, Addison würde die Stimmen erfinden, weil sie eifersüchtig auf Charlie sei – was echt total absurd war –, taten unsere Mütter so, als wäre alles nur ein dummer Streich, genau wie die Aktion in der Green Hall.

»Bist du sicher, dass du Leute reden hörst, Addison? Oder willst du nur ein bisschen Unruhe stiften?«

Oder: »Warum sagst du den Geistern nicht, dass sie still sein sollen? Es ist schon nach zehn! Schlafenszeit, ihr bösen Geisterchen!«

Das war eben das Problem mit unseren Müttern – es sind katholische Schulmädchen und absolut gehorsam. Was ein Priester oder ein Arzt sagt, das stimmt.

Aber Addison wurde immer sonderbarer. Sie versteckte ihr Essen in ihrer Serviette. Blickte ins Leere und zwickte sich dabei in die Arme, sie tat so, als würde sie fernsehen, dabei starrte sie in Wahrheit am Fernseher vorbei an die Wand und wartete auf die Stimmen von Miss Cal oder Douglas und vor allem von einem Mädchen, das in unserem Alter sei: Ida. Sie erzählte mir ganz unheimliche Geschichten. Sie sagte, sie könne drei Zeitebenen hier im Haus spüren, die sich zusammendrängten. Sie sagte, alle Familien würden gleichzeitig hier leben, nur könnten sie uns nicht sehen und wir nicht sie. Ida und Idas Familie hätten die lautesten Stimmen, erklärte sie.

Dann fing Addison an, Bilder von der »ursprünglichen Schicht« zu malen, wie sie es nannte. Idas Schicht. Sie sagte, das Esszimmer sei früher nur halb so groß gewesen, weil es noch eine Speisekammer gegeben habe. Sie trank Kaffee und machte hässliche Bleistiftzeichnungen von Ida, die sie an den Kühlschrank oder an den Medikamentenschrank im Bad klebte. Ich fand die Bilder furchtbar und riss sie alle ab. Jetzt wünschte ich, ich hätte es nicht getan, aus allen möglichen Gründen.

Und Sie können sich bestimmt vorstellen, wie unsere megareligiösen Großeltern den Gedanken fanden, dass es in ihrem Haus spuken sollte. Sie dachten, Addison würde etwas Böses in ihr Haus bringen. Natürlich nicht absichtlich, aber meine Großeltern sind regelmäßige Kirchgänger und kamen mit Addisons Geistern überhaupt nicht klar. Zum Glück war Maureen so klug, Addison ins Auto zu packen und sie nach Hause zu bringen, bevor meine Großeltern sie baten zu gehen.

MAUREEN STONE: Charlies Stipendium für das Sportlager war eine wunderbare Sache für ihn. Wir freuten uns alle sehr. Auch Addison. Addison liebte ihren kleinen Bruder, sie hätte ihm seinen Erfolg auf keinen Fall missgönnt. Er hat ganz andere Begabungen als sie. Aber im Nachhinein kamen mir Zweifel: Hatte ich die Sache falsch eingeschätzt? Brauchte sie vielleicht wirklich besondere Aufmerksamkeit? Die Ärztin schien sich ziemlich sicher zu sein, dass darin Addisons Problem lag.

Aber Addison sah immer schlechter aus. Sie ging nicht mehr aus dem Haus und duschte nicht mehr. Sie putzte sich nicht mehr die Zähne, kämmte sich nicht die Haare, lief nur noch im Schlafanzug herum. Sie schlief auch nicht mehr. Sie blieb die ganze Nacht wach und machte Zeichnungen von Ida, dieser Erscheinung oder wie man das nennt … Ich machte ein Foto von ihr, zeigte es ihr und fragte: »Erkennst du dich überhaupt noch wieder, Liebes? Siehst du, was du dir antust?« Ich fühlte mich so hilflos. Ich kam einfach nicht an sie heran.

Addison Stone, Sommer, Dartmouth, Massachusetts, mit freundlicher Genehmigung von Maureen Stone

Ida war der Geist, der Addisons Fantasie beherrschte. Sie war ein altmodisches Mädchen, immer im gleichen Kleid, einem »Tageskleid«, so nannte man das früher, glaube ich, mit einem weichen Saum und einer Falte, mit Spitze an den Ärmeln, und einer langen Kette um den Hals. Addison sah sie ganz genau.

»Bitte hör auf, dieses Mädchen zu malen«, flehte ich. »Es macht dich krank.«

Addison sagte dann jedes Mal: »Ida *will*, dass ich sie male. Sie will, dass ich ihr wieder Leben einhauche.«

Natürlich bin ich nicht wegen meiner Eltern abgereist. Sondern weil sich in Addisons Kopf festsetzte, dass Ida ihre Bilder hasste.

»Ida findet, meine Bilder haben kein Potenzial.«

»Ida sagt, ich sei dumm. Sie findet, ich würde nur andere Leute kopieren.«

»Ida sagt, ich sei längst nicht so begabt wie sie.«

»Ida sagt, ich werde ganz allein in einem weißen Kleid und in einem weißen Zimmer ohne Fenster und Türen sterben, genau wie sie.«

Ich war überzeugt, dass Ida zu einer echten Bedrohung wurde. Ich musste Roy anrufen. Er war den Sommer über in Peacedale geblieben, damit wir etwas »Abstand« hätten, und er wäre bestimmt sauer, wenn wir früher zurückkämen.

»Wir müssen hier weg«, sagte ich zu ihm. »Mit Addisons Kopf stimmt was nicht. Da ist etwas nicht in Ordnung und ich will nicht hier auf dem Land festsitzen und mir Sorgen machen.«

MADDY MEYERS: Meine Großeltern lebten seit über fünfzig Jahren in der Lyn Road Nr. 21. Trotzdem schlichen meine Mutter und ich uns irgendwann heimlich ins Archiv der Stadtbücherei. Nur um zu sehen, ob es dort mal eine Ida gegeben hatte. Wir fanden aber nur eine gewisse Calliope Saunders. Vielleicht war das »Miss Cal«, vielleicht auch nicht. Wir hatten keine Beweise. Und Beweise von was überhaupt? Von einem Poltergeist?

Mom und ich entdeckten dabei auch einen Grundriss des Hauses. Addison hatte recht gehabt, dass das Esszimmer früher in einen kleineren Raum und eine Speisekammer aufgeteilt gewesen war. Mom meinte sich aber zu erinnern, dass Großmutter uns mal davon erzählt hatte. Jedenfalls war mir und meiner Mutter klar, dass die Probleme vor allem in Addisons Kopf waren.

ROY STONE: Maureen hatte die Sache zu lange schleifen lassen. Als ich irgendwann sagte: »Dann kommt doch einfach wieder nach Hause«, hatte sich Addison schon halb zu Tode gehungert. Sie sah aus wie ein Kriegsgefangener, ein Skelett in einem T-Shirt. Und wissen Sie was? Das war eines der wenigen Male, dass ich so wütend war auf meine Frau, dass mir die Worte fehlten. Und als ich in die Augen meiner Tochter sah, wusste ich, dass wir sie alle im Stich gelassen hatten. Aber das war noch harmlos im Vergleich zu dem, was in der darauffolgenden Woche passierte.

Maureen und ich, wir waren beide auf der Hut, aber genau an dem Vormittag war Maureen irgendwo unterwegs. Zum Glück war ich in der Nähe. Nur ein paar Häuser weiter. Hatte mit einem Nachbarn was zu besprechen. Irgendwann sagte ich: »Da stimmt was nicht«, und bin sofort nach Hause. Keine Ahnung, wieso ich das wusste, aber ich rannte sofort ins Bad. Und da lag sie, in einem weißen Sommerkleid, und überall auf den Fliesen war Blut.

Ich hob sie hoch – sie wog keine fünfzig Kilo – und wählte den Notruf für einen Krankenwagen. Ich handelte blitzschnell, da können Sie drauf wetten. Innerhalb von fünf Minuten lag sie auf der Bahre. Wenn die Sanitäter später gekommen wären, wäre sie gestorben. Sie war am Verbluten.

Im Krankenhaus sagten die Ärzte was von psychotischen Zuständen und Halluzinationen, und ich nur so: »Wie bitte?« Maureen hatte mit keinem Wort erwähnt, was wirklich bei ihren Eltern los gewesen war. Sie hatte mich in dem Glauben gelassen, Addison hätte alles nur erfunden. Seitdem habe ich jede Menge über psychische Erkrankungen recherchiert, das können Sie mir glauben. Los, fragen Sie mich was! Ich weiß alles darüber.

MAUREEN STONE: An dem Morgen hatte ich ein Bewerbungsgespräch in dem Laden, wo ich auch heute noch arbeite, einem Bekleidungsgeschäft namens Rick-Rack. Und ja, ich war deshalb ziemlich mit mir selbst beschäftigt. Und Roy, na ja, der wollte ja nie wahrhaben, dass unsere Tochter schwer krank war, auf eine Art und Weise, die er nicht verstehen konnte. Er beharrte darauf, dass sie eine stinknormale Essstörung hätte. Und er hörte nicht zu, wenn ich versuchte, ihm die Sache mit den Stimmen zu erklären. Er fand, dass ich Addison nicht richtig im Griff hätte, ich sei zu »weich«, und ich hätte sie zwingen müssen, regelmäßig zu essen. Jedes Mal, wenn wir über Addison sprachen, haben wir uns gestritten. Wir waren seit etwa einer Woche wieder zu Hause, und Addison hatte zum Glück aufgehört, Ida oder diese anderen imaginären Leute zu zeichnen. Ich beobachtete sie immer noch ganz genau, aber Addison wirkte stabil. Dr. Tuttnauer hatte mich gewarnt und mir gesagt, ich solle vor allem dann aufpassen, wenn sie auffällig glücklich wirkte, aber damals kam sie mir nicht glücklich vor. Nur stabil.

Als dann Roys SMS kam, du lieber Himmel, da war ich fassungslos. Ich war … schockiert ist noch zu harmlos ausgedrückt. Ich kam genau in dem Moment ins Krankenhaus, als sie ihr den Magen ausgepumpt hatten. Sie sah so winzig aus in dem Krankenhausbett. Der Verband um ihre Handgelenke war so dick wie ein Topfhandschuh. Und das bei einem Mädchen, das nie krank war, nie erkältet, nie Husten hatte oder Grippe oder Fieber. Bei Charlie war das anders; der war ständig krank, Mittelohrentzündung, Sommergrippe, er hatte immer was, und dauernd rannten wir mit ihm zum Arzt. Mit Addison nie.

Ich saß an ihrem Bett, bis sie aufwachte. Und dann drehte meine Tochter den Kopf und sah mich mit ihren großen, traurigen dunklen Augen an und lächelte. Sie erklärte mir, Ida sei ihr von Dartmouth zu uns gefolgt.

»Ich glaube, Ida findet mich, wenn sie will, Mom.«

Das brach mir einfach das Herz.

DOMINICK LUTZ: Bevor ich von Ida erzähle, sollte ich erwähnen, dass ich Addison erst nach ihrem Umzug nach New York kennenlernte. An dem Abend, ich glaube, es war irgendwann im Frühherbst, waren mein Bruder und ich mit Addison in Lucey's Lounge in Gowanus verabredet. Das ist so eine Eckkneipe, wo man einen Humpen Bier und was zum Knabbern bekommt und sechs Stunden lang hinten in der Ecke sitzen kann, ohne dass einen jemand stört. Eine Menge Künstler hängen hier rum. Eine ganz bestimmte Szene.

Ich bin die eine Hälfte der Lutz-Brüder. Mein Zwillingsbruder Cameron – Cam – und ich sind Künstler. Wir sind bekannt dafür, dass wir niemals öffentlich in Erscheinung treten – wetten, Sie schaffen es nicht, ein offizielles Foto von uns aufzutreiben? –, und für unsere riesenhaften Arbeiten. Wir brauchen manchmal einen Zwölf-Mann-Trupp für unsere Freiluftinstallationen und wir arbeiten mit echtem Zeug: Bronze, Holz, Marmor, Mörtel.

So wie alle in der Szene hatten auch Cam und ich verfolgt, wie Addisons Kunst Furore machte. Wir hatten *Talking Head* gesehen und die Fieldbender-Porträts; wir wussten, dass dieser Künstler mal groß rauskommen würde. Aber sonst wussten wir nichts.

Einige Leute munkelten, Addison sei ein südamerikanischer Kerl. Aber es stellte sich heraus, dass das ein anderer Straßenkünstler war, Arturo Heron, der Gas und elektrisches Licht für seine Installationen benutzt und dem *Stop Thinking (About it)* meistens zugeschrieben wird, so wie Addison auch einige seiner Sachen zugeschrieben wurden. Andere Gerüchte besagten, sie sei eine ganze Gruppe von Leuten. Aber dann gab uns jemand einen Tipp: Es handele sich um ein amerikanisches Mädchen, viel zu jung, um schon so gut zu sein, aber sie sei wirklich gut. Und alle wollten sie kennenlernen.

An dem Abend kam ich ins Lucey's, und im Hinterzimmer saßen schon mein Bruder Cam, seine Freundin Paloma und Zach Frat, Addisons erster Freund. Und dann sah ich sie. Ich war sofort hin und weg von diesem Geister-Gothic-Punk-Herzensbrecher-Mädchen. Schwarze Hexenhaare und tief liegende schwarze Augen. Und dünne blasse Narben an den Handgelenken, die man nur bei Licht sah.

Zuerst tranken wir alle schweigend, während Paloma vor sich hin plapperte. Paloma ist echt süß, aber sie hat zu allem was zu sagen und holt nie Luft. Ich schielte ständig auf die Narben an Addisons Armen.

»Schlechten Tag gehabt?«, fragte ich schließlich und deutete darauf. Ich wollte nicht einfach darüber hinweggehen; ich musste wissen, was das war.

Sie lächelte von einem Ohr zum anderen. Addisons Lächeln war wie eine

Explosion. Es erhellte ihr ganzes Gesicht und verwandelte sie von Miss Tausendschön in Miss Schabernack.

»Keine Sorge«, sagte sie. »Ich höre nicht auf alles, was Ida sagt. Ich lasse sie nur zu mir kommen, wenn sie uns die richtige Synchronizität bringt.«

Und dann erzählte sie mir von Ida, wie andere Leute einen Spaziergang im Regen beschreiben würden. Ida sei auch eine Künstlerin, die in Massachusetts gelebt und in einem Sommer beschlossen habe, Addison zu verfolgen, und die sie nun nicht mehr in Ruhe ließ.

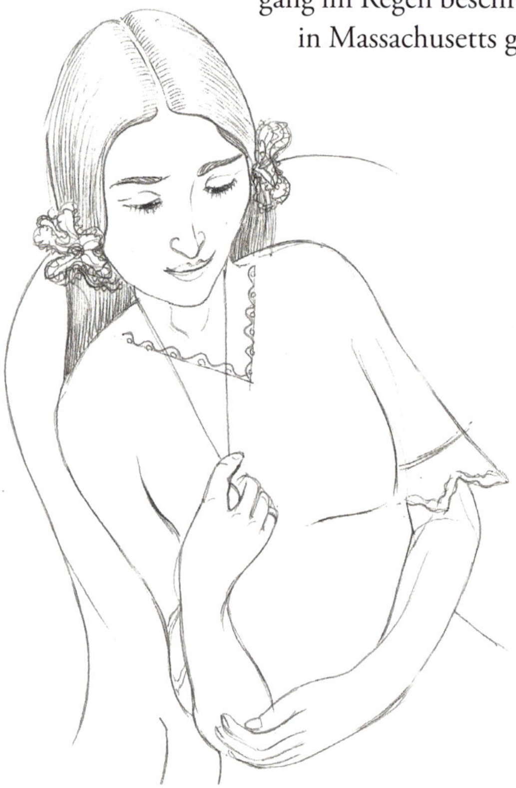

Eine Skizze zu Ida von Addison Stone, mit freundlicher Genehmigung von Dominick Lutz

»Ida hatte gehofft, sie könnte an der Sorbonne studieren. Sie hat mir gezeigt, wie man Porträts malt und Ölfarben verwendet.«

»Dann solltest du sie hierher zu dir nach New York kommen lassen«, sagte ich.

»Oh nein.« Addison lachte und schüttelte den Kopf. So, als wäre ich der Verrückte. »Ida ist vor hundert Jahren an Lungenentzündung gestorben. Deshalb haben wir uns auch die Pulsadern aufgeschnitten. Sie hat manchmal so schwarze Momente, vor allem wenn sie mich bei etwas sieht, was sie selbst gern gemacht hätte. Aber ich habe das Beste von ihr in mir. Sieh nur, wie sie mir hilft.«

Und Addison zieht einen Kugelschreiber heraus und skizziert Ida ganz konzentriert, fast tranceartig auf dem Tischset. Eine tolle Zeichnung: ein wehmütiges, trauriges, hübsches Mädchen, die Augen gesenkt, im Dreiviertelprofil. Ihre Finger halten einen Anhänger fest, der an einer Kette um ihren Hals hängt. Technisch gesehen eine unglaublich schwer zu zeichnende Perspektive, vor allem in einer schummrigen Bar und mit Kugelschreiber auf dem Tischset. Später habe ich die Zeichnung genommen und eingesteckt.

Von da an glaubte ich, was Addison mir erzählt hatte. Es ergab einen Sinn – wenn man den Zeitsprung schluckte –, dass Addisons Talent von irgendwoher kam, vielleicht sogar von etwas Übersinnlichem. Oder zumindest glaubte ich, dass sie selbst felsenfest davon überzeugt war. Was es irgendwie ja wahr macht, oder?

DR. EVELYN TUTTNAUER: Wir hatten vereinbart, dass Addison eine Woche nach der Rückkehr von ihren Großeltern zu mir kommen sollte. Drei Tage vor ihrem Selbstmordversuch unterhielten wir uns eine knappe Dreiviertelstunde lang über Videotelefon. Ich war besorgt wegen der Halluzinationen, aber die schienen seit ihrer Rückkehr nach Hause völlig verschwunden zu sein. Ich redete auch mit ihrer Mutter, die versprach, auf Veränderungen in Addisons Verhalten zu achten.

Und ja, ich war entsetzt, als ich von Addisons Selbstmordversuch erfuhr. Zumal es nicht nur ein Hilfeschrei war. Tiefe Schnitte an beiden Handgelenken plus ein Dutzend Diazepamtabletten. Wird der Versuch nur halbherzig ausgeführt, sind die Schnitte oberflächlich und quer zum Handgelenk. Addisons Wunden waren richtig tief und zogen sich das ganze Handgelenk hinauf. Sie wollte sich wirklich das Leben nehmen. Wenn wir bei ihren darauffolgenden Besuchen über den Selbstmord sprachen, sagte sie jedes Mal ohne zu zögern, Ida hätte es vorgeschlagen und sie hätten es gemeinsam getan und sie habe kein bisschen Angst dabei gehabt.

LUCY LIM: Sobald ich vom Lake George zurück war, erzählte mir meine Mutter, was vorgefallen war. Dass Addy Tabletten geschluckt und sich die Pulsadern aufgeschnitten hatte. Ich hatte den Sommer über kaum etwas von ihr gehört. Zuerst hatte sie mir noch lustige Briefe per Post geschickt, so typische Teeniepostkarten mit kleinen Zeichnungen und Witzen und bunten Bildern. Aber dann verlor sie anscheinend das Interesse daran. Sie kommunizierte sowieso nie gern online, aber um Mitte Juli herum schickte sie auch keine SMS mehr. Und weil sie nicht auf Facebook war, konnte ich auch auf diesem Weg nicht nach ihr sehen. Sie war wie vom Erdboden verschluckt.

Das Schlimmste an Moms Nachricht war, dass ich ganz kurz total froh war. Addy war nicht deshalb verstummt, weil sie nicht mehr mit mir befreundet sein wollte, sondern weil sie durchgedreht war. Da dachte ich zuerst einfach nur, Gott sei Dank.

Dann kam die Panik. Oh mein Gott, nein! Addy wäre lieber ohne mich als mit mir? Sie hätte die Erde verlassen, sich in den Tod geflüchtet, ohne sich von mir zu verabschieden?! Ich verkündete meiner Mutter, ich würde in den Hungerstreik treten, wenn sie nicht auf der Stelle mit mir in die Klinik fahren würde.

Und so war ich die Erste außerhalb der Familie, die Addy im Irrenhaus besuchte. Ich weiß noch, dass ich mich total aufbrezelte, mit hohen Schuhen und Handtasche – ich meine, was zieht man an, wenn man eine Freundin besucht, die in der Klapse gelandet ist? Und weil in der Woche ihr siebzehnter Geburtstag war, brachte ich ihr einen selbst gebackenen Zitronenkuchen mit. Sie führten mich in einen Aufenthaltsraum, wo sie in der Ecke saß und mit einem Typen, der aussah wie ein Obdachloser, auf der Wii spielte. Sie hatte denselben Schlafanzug an wie bei der Pyjamaparty zu meinem Geburtstag, als wir in der siebten Klasse waren, was mich total traurig machte: kleine Schäfchenwolken und viel zu kurze Ärmel, sodass die Verbände sofort auffielen. Als Addy den Kuchen sah, merkte ich, dass sie ihren Geburtstag völlig vergessen hatte. Sie sah aus wie neun und doch zugleich wie neunzig. Es war erschreckend, sie so zu sehen.

»Warum hast du das getan, Addy?«, fragte ich.

Sie überlegte.

»Ich wollte zum Ende kommen«, antwortete sie. »Ich wollte sehen, was Ida sieht. Sie sagte, ich wäre nicht allein, weil sie auf mich warten würde. ›Komm nach Hause‹, sagte sie zu mir. Immer wieder. Und irgendwann hörte sich die Idee ziemlich gut an.«

»Hattest du denn keine Angst?«, fragte ich.

»Nein. In dem Moment hatte ich mit dem Leben abgeschlossen. Ich wollte was anderes. Besser kann ich es nicht erklären.«

Ich hielt die Tränen zurück, bis ich auf dem Parkplatz war. Addy war nur noch der Schatten meiner besten Freundin.

»Bestimmt muss sie für immer in diesem hässlichen Krankenhaus mit den ganzen anderen traurigen Schattenmenschen leben«, sagte ich zu meiner Mutter. »Sie hat gar nicht den Willen, da wieder rauszukommen.« Dann bin ich los und habe in sämtlichen Archiven in Bristol und Dartmouth, zu denen ich Zugang bekommen konnte, nach diesem Monster, diesem Dämon Ida gesucht. Aber damals konnte ich nichts finden.

Doch ich hatte Addy unterschätzt. Mitte September wurde sie aus der Klinik entlassen, und bis auf die Narben schien es so, als wäre nie etwas gewesen. Sie ging noch regelmäßig zu ihrer Ärztin, aber sonst war sie wieder ganz normal. Sie hatte einen vollen Stundenplan, konzentrierte sich auf die Schule und sah richtig gut aus. Gar nicht wie eine durchgedrehte Depressive. Sie trug immer Leggings und Langarmshirts und sprühte ihre alten Stiefel vom letzten Jahr mit glänzendem silbergrauen Lack ein, sodass sie einfach supercool aussahen. Wenn es um Mode ging, konnte Addy aus einem Teil, das zwanzig Dollar gekostet hatte, locker ein Teil machen, das nach zweihundert Dollar aussah.

Die meisten Schüler an der Highschool hatten keine Ahnung, dass sie diesen

Sommer durch die Hölle gegangen war. Sie behielt das für sich; sie schämte sich zu sehr.

Das Ganze erinnerte mich an eine Begebenheit in der achten Klasse, als Addy sich mit Tusche und einer Nähnadel selbst zu tätowieren versuchte und mit einem violettschwarzen Rosentattoo am Knie in die Schule kam. Es war total verpfuscht, und es sah aus wie ein fieser blauer Fleck, aber sie sprach nie darüber. Und genau wie das Tattoo wurden auch ihre Handgelenke zu einem Thema, über das wir niemals redeten.

CHARLIE STONE: Nach fünf Wochen wurde meine Schwester aus der Klinik entlassen. Ich wusste, dass sie dort Elektroschocks bekommen hatte und Medikamente, wegen denen sie ständig schlief, noch mehr als sonst, und die sie ganz kraftlos machten. Als Mom sie nach Hause brachte, waren ihre Narben noch so frisch, dass ich sie nicht anschauen konnte. Sie wirkte so, als hätte man den Stecker gezogen. Benebelt und schlaff wie eine Puppe.

Ich war in dem Sommer fünf Zentimeter gewachsen und hatte jeden Tag draußen in der Sonne Sport gemacht, neue Freunde gefunden, tolle Sachen unternommen und eine super Zeit gehabt.

»Wie war dein Sommer?«, fragte sie mich als Erstes.

»Der beste Sommer in meinem Leben. Und deiner?«, fragte ich.

Sie lachte. Addison mochte schwarzen Humor. »Ja, bei mir auch«, sagte sie. Und dann prusteten wir beide los, und ich umarmte sie, aber – Scheiße, Mann – unter dem ganzen Lachen tat sie mir schrecklich leid.

DR. EVELYN TUTTNAUER: Das ganze darauffolgende Jahr über war Addison bei mir in Behandlung. In ihren Therapiesitzungen zeigte sich, dass sie zu Depressionen neigte, durchsetzt von manischen Phasen, in denen sie unglaublich viele Kunstwerke schuf. Außerdem litt sie, wenn auch sehr selten, an Halluzinationen, gegen die ich ihr ein Antipsychotikum namens Zyprexa verschrieb. Sie nannte es Z.

Zwar hatte Addison durchaus selbstzerstörerische Neigungen, aber ich würde nicht sagen, dass sie davon beherrscht wurde. In ihren stabilen Phasen würde ich sie als ehrgeizige, tatkräftige und leidenschaftliche junge Frau beschreiben. Und auch als sehr großzügig: mit Ratschlägen, mit ihrer Zeit und auch mit Geschenken. Einmal nahm sie ihren Schal ab, schlang ihn mir um den Hals und sagte: »Behalten Sie ihn, Doktor. Lila steht Ihnen toll.« Wenn es ihr gut ging, wollte sie, dass es auch den anderen gut ging. Sie war sehr fürsorglich.

Und ironischerweise lag ihr die Rolle der Therapeutin mehr als die der Patientin.

Nachdem Addison nach New York gezogen war, suchte sie drei Mal in der Woche meinen Kollegen Roland Jones auf, der als Oberarzt im Weill-Cornell-Krankenhaus arbeitet. Persönliche Besuche sind immer besser als eine telefonische Beratung. Man erfährt weit mehr über einen Patienten, wenn man ihn auch sehen kann. Und Roland und ich standen in einem regen Austausch über Addisons Fall. Sie wurde von uns beiden betreut.

LUCY LIM: Wissen Sie, meine Eltern haben das gemeinsame Sorgerecht für mich. Eine solche Vereinbarung kann echt ätzend sein, aber meine Eltern bemühten sich, dass es klappt. Bei Addys Familie war es genau umgekehrt: so halb okay an der Oberfläche, aber wenn man den Deckel abnahm, kochte die Abneigung zwischen zwei Menschen über, die lieber nicht im gleichen Raum sitzen, geschweige denn verheiratet sein sollten.

Deshalb kümmerten hauptsächlich Mom und ich uns nach der Klinik um Addison. Sie war nicht gern zu Hause. Bei mir hatte sie ihr eigenes Zimmer, einen vollen Kühlschrank und Ruhe und Frieden. Am Anfang probierten Addys Ärzte noch verschiedene Dosierungen mit dem Z an ihr aus und drehten an den verschiedenen Knöpfen und Schaltern in ihrem Gehirn. Sie sagte, sie komme sich vor wie ein Versuchskaninchen. Und sie war ziemlich neben der Spur, müde, überfordert, distanziert, und schlief immer wieder lange völlig ausgeknockt in meinem Bett.

An diese Addy, die sich umbringen wollte und jetzt auf Psychopharmaka war, musste ich mich erst gewöhnen. Die Narben waren richtig unheimlich. Sie war immer in Langarmshirts, auch wenn es draußen heiß war. War immer etwas neben sich und konnte keinen Finger rühren. Aber irgendwann pendelte sich alles ein, und sie fing wieder an, echt coole Kunst zu machen.

Addison bei einem Nickerchen auf Lucy Lims Bett, mit freundlicher Genehmigung von Lucy Lim

In unserem *SKpades*-Schüler-Schlaglicht-Interview geht es diese Woche um Addison Stone! Bestimmt kennt jeder von euch Addison, die Bohnenstange aus der Elften und die Königin des Zeichensaals. Wir haben sie in der Mensa abgefangen, um das Neuste von ihr zu erfahren.

Ausschnitt aus *Cave of Faces* von Addison Stone

SKpades: Addison, erklär unseren Lesern deinen Stil.

Addison Stone: Stumpfsinnig?

SKpades: Ha. Stimmt nicht. Du bringst es voll. Die Leute lieben deine T-Shirts. Du solltest sie verkaufen. Hast du mal daran gedacht, in die Modebranche zu gehen?

AS: Klamotten entwerfen ist eigentlich nicht mehr so mein Ding.

SKpades: Ooookay, dann sag uns doch bitte mal was zu diesem gigantomanischen Bild. Alle reden davon.

AS: Du meinst *Cave of Faces*. Ich wusste nicht, dass es so groß werden würde.

SKpades: Ja, als es letzte Woche in der Aula aufgehängt wurde, waren alle nur so: »Ooohmeeeeingooott! Hilfe! Das ist ja mindestens vier Meter hoch!«

AS: Also, ich finde es toll. Wenn man es von unten anschaut, sieht es richtig organisch aus, oder? Wie etwas natürlich Gewachsenes. Und wenn man näher rangeht, erkennt man die Gesichter, und das macht es interaktiv. Kein natürliches Gebilde, sondern ein soziales.

SKpades: Wow, das stimmt! Mein Gehirn ist regelrecht explodiert! Letzte Frage: Was hast du den Sommer über gemacht?

AS: Ich war bei meinen Großeltern. Ach, und mein Gehirn ist auch explodiert.

Auszug aus einem Artikel der Schülerzeitung *SKpades*, mit freundlicher Genehmigung der South Kingstown Highschool

Programmheft des Theaterstücks *Our Town*, mit freundlicher Genehmigung der South Kingstown Highschool

LUCY LIM: Nach der Klinik gab Addy alle anderen Hobbys auf. Keine Theatergruppe mehr, kein Ballett, keine Modeljobs für die örtlichen Kaufhäuser. Selbst wenn sie bei mir war und wir einen Film anschauen wollten, vergrub sie sich in ihr Skizzenbuch. Ihre Kunst tauchte überall auf. Sie entwarf das Titelblatt unseres Jahrbuchs, das Programmheft für eine Theateraufführung. So ziemlich alles, was die Schule an künstlerischen Arbeiten brauchte, stellte Addy bereitwillig zur Verfügung.

Im Herbst war es dann so, als hätte Addy ganz allein die South Kingstown High in eine Kunstschule verwandelt. Sie fand es unheimlich toll, ihre Gemälde in den Gängen der Schule hängen zu sehen. Gleichzeitig bemühte sie sich sehr, gesund zu bleiben. Sie hasste ihre Medikamente, aber sie halfen ihr, klar zu denken. Und sie hielten Ida fern.

ADDISON STONE (aus einem der letzten aufgezeichneten Interviews mit ARTYOUNITE.com): Seit der Highschool muss ich Medikamente nehmen, aber ich habe ein eher zwiespältiges Verhältnis dazu. Ich weiß, die Tabletten schalten das monströse Gedankenkarussell in meinem Kopf ab, sodass ich mein Leben im Griff habe.

Aber das Z ist auch ein ziemlich beschissenes Zeug. Wenn ich es nicht nehme, fühle ich mich so frei. Die Seile um mein Gehirn lösen sich. Als wäre ich verliebt. Ich habe eine innere Klarheit, wie ein Bergsteiger im Morgengrauen auf einem Gipfel. Alles ist perfekt eingestellt. Aber irgendwann wird es zu perfekt, zu klar, so scharf wie ein Eiszapfen. (Pause) Und dann verliere ich allmählich den Halt, auch wenn ich mich mit aller Kraft festklammere. Ich will aber nicht, dass die Seile wieder festgezurrt werden. Es ist irgendwie immer auch eine Art Gefangenschaft.

Peacedale Ladies von Addison Stone, mit freundlicher Genehmigung von Nancy Hurley

IV.
DIE KÖNIGIN DES ZEICHENSAALS

JONAH LENOX: Ich wusste natürlich, wer sie war. Ihre Kunst hing ja in der ganzen Schule. Überall Addison Stone. Aber wir sind uns erst begegnet, als sie in der Elften und ich in der Zwölften war. Irgendwie war es, als würden wir uns schon lange kennen. Ich wusste zum Beispiel, dass sie psychische Probleme hatte. Ihr Ruf eilte ihr meilenweit voraus. Ich hatte die Geschichten gehört, meistens aus dritter oder vierter Hand.

»Wusstest du, dass sie fünf Wochen lang in der Klapse Elektroschocks verpasst bekommen hat?«

»Hast du die Narben an ihren Handgelenken gesehen?«

»Sieht sie nicht aus, als wäre sie verrückt?«

So redeten die Schüler untereinander. Ob sie aussah, als wäre sie verrückt? Absolut nicht. Sie war wunderschön und süß, das glatte Gegenteil von verrückt.

Ich kannte auch das Video von dem Musketier-Mädchen, das in dieser Museumsvilla am Kronleuchter hängt. Damals hatte sie sich noch nicht offiziell dazu bekannt. Aber alle wussten es. Ich hatte das Video eine Million Mal gesehen und ich wollte Addison Stone unbedingt kennenlernen.

LUCY LIM: Ihre große Liebe war nicht Jonah alias Der Lenox. Ihre große Liebe war Lincoln Reed. Zach Frat war nur ein Schwarm. Aber vor Zach und vor Lincoln gab es eben den süßen Jonah. Addy und er waren wie zwei Piraten, die dasselbe Schiff kapern, oder wie zwei Leute, die im selben Aufzug stecken bleiben. Zeit und Ort – das hat sie zusammengeführt. Beide wollten unbedingt weg von hier und beide wollten ein anderes Leben. Sobald sie konnten, sind sie abgehauen, Addison nach New York und Lenox nach Colorado. Aber ein Jahr waren sie gemeinsam einsam.

JONAH LENOX: Wie wir uns kennengelernt haben? Sie meinen, wie alles angefangen hat? Ich verrate Ihnen was: Addison Stone anzusprechen war mit das Schwerste, was ich je gemacht habe. Vielleicht, weil ich Angst hatte, dass sie mir eine Abfuhr erteilen würde. Was soll's. Meine Freunde haben mich deswegen schon aufgezogen. Ein Zwölftklässler, der zu schüchtern ist, eine Elftklässlerin anzusprechen – du lieber Himmel! Außerdem musste ich erst mit einem anderen Mädchen Schluss machen, und dann habe ich noch eine Weile gewartet, bis sich die Wogen wieder geglättet hatten. Das waren die längsten zwei Wochen meines Lebens.

Schließlich suchte ich einen Tag aus. Freitag, nach der Schule. Addison war wie immer allein im Zeichensaal, die Musik voll aufgedreht, irgendeine Band, die sie mochte. Ich glaube, es war Tricky, und der Song war »Overcome« in Endlosschleife. Addison konnte richtig besoffen sein von Musik. Sie bespannte gerade einen Keilrahmen für eine ihrer Fieldbender-Studien, diese Gemälde, für die sie später berühmt wurde. Sie sagte, sie würde Fieldbender so gern malen, weil er ständig im Zeichensaal herumwerkelt. »Er ist dann ganz in seinem Element«, wie sie es ausdrückte.

Ich stand in der Tür und beobachtete sie. Die gerippten Leggings, das lange Sweatshirt, der abgeblätterte dunkle Nagellack. Sie trug immer mehrere weite Schichten übereinander. Und sie versteckte die Narben unter langen Ärmeln. Addison betrachtete ihre Narben als Schwäche, als eine schreiende Erinnerung daran, dass ihr Hirn sie mal in einen Abgrund gesteuert hatte. Deshalb versteckte sie sie.

Irgendwann fragte ich, ob sie Hilfe bräuchte. Sie wartete. Ließ mich zappeln. Dann fragte sie: »Ist deine Gesellschaft denn eine Hilfe?«

Ha. Das hatte ich nicht erwartet. Ich sagte: »Ja, vielleicht«, dann zog ich mit ihr an der Leinwand, spannte sie und nagelte den Stoff am Rahmen fest, und natürlich kamen wir dabei ins Gespräch. Sie kannte meine Großmutter Sugarfoot, weil die mal eine Weile Addisons Schulbus gefahren hatte und sie mal zwang, einen Kaugummi in ihre Hand zu spucken. Und wir unterhielten uns über *Macbeth*, weil sie das Stück in der Klinik gelesen hatte. Es war ihr Lieblingsstück. Sie konnte viel daraus zitieren, zum Beispiel: »Woher das Klopfen? Wie ist's mit mir, dass jeder Ton mich schreckt?« Sie sagte, sie könne Macbeth' Zusammenbruch gut nachvollziehen, wie er in den Abgrund trudelt, noch während er versucht, alles weiter voranzutreiben.

Sie war auch ganz offen, was die Klinik anging. Es war ihr kein bisschen peinlich. Irgendwann ging ich zum Automaten und holte uns eine Cola. Wir setzten

Addison im Aufenthaltsraum der South Kingstown Highschool, mit freundlicher Genehmigung von Jonah Lenox

uns, mit dem Rücken an die Wand gelehnt, und redeten über alles Mögliche: Musik, Kunst, Glücksspiel, Gedichte, Comedy, Comics, Gott, Gruftis. Einfach alles. Mann, ich war total verzaubert von ihr. Ich weiß nicht, was ich getan hätte, wenn Addison sich nach diesem Freitagnachmittag nicht mehr mit mir verabredet hätte.

LUANNE DENGLER: Wollen Sie einen Beweis dafür, dass Addison Stone mich hasste? Sie brachte meinen Freund Jonah Lenox dazu, mit mir Schluss zu machen. Er hat mir gehört und sie hat ihn mir weggenommen. Das zeigt doch, was für ein Typ Mädchen sie war. Wenn sie noch leben würde, wäre sie bestimmt so eine hinterhältige Schlampe geworden, die an deiner eigenen Geburtstagsparty deinen Mann im Badezimmer verführt.

Jonah war der beliebteste Junge an unserer Schule. Alle Mädchen waren in ihn verknallt. Er sah auf ganz andere Art gut aus als Addisons Bruder Charlie, der so ein Supersportler war. Jonah ist anders. Er hatte eine schwierige Kindheit, sein Vater ist ein Penner, und seine Mutter ist schon ganz früh gestorben, deshalb ist er praktisch eine Waise. Und er war ein Außenseiter. Er wuchs auf dem Hof sei-

Maggie Lenox Playing Dress-up von Addison Stone, aus dem Nachlass von Addison Stone

ner Großmutter Sugarfoot in Cumberland auf, die zur Hälfte eine Narragansett-Indianerin ist und so dickfellig wie ein Nashorn, obwohl sie mit ihren falschen Perlenkolliers immer so angezogen war, als würde sie nach Atlantic City fahren. Sie trug hohe Absätze und hatte ständig eine Zigarette im Mund, während sie den Schulbus steuerte. Aber wenn man sie wegen Rauchen verpetzte, musste man immer direkt hinter ihr sitzen. Deshalb hat nie einer was gesagt.

Manchmal dachte ich, Jonah war vor allem deswegen so verrückt nach Addison, weil sie genauso gesetzlos war wie Sugarfoot. Dagegen kam ich einfach nicht an.

Jonah machte sich nichts aus Sport, außer Snowboarden. Deshalb lebt er jetzt auch in Colorado. Die meisten Mädchen behalten ihre Exfreunde doch ständig im Auge, oder? So geht es mir mit Jonah. Seine Augen haben die Farbe von Whiskey und er hat so breite Schultern und in der Schule konnte man ihn immer schon kilometerweit kommen hören in diesen riesigen Stiefeln. Ich weiß, ich rede zu viel über ihn ... Ich wünschte nur, ich hätte ihn genauso verzaubern können wie Addison. Stattdessen hat sie ihn nur ausgenutzt. Bis sie ihn nicht mehr brauchte. Sie kümmerte sich eben nur um sich selbst. Addison Stone liebte nur Addison Stone. Ich bin mir sicher, dass Ihre Interviews das glasklar zeigen werden.

DREW MACSHERRY: Ich bin mit Jonah befreundet, seit wir zehn waren. Der Hof seiner Großmutter liegt direkt gegenüber vom Hof meiner Familie. Jonahs Vater hat sich aus dem Staub gemacht, als Jonah noch ganz klein war. Eines Tages kam er wie aus dem Nichts zurück und Sugarfoot holte ihre Flinte und schoss in den Himmel und jagte ihn vom Hof. Alle redeten jahrelang darüber. In der achten Klasse gründeten Jonah und ich eine Band, »Shoot the Sky«, mit meinem kleinen Bruder Mac am Schlagzeug, ich als Sänger, und Jonah spielte Leadgitarre.

Wir übten immer in Jonahs Scheune. Es stank, aber da konnten wir laut sein, und niemand störte uns. Dann saß eines Tages dieses raubkatzenartige Mädchen in der Scheune, oben auf dem kaputten Traktor, und zeichnete uns.

»Lasst euch von mir nicht stören«, sagte sie. »Ich bin eine Freundin von Lenox.«

Sie sah aus wie eine Zigeunerin. Aber Jonah sagte, das sei nur jemand aus der Schule. Weil mein Bruder und ich zu Hause unterrichtet wurden, kannte ich sie nicht. Aber am nächsten Tag war sie wieder da und am übernächsten wieder und in der darauffolgenden Woche hatte sie eine Staffelei aufgestellt und eine Ecke der Scheune eingenommen. Sie erklärte, sie würde ihre Bilder an die Schule verkaufen. Ich dachte, sie verarscht mich. Wer hat denn so viel Mumm? Aber ich habe mir immer gern ausgemalt, wie ein Schulleiter einer Schülerin einen Scheck ausstellt.

Mac und ich waren auch irgendwie verliebt in Addison. Das ging so weit, dass wir an den Nachmittagen, an denen sie nicht auftauchte, überhaupt keine Lust hatten zu üben.

JONAH LENOX: Manchmal hatte Addison genug von ihrer Mutter. Mit ihrem Vater kam sie gar nicht klar. Roy war ein Weichei, der gern trank und dann Wutausbrüche hatte und auf Addisons Mutter rumhackte. Oder er schaltete die Musik aus oder den Fernseher und riss die Fenster auf, obwohl es draußen eiskalt war.

»Ist ja stickig wie in ’ner beschissenen Sauna«, schimpfte er, während wir alle zitterten. »Frische Luft ist gut für die Gesundheit! Fernsehen macht euer Hirn kaputt! Ihr werdet mir noch alle dankbar sein dafür.«

Ja, auch deshalb kam Addison oft zu uns und übernachtete in der Scheune. Mitten auf dem Heuboden, es sei denn, Sugarfoot merkte, dass sie da war. Dann lockte sie Addison ins Haus wie eine streunende Katze und brachte sie dazu, ihre selbst gemachte Lasagne zu essen.

Einmal schenkte Addison mir ein Bild, das sie von mir gemalt hatte, mit

In the House ofThe Lenox von Addison Stone, mit freundlicher Genehmigung von Ruth Lenox

Sugarfoot im Hintergrund, und es hat echt genau die richtige Stimmung. Großmutter und ich haben nicht viel geredet, aber sie war immer für mich da, und wir waren eine richtige Familie. Sugarfoot stand immer voll hinter mir. Das Bild hängt jetzt in ihrem Zimmer im Waverley-Heights-Altersheim direkt über ihrem Bett.

ARLENE FIELDBENDER: Als Leiter des Kunstbereichs an der South Kingstown Highschool kannten mein Mann Bill und ich Addison Stone schon seit der Mittelschule, als sie noch Allison hieß.

Schon damals hatte sie eine Reihe lokaler Kunstwettbewerbe gewonnen. Und als der jährliche W.-W.-Sadtler-Wettbewerb angekündigt wurde, war das in unseren Augen *die* Gelegenheit für sie. William Wentworth Sadtler war ein Geschäftsmann aus Neuengland, der mit Zinn reich geworden war und die meiste Zeit in East Warwick in Rhode Island gelebt hatte, der Heimatstadt seiner Frau. Man kann seinen Namen auf vielen Messingschildern in Krankenhäusern und Parks hier in der Gegend lesen.

Sadtler sammelte zeit seines Lebens eine Menge wunderschöne Gemälde, und seine Stiftung lobte ein jährliches Zwanzigtausend-Dollar-Stipendium für einen Schüler der Mittel- oder Oberstufe aus, der eine künstlerische Ausbildung anstrebt. Es ist ein richtiger Glücksfall, und Bill und ich haben es schon erlebt, dass es eine wirklich lebensverändernde Erfahrung für einen Schüler sein kann. Nicht nur wegen des Geldes, auch wenn es eine Riesensumme ist, sondern als Bestätigung eines jungen Talents. Schüler aus der ganzen Gegend bewerben sich dafür. Es ist wie ein Sechser im Lotto.

Deshalb sagte ich zu Addison: »Wenn du ein Porträt dafür malst, gehört das Geld dir.«

»Woher wollen Sie das wissen?«

»Weil du so gut bist, meine Liebe.«

BILL FIELDBENDER: Addison wählte mich als Thema aus. Den ganzen Winter über machte sie Studien von mir. Mit Bleistift, Kohle, Tinte. Mich störte das nicht. Warum auch? Schließlich war ich als Modell für sie am besten verfügbar. Wenn Addison im Zeichensaal war, war ich meistens auch da. In diesem Winter nutzte ich die Schulräumlichkeiten oft, um an einem meiner eigenen Projekte zu arbeiten. Ich pfusche eben gern ein bisschen herum.

»Okay, Bill«, sagte sie – sie nannte mich nie Mr Fieldbender –, »Sie müssen sich jetzt mal zwei oder drei Minuten hinsetzen. Ich will einen perfekten Schatten skizzieren, damit man sieht, dass Ihr Hals so schlaff ist wie bei einem Babyelefanten.«

»Du verstehst es wirklich, einem Lehrer ein Kompliment zu machen«, zog ich sie auf.

Aber ich gab ihr die Zeit, die sie brauchte. Ihre Bilder überraschten mich immer wieder. Schon in ihren frühen Studien zeigte sich ihre außergewöhnliche Begabung.

Billfold / #1 von Addison Stone, aus dem Nachlass von Addison Stone

ARLENE FIELDBENDER: Sobald Addison sich an die Leinwand stellte und anfing, die Ölfarben für das Bild aufzutragen, das später *Billfold / #1* heißen sollte, das erste der Serie, wussten wir es. Wir wussten es einfach. Sie hatte wieder eine neue Stufe erreicht. Ich persönlich war froh, dass sie Bill malen wollte. Er war wie ein Vater zu ihr, auf jeden Fall besser als ihr eigener. Sicher war da vielleicht auch eine Art Heldenverehrung im Spiel gewesen, aber das war ganz harmlos. Sogar liebevoll. Außerdem kannte Addison Bill wirklich sehr gut. Sie hat ihn »eingefangen«, seine Einsamkeit, seine Neugier, seine Intelligenz. Sogar seine Seele. Addisons Porträts funktionieren auch auf der psychologischen Ebene perfekt, weil sie das Innere einer Persönlichkeit möglichst gut verstehen wollte.

Addison legte ihr ganzes Können in ihren Sadtler-Beitrag, aber gleichzeitig machte sie sich auch ein bisschen lustig über den Wettbewerb und den ganzen Hype. Zum Schluss malte sie noch einen goldenen Zierrahmen um das Bild. Wie um ihren Beitrag als Geschenk zu präsentieren.

Sobald sie das Bild eingereicht hatte, begann sie mit *Don't Even Think (About It)*. Sie schuf zwei »Bäume« aus Draht und Putzeimern und spann dann ein Netz aus Fäden und dünnen Kordeln und winzigen blinkenden Weihnachtslichtern zwischen ihnen. Die Zweige des Wettbewerb-Baums waren mit Hunderten flatternden Monopoly-Scheinen behängt. Der Addison-Baum war voll mit Schnürsenkelstücken und ausgefransten roten Bändern, und sie nahm ein Taschenmesser und schnitt daran herum als Anspielung auf ihre vernarbten Handgelenke.

Als wir sie nach der Bedeutung fragten, erklärte Addison: »Ich möchte nicht über das Geld nachdenken, aber es besetzt mich. Ich stelle mir vor, wie Linien und Kordeln und Lichter von mir zum Sadtler-Stipendium führen und wieder zurück. Und wenn ich nicht gewinnen sollte, schalte ich die Lichter einfach aus.«

Auch wenn Addison später für ihre Porträts berühmt wurde, war es diese Installation, mit der sie mein Herz erobert hat. Was für eine ungewöhnliche und interessante Weise, eine Stimmung auszudrücken! In dem Moment wurde mir klar, dass Bill und ich mehr für sie tun mussten, egal, ob sie gewann oder nicht.

Ich rief ihre Mutter an und sagte: »Ihre Tochter sollte unbedingt Wochenendkurse in Kunst am Rhode Island College besuchen. Ich habe einem befreundeten Professor dort ein paar von ihren Arbeiten gezeigt und er würde sie umsonst an seinem Unterricht teilnehmen lassen.«

Wie Sie sicher schon mitgekriegt haben, tut sich Maureen Stone mit solchen Entscheidungen sehr schwer. Sie kam sofort mit der üblichen Leier: »Du liebe Zeit, wir haben nur ein Auto in der Familie, und ich habe zu viel zu tun, um Addison zu fahren! Außerdem will ich nicht, dass sie die Sache mit der Kunst zu ernst nimmt! Und warum soll sie aufs College, wenn sie noch auf der Highschool ist?«

Am Ende war es Jonah Lenox, der Addison samstagmorgens zu den Kursen brachte. Er war über eine Stunde unterwegs von seinem Hof zu ihrem Haus und dann zum College. Dort wartete er dann, bis er sie wieder nach Hause bringen konnte. Doch zum Glück war Jonah Lenox einer der wenigen, die Addisons Kunst ernst nahmen.

LUCY LIM: Lenox hatte so einen kackgrünen Chevy Impala, und echt, wir haben ihn geliebt! Ich durfte immer mit, wenn er und Addy unterwegs waren. Als er noch mit Luanne Dengler zusammen war, hatte ich Angst vor ihm. Aber er war richtig nett zu mir. Bald kam es mir so vor, als wären er und Addison schon immer zusammen gewesen. Wir drei sprangen in sein Auto und unternahmen lauter abenteuerliche Sachen. »Los, wir fahren zum Strand! Los, wir fahren zum Einkaufszentrum und holen uns Milchshakes! Los, wir fahren zum Aquarium und schauen uns die Delfine an!« Egal was. Wir fuhren herum und sangen immer diesen alten Song von den Beastie Boys, in dem auch ein Chevy Impala vorkommt.

Ich war nicht jedes Mal dabei. Aber ich fühlte mich immer willkommen. Das waren meine schönsten Nachmittage, wenn wir drei zusammen über die Landstraße bretterten und überlegten, was wir anstellen könnten.

MAUREEN STONE: Jonah war ein guter Junge. Ich hätte es Addison niemals verboten, sich mit ihm zu treffen. Unter seiner rauen Schale steckte ein weicher Kern. Und nach dem schrecklichen Sommer war ich einfach nur froh, sie so zu sehen. Wenn Jonah anrief, benahm sie sich ganz heimlichtuerisch. Sie kicherte und rannte mit ihrem Handy hoch in ihr Zimmer. Mit Jonah zusammen war sie … na ja, ganz normal eben. Ein typischer Teenager.

Meine erste Liebe? Das erzähle ich nie jemandem. Aber ich erinnere mich noch genau an meinen ersten Kuss. Es war in einer Scheune auf einem abgelegenen Hof in der Nähe von Cumberland. Der Junge, der mich küsste, war Jonah Lenox. »Der Lenox« nannte ich ihn immer, als wäre er eine seltene, wundersame Spezies. Er lebte auf dem Hof, und manchmal lebte ich auch da, wenn mir das ganze Theater zu Hause zu viel wurde.

In der Nacht damals war es stockdunkel. Wir wälzten uns im Heu. Zungenküsse und eine Hand unter meinem Shirt – das brannte wie ein Bienenstich. Lenox hatte große, warme Hände. Mitten im Kuss öffnete ich die Augen. Es ist nun mal der Fluch des Künstlers, dass man alles beobachten und aufzeichnen will, noch während man es erlebt.

Es war zu dunkel, als dass man etwas hätte sehen können, und dafür war ich sehr dankbar. Sonst wäre es eine viel zu visuelle Erfahrung geworden. Im Dunkeln konnte ich mich ganz auf unsere Zungen konzentrieren, ein wunderschönes Gefühl, Synästhesie. Als würde man sich tief unten im blaugrünen Wasser von Point Judith treiben lassen. Oder in der warmen Sonne schlafen und die Zehen in den Sand bohren. Lenox war einfach wunderbar. Der süßeste Junge, dem ich je begegnet bin. Und er liebte meine Kunst. Ein früher aufrichtiger Fan von mir. Das war sehr wichtig für mich.

Billfold #2 / Billfold #3, Porträts von Bill Fieldbender von Addison Stone

Auszug aus *ArtRightNow* Nr. 79, Interview mit Addison Stone

DUSTIN GERAHY: Ich war der einzige andere Elftklässler, der an der South Kingstown High den Kunstleistungskurs für Fortgeschrittene belegte. Ich und diese verfluchte Addison Stone. Sie war einfach unglaublich. Eine Zeichensaal-Legende, von der ich noch meinen Enkeln erzählen werde.

Es ist nicht so, dass ich gar nichts taugte – mittlerweile studiere ich Grafikdesign. Aber der Kunstunterricht mit Addison war ungefähr so, als würde man zusammen mit dem Starspieler der Red Sox in ein Baseballspiel gesteckt. Ich bekam meine Grenzen aufgezeigt, noch bevor ich überhaupt Gelegenheit hatte, mich zu beweisen. Addison war einfach auf einem ganz anderen Niveau. Die anderen Kunstschüler wussten es, die Fieldbenders wussten es. Der Zeichensaal war Addisons Reich, und ihre Projekte, zum Beispiel die *Bill*-Gemälde, waren die Schätze dieses Reichs.

ARLENE FIELDBENDER: Wir fühlten uns tatsächlich wie ihre Eltern. Vielleicht haben wir es manchmal auch übertrieben. Wenn wir wussten, dass sie vor dem Unterricht schon im Zeichensaal arbeitete, brachten Bill und ich ihr Kaffee und süße Stückchen mit, und beim Frühstück unterhielten wir uns dann darüber, wie sie ihre Kunst und die Schule unter einen Hut bringen könnte. Wir wollten sie nicht unter Druck setzen mit Stipendien und Kunstschulen und Wettbewerben. Zugleich wussten wir aber auch, dass sie alles gewinnen könnte. Der Gedanke, die Kunstwelt würde ihr Talent erkennen und würdigen, war unglaublich reizvoll für Bill und mich.

Als Bill und ich in New York lebten, vor vielen, vielen Jahren als Studenten am Hunter College, waren wir immer von Leuten umgeben gewesen, die uns unterstützten. Nachdem wir Addison dorthin auf den Weg gebracht hatten, wurde uns klar, dass sie nicht so ein Netzwerk hatte wie wir. Der Gedanke wird mich mein Leben lang verfolgen. Hätten wir es verhindern können? Haben wir sie dazu ermutigt, falsche Entscheidungen zu treffen, weil wir zu sehr an ihr Talent glaubten?

Dieser Blutsauger Max Berger, an den sie sich schließlich vertraglich band, könnte sich von dem Geld, das er mit Addisons Nachlass gemacht hat, wahrscheinlich ein eigenes kleines Königreich kaufen. Die Vermarktung eines Sterns, einer jungen, toten Supernova. Widerlich. Neulich habe ich jemanden mit einem T-Shirt gesehen, auf dem Addisons Gesicht prangte. Max Berger muss die Lizenz dafür verkauft haben. Was für ein ekelhafter Opportunist! Bill und ich hätten nie gedacht, dass so etwas einmal das Vermächtnis unserer wunderbaren Addison sein würde. Während wir sie kannten, waren wir geblendet von ihrem Potenzial. Vielleicht sogar darin verliebt.

DUSTIN GERAHY: Wissen Sie, Addison war eine außergewöhnliche Künstlerin, aber die Leute versuchten trotzdem ständig, sie niederzumachen. »Neidsyndrom« nennt man so was wohl. Addison war die Tollste und Schönste unter den ganzen Langweilern an der Schule, und erst haben wir alle zu ihr aufgeschaut, dann haben wir sie niedergemacht. Viele Schüler machten Witze, sie hätte kein richtiges Zuhause. Sie würde wie ein Dämon im Zeichensaal schlafen und sich von Ölfarben ernähren. Ich habe da auch mitgemacht. Addison war wunderschön, aber zugleich sah sie immer so aus, als hätte sie eine Nacht im Besenschrank durchgefeiert.

EVE LIM: Roys Alkoholproblem machte die Runde, wurde zu einem Kleinstadt-Skandal. Es gab Gerüchte, er hätte eine Affäre mit Shona Barrett, deren Eltern den Sandwichladen drüben am Greenhill Beach hatten. Nach einem Besuch bei Addison erzählte Lucy manchmal, Shona wäre da gewesen und hätte Roy schöne Augen gemacht. Sie tranken billigen Wein aus dem Tetrapack bei ohrenbetäubend lauter Radiomusik, während Charlie beim Training war und Maureen sich in ihr Schlafzimmer verkroch und fernsah. Kein Wunder, dass Addison nicht gern zu Hause war.

BILL FIELDBENDER: Eines Abends kam ich ins Lehrerzimmer. Ich hatte bis spät noch eine Besprechung gehabt und entdeckte Addison, die in einem Sessel hockte, zeichnete und dabei eine Tüte Chips aß. »Hallo, Bill, ich schlafe heute Nacht hier«, erklärte sie. »Meine Alten haben sich gestritten.« Ganz sachlich. Als wäre es eine vollkommen vernünftige Lösung, in der Schule zu übernachten. Da schrillten bei mir die Alarmglocken.

Am nächsten Morgen schickte ich eine Mail an das Pratt Institute, eine der renommiertesten Kunsthochschulen von New York, das ein Sommerprogramm für Schüler anbot. Ich wollte Addison so schnell wie möglich aus Peacedale weghaben. Und wenn sie das Sadtler-Geld nicht bekommen sollte, könnten wir sie mithilfe eines Sommerkursprogramms retten. Sie würde bald achtzehn werden, und Arlene und ich fanden, dass sie auch das letzte Schuljahr in New York machen sollte. Sie könnte sich ein solides Fundament an klassischem Wissen aneignen und sich zugleich in Form und Technik üben. Die für einen Schulabschluss benötigten allgemeinbildenden Fächer könnte sie an einer angesehenen Privatschule belegen, die eigens für junge Künstler gedacht ist.

Sehen Sie, meine Frau und ich, wir sind zwar nur unbedeutende Rhode-Island-Landeier, aber wir sind mit vielen gut vernetzten Leuten in der New Yorker

Kunstszene befreundet. Wir sahen dort weit bessere Möglichkeiten für sie, als ihr hier geboten wurden. Wir haben die Probleme nicht gesehen, das war unser Fehler. So dringend wollten wir Addison aus Peacedale rausholen. Und so sehr wollten wir ihren Erfolg.

LUCY LIM: Die Fieldbenders waren ganz versessen darauf, Addy aus Peacedale rauszubekommen. Sie zogen alle Register. Sie planten sogar kleine »spontane« Treffen mit Dem Lenox und mir, damit wir Addy einredeten, sie müsse unbedingt nach New York. New York sei der einzige Ort, wo sie ihr »Genie« ausleben könnte. Zuerst sagten wir nur so was wie: »Hört auf mit dem Scheiß!« Ich meine, Addy war doch viel zu jung, um ihre Sachen zu packen und zu Hause auszuziehen. Sie würde erst im Sommer achtzehn werden.

Außerdem war Addy überzeugt, dass ihre Mutter dem Plan der Fieldbenders niemals zustimmen würde. Wir haben uns kaputtgelacht, wenn Addy uns vorspielte, wie ihre Mutter die Hände rang und jammerte: »Ach du meine Güte, du liebe Zeit, du liebe Zeit. Nur über meine Leiche. Ich werfe meine Tochter doch nicht diesen New Yorker Wölfen zum Fraß vor!«

Und dann, als wir schon dachten, die Sache wäre gelaufen und die Fieldbenders hätten aufgegeben, gewann Addy dieses W.-W.-Sadtler-Geld und bekam dann noch den Maynard-Preis für ihr *Talking-Head*-Gemälde von Mrs Hurley. Und mit einem Schlag war alles anders. Die Zeitungen stürzten sich darauf, sie brachten einen riesigen Artikel von ihr in der *Parole* und noch einen in der *Narragansett Times* und auf einmal schien New York der einzig richtige Ort für sie zu sein. Und alles wurde ratzfatz geregelt.

BILL FIELDBENDER: »Gestalte deine Zukunft« ist ein privat finanziertes Programm, das vom Maynard-Institut gesponsort wird und das jährlich etwa fünf Millionen Dollar in Form von Stipendien und Preisen an Schüler vergibt. Arlene und ich hatten dort Addisons Porträt von Nancy Hurley, der Schulleiterin unserer Highschool, eingereicht.

Nancy ist schon seit fast zwanzig Jahren unsere Rektorin und deshalb ein bekanntes Gesicht an der Schule. Alle lieben sie; sie ist eine Institution. An Addisons Porträt gefällt mir besonders, dass es Nancy einmal ganz anders zeigt. Nicht als die fröhliche, lächelnde, lebhafte Dame, die wir alle kennen. Das Bild strahlt etwas Ruhiges und Intimes aus, als würde man sich an Nancy heranschleichen, während sie schläft. Und dann hat Addison noch »MOM« über ihr eingeritzt, und genau das ist Nancy für viele Schüler auch.

ARLENE FIELDBENDER: Natürlich war uns allen nicht entgangen, dass Bill und Nancy in einem gewissen Sinn Ersatzeltern für sie waren. Addison malte nur Menschen, mit denen sie sich emotional verbunden fühlte. Aber *Talking Head*

Talking Head, von Addison Stone, mit freundlicher Genehmigung von Carine Fratepietro

war auch deshalb interessant, weil es einen technischen Ansatz hatte, den das Maynard-Institut sehr schätzte. Addison malte gern großformatig. Dicke Farbschichten auf einer riesigen Leinwand. Sie fing mit dem Bild Mitte Dezember an und arbeitete die ganzen Ferien über daran. Wir gaben ihr sogar einen Schlüssel, damit sie auch in den Zeichensaal konnte, wenn die Schule abgeschlossen war.

BILL FIELDBENDER: Arlene und ich reichten es selbst ein, weil wir wussten, dass Addison keine Lust hatte auf den langweiligen Papierkram. Wir hofften, sie würde bei den richtigen Institutionen auf Anerkennung stoßen. Addisons Kunst hatte Anerkennung verdient, aber in ihrem engeren Umfeld schien das niemanden zu kümmern. Also, mich kümmerte es sehr wohl. Und meine Frau auch.

MAUREEN STONE: Ende Frühjahr kam Addison eines Tages nach Hause und sagte: »Mom! Ich habe zwanzig Riesen von der Sadtler-Stiftung bekommen und noch fünftausend vom Maynard-Institut. Ohne irgendwelche Bedingungen. Sieht so aus, als würde ich doch nach New York gehen.«

Fünfundzwanzigtausend Dollar. Du lieber Himmel, ich wusste einfach nicht, was ich sagen sollte. Roy und mir fiel die Kinnlade runter. Unser Widerstand dagegen, dass Addison nach New York abhaute, bröckelte. Was konnten wir jetzt noch dagegen sagen?

Arlene und Bill Fieldbender mussten sich natürlich mal wieder unglaublich aufspielen. Wie sie mich und Roy anlächelten mit diesem durchbohrenden Blick: »Keine Sorge. Wir kümmern uns um alles.«

Immer die gleiche Leier. Egal, was ich sagte, jedes Mal antwortete einer von beiden: »Daran haben wir schon gedacht« und »Das wird alles bezahlt« und »Einer von uns wird sich darum kümmern«. Sie riefen sogar bei Dr. Tuttnauer, Addisons Psychiaterin, an und halfen ihr, für Addison einen neuen Psychiater in New York zu finden. Roland Jones. Die Fieldbenders träufelten Dr. Tuttnauer bestimmt auch dieses Gift ein, von wegen Addison müsste unbedingt weg von ihrer engstirnigen Familie und von ihrer noch engstirnigeren Kleinstadt.

Wenn wir uns alle zusammensetzten, konnte ich ihre Ablehnung spüren gegen alles, was Roy und ich sagten oder dachten. Sie meinten, wir könnten nicht richtig für Addison sorgen. In jedem Wort, das sie sagten, schwang dieses Urteil mit. Ich wollte Addison weiß Gott nicht bremsen. Aber sie war so krank gewesen und in der elften Klasse ging es ihr so viel besser. Ich wollte nicht, dass sie das wieder verlor.

Was immer Sie sonst in Ihren Interviews hören über unsere Familie, unsere

Streitigkeiten und über Addisons Wunsch, von uns wegzukommen, ich kann Ihnen versichern, es war nie so schlimm, wie es erzählt wird. Immer heißt es, die Armut ist schuld und die Familie – aber vor allem doch die Mutter, nicht wahr? Es ist immer das Gleiche. Aber eins sag ich Ihnen, wenn meine Tochter in Peacedale geblieben wäre, würde sie heute noch leben. Weil ich auf sie aufgepasst hätte. Ich habe immer auf sie aufgepasst.

Aber nachdem sie unser Haus verlassen hatte, konnte ich nicht mehr auf sie aufpassen.

Addison Stone, im Sommer vor der zwölften Klasse, mit freundlicher Genehmigung von Lucy Lim

V.

»ICH WILL WIEDER ZURÜCK!«

ADDISON STONE (Ausschnitt aus dem Interview: »Zwanzig unter fünfundzwanzig: Aufstrebende junge New Yorker Künstler«):

Jeder Künstler erinnert sich, wie es ist, wenn man zum ersten Mal nach New York kommt. Bei mir ist das auch nicht anders. Mein Freund fuhr mich über die Interstate 95 von Rhode Island her, durch Palisades, die Bronx, Harlem. Noch bevor man im Zentrum angekommen ist, sticht einem lauter hässlicher Scheiß ins Auge. Mein Körper bestand nur noch aus Koffein, Süßigkeiten und Adrenalin.

Zuerst lud ich meine Taschen in meinem schuhschachtelgroßen Wohnheimzimmer an der Kunsthochschule ab, dann sauste ich schnurstracks zu Carine Fratepietros Ausstellungseröffnung. Meine Hände waren schweißnass! Inzwischen hatte ich drei Gemälde meiner *Billfold*-Reihe fertiggestellt, den Porträts von Bill Fieldbender, dazu noch eins von Nancy Hurley, das viel beachtet worden war. Meine »Mutter und Vater«-Bilder, wie wir sie nannten.

An diesem ersten Abend trug ich Converse All Stars und eine Röhrenhose und ein dunkelrotes T-Shirt voller Farbkleckse, aber ich hatte keine Zeit, mich umzuziehen. Und ehrlich gesagt sind mir solche Sachen auch scheißegal. Klar trage ich auch gern mal Glitzerfummel, vor allem, wenn sie umsonst sind. Aber ich fühle mich wohler, wenn ich ganz ohne Verkleidung in einen Raum komme. Mode ist auch Kunst, aber ich brauche keine Kostüme oder oberflächlichen Flitter, um mich auszudrücken. Meine Arbeiten sprechen für mich.

Ironischerweise bestimmte mein Outfit von dem Abend meine ersten Kontakte mit der Presse. Alle schrieben hinterher über Addison Stone, die »Maynard-Gewinnerin«, das »Kronleuchter-Mädchen« und die »hübsche junge Künstlerin«, die wie ein Junkie gekleidet zu ihrer ersten Vernissage erscheint. Aber mich störte das kein bisschen. Ich sah scheiße aus und gleichzeitig eben auch total gut. Ich kam genau so durch die Tür, wie ich es wollte.

CARINE FRATEPIETRO: Ich bin in Frankreich, in Lyon, geboren, aber inzwischen bin ich überall auf der Welt zu Hause. Oder vielleicht ist mein Zuhause auch das Flugzeug. Mein Leben ist sehr hektisch. Ich habe meinen Sohn Zach mitten in diesem Jetset-Leben großgezogen. An einem Tag Italien, am nächsten Miami. Wenn man eine Leidenschaft für die Kunst hat, ist man immer auf der Suche nach dem nächsten großen Star. Ich bin fest davon überzeugt, dass mein Sohn von dieser globalen Erziehung profitiert hat, aber manchmal frage ich mich doch, ob dieser ganze Irrsinn zwischen Zach und Addison vielleicht nur deshalb passiert ist, weil er die Jagd nach dem Neuen zu sehr verinnerlicht hatte.

Früher war ich selbst Künstlerin, bis ich merkte, dass mein wahres Talent mein gutes Auge ist. Ich sehe, was andere nicht sehen. Meine Privatsammlung wurde kürzlich auf zweihundert Millionen geschätzt. Und ich kann Ihnen verraten, dass sie erheblich mehr wert ist – auch wenn es eigentlich gefährlich ist, herumzuposaunen, wie viel man hat. Addison Stones Kronleuchter-Video strahlte eine solche Jugend und Schönheit aus, es lachte dem Tod direkt ins Gesicht. Ihre Porträtbilder zeigen ein unglaubliches Wissen, eine große Empfindsamkeit und Sinnlichkeit. Eigentlich war sie noch viel zu jung für so etwas. Ich konnte es erst gar nicht glauben. Aber mir war klar, dass ich sie im Auge behalten musste. An dem Abend, als die Ausstellung mit ihren Bildern eröffnet wurde, war ich zum Abendessen verabredet. So hat Zach sie als Erster kennengelernt. Eine folgenschwere Begegnung, wie man weiß. Auf einmal waren sie ständig zusammen zu sehen, in Zeitschriften, auf Klatsch-Webseiten … Es schien so, als würde sich die Welt auf einmal nur noch um Addison und meinen Sohn drehen. Zach ist ein Partylöwe. Und es ist nicht gut, sich der Welt als Partygirl zu präsentieren, nur weil man mit so jemandem zusammen ist. Aber es war eine zweischneidige Sache, verstehen Sie? Weil mein Sohn diese schicksalhafte Verbindung mit Addison Stone auch niemals mehr loswerden wird.

ZACH FRATEPIETRO: Wenn meine Mutter bei einer Vernissage nicht dabei sein kann, lässt sie sich gern von mir vertreten. In dem Punkt ist sie wegen ihrer europäischen Herkunft etwas altmodisch, sie meint, es muss immer ein Familienmitglied als Gastgeber da sein. Die Kunstwelt ist klein und einflussreich und ich habe ebenfalls einen ziemlich guten Blick. Ich bin viel ernsthafter, als die Medien es darstellen. Mein größtes berufliches Hindernis ist eher, dass die Presse die Kids aus den besseren Kreisen hasst. Sie halten uns alle für reiche Erben, die nichts auf die Reihe kriegen. Schon auf dem College nannte mich die Presse immer »Party-Zach« oder »Muttersöhnchen«. Dabei feiere ich nicht mehr als die anderen auch.

Alexandre Nortons Familie ist sogar noch reicher als meine, und auf ihm hacken sie nie so rum wie auf mir, weil Alex gar nicht den Ehrgeiz hat, mehr zu sein als ein Partylöwe. Ich bin sehr ehrgeizig, was meine Zukunft angeht. Die Leute begreifen einfach nicht, dass mein Nachname nicht mehr ist als ein Türöffner, und das kann Segen *und* Fluch sein. Als »Sohn von« zu gelten schränkt einen auch ziemlich ein. Und die Leute wollen gern sehen, wie man da versagt; sie beurteilen einen viel strenger. Die Leute glauben, man hat alle Chancen. Aber Addison wurde mir nicht auf dem Silbertablett serviert – ich habe sie ganz allein gefunden. Ich war ihr schon auf der Spur, bevor Carine oder eine der anderen Galeristinnen sie überhaupt auf dem Schirm hatte. Ich hatte Fotos von Addison gesehen. Sie war so sexy. Manchmal sah sie russisch aus, manchmal wie eine Südamerikanerin, manchmal wie eine Asiatin oder wie eine Französin. Ich habe noch nie ein Mädchen gekannt, das so verschiedenartig aussehen konnte. Mit diesen funkelnden Augen und dem geheimnisvollen Lächeln.

Zach Frat, New York, mit freundlicher Genehmigung von Alexandre Norton

Talking Head wurde zu einem lächerlichen Preis verkauft. Ich glaube, Addison verkaufte es uns für sechstausend. Zu dem Zeitpunkt war sie noch nicht bei Max Berger unter Vertrag und meine Mutter kaufte es ihr direkt ab. Trotz des niedrigen Preises war Addison der Star der Gruppenausstellung, die meine Mutter zusammen mit den Berger-Galerien veranstaltete. Sie stellen Werke aus unserer Privatsammlung zusammen mit ihren eigenen Sachen aus und verkaufen sie dann manchmal auch.

An diesem Abend waren eine Menge Senkrechtstarter zu sehen, und ich hatte die meisten Kunstwerke an den Wänden persönlich ausgewählt. Aber Addison war mein Star. Sie war meine Entdeckung.

ARLENE FIELDBENDER: Bill und ich hatten das Ganze eingefädelt. Insofern sind wir schuld. Aber können Sie uns das verdenken? Es war so einfach: Wir steckten ein paar Fotos von Addison mit neueren Zeitungsartikeln und Ausdrucken aus ihrem Portfolio in einen Umschlag und schickten das Ganze mit einem kurzen Brief an Zach Fratepietro. Wir wussten, dass er Kunst für seine Mutter kaufte und dass Addisons Gesicht seine Neugier wecken würde. Addisons Karriere kam gerade in Schwung. In einem nächsten Schritt mussten wir versuchen, sie in einer ernsthaften New Yorker Ausstellung unterzubringen. Ich sagte zu Bill: »Zach Fratepietro würde ein Talent nicht mal dann entdecken, wenn es ihn in die Eier beißt, aber auf ein hübsches Gesicht wird er reagieren. Und Carine wird dann erkennen, was für eine Genie Addison ist.« Zach wird immer unter der Fuchtel seiner Mutter stehen. Zugleich will er verzweifelt beweisen, dass er das nächste große Ding entdeckt hat.

Natürlich kauften sie das Bild sofort, weil Addison den Preis viel zu niedrig angesetzt hatte. Wir waren überzeugt, sie könnte zwanzigmal so viel dafür bekommen, und ermutigten sie, bei einem klugen Galeristen unterzukommen, aber Addison konnte sehr stur sein. Jedenfalls hatte sie jetzt eine Menge Geld – genug, um in New York ganz gut zu leben. Kleider, Essen und Lebenshaltungskosten, dafür hätte es dicke gereicht.

Nur hatten Bill und ich nicht damit gerechnet, dass Addison einen Großteil des Geldes ihrer Familie geben würde. Wir hatten keine Ahnung, dass Addison in diesem ersten Sommer in New York so arm war wie eine Kirchenmaus. Das haben wir erst viel später erfahren.

ZACH FRATEPIETRO: Der Freitagabend, an dem Addisons erste Ausstellung eröffnet wurde, war einfach verrückt. Keine Ahnung, wie es durchgesickert ist. Es waren eigentlich nur die üblichen Vernissage-Besucher da, trotzdem hatte man den Eindruck, dass es eine Riesensache war. Jeder schien zu wissen, dass Addison eine gute Schlagzeile geben würde. Als wäre sie schon berühmt, bevor sie überhaupt berühmt war. Die Galerie war brechend voll: der übliche Geldadel plus die Promis und die Mitläufer in ihren Samtjacketts und in ihren Stilettos, mit falschen Wimpern und superkurzen Miniröcken, und dann Addison, die alle überstrahlte in ihrer Jeans und mit den zerzausten Haaren und den Farbklecksen auf ihrem Shirt. Sie war echt.

Sich zu verlieben dauert nur eine Fünftelsekunde. Daran musste ich denken, als ich sie sah. Und so schnell ging es auch bei mir. Sogar noch schneller.

ALEXANDRE NORTON: Zach und ich sind miteinander verwandt. Blut ist dicker als Wasser, aber wir wären auch ohne diese Blutsbande supereng befreundet. Wir waren schon zusammen im Kindergarten. Ich kenne den Jungen besser als mich selbst. Und in der Nacht damals spürte ich bis in die letzte Faser, dass dieses neue Mädchen, diese Addison, nur Ärger bringen würde. Ich wusste, dass mein Cousin alles für sie hinschmeißen würde. Ich konnte spüren, dass er das tun würde, und dass sie es nicht wert wäre.

Und ich hatte recht.

LUCY LIM: An dem Abend von Addys Ausstellung in New York war ich wie immer bei meinem Vater am Lake George. Keine Ahnung, wieso, aber seit dem letzten Sommer war der Lake George noch sterbenslangweiliger geworden. Das einzig einigermaßen Lustige war Addys erster Abend in New York, wo sie mich auf dem Laufenden hielt und mich daran teilhaben ließ. Total cool! Alle dreißig Sekunden summte mein Handy. Bei den Fotos gingen mir fast die Augen über. Die Leute da sahen sooo schick aus! Die Gemälde waren total merkwürdig! Ich verstehe einfach nichts von Kunst. Aber Addy strahlte über das ganze Gesicht, und man spürte genau, wie sie alles aufsaugte.

Und dann schickte sie mir per Snapchat ein Foto von diesem Kerl, Typ Privatschule mit Schnöselfrisur. Er sah nicht supermodelmäßig gut aus, sondern eher arschlochmäßig gut. Der Typ mit den teuersten Schuhen, der auf alles eine schlagfertige, fiese Antwort parat hat. Auf dem Foto trug er ein buttergelbes Seidenhemd, das bestimmt teurer war als das Segelboot meines Vaters. Danach kam ein Doppelselfie, auf dem beide ihr Weinglas hoben, und auf dem nächsten turtelten sie herum, und ich dachte nur: Aaaaha. Okay. Sie checkt diesen Kerl ab.

Aber ich kannte Addy. Das mit den Snapchats war wegen Lenox. Sie wollte nicht, dass es Beweise gab, dass sie schon mit der Schnöselfrisur rummachte, während der arme süße Jonah in ihrem Wohnheimzimmer auf sie wartete.

Sie hatte mir erzählt, Lenox und sie hätten ausgemacht, dass es okay wäre, sich auch mit anderen zu treffen, weil sie so weit voneinander entfernt sein würden. Später gestand Addy mir, sie hätte nie damit gerechnet, dass sie an diesem ersten Abend schon jemand Neues kennenlernen würde.

Um Mitternacht herum simste Addy: *Google mal Zach Fratepietro!* Und ich fand heraus, dass er der Sohn von so einer gefürchteten Kunstgalerie-Diva war, von der ich noch nie gehört hatte, und ich fand eine Menge Bilder von ihm und seinem Kumpel Alexandre in Klubs und auf Partys und Modeschauen. Ich war beeindruckt, auch wenn ich von diesen reichen Typen und Kunstheinis noch nie gehört hatte. Sie waren bekannt. Sie waren jung und reich und fast berühmt.

Und nur einen Sommer vorher war Addy noch in der Psychiatrie gewesen, und ich hatte sie in einem Zimmer mit vergitterten Fenstern besucht, wo sie zusammengekauert dasaß mit ganz glanzlosen Augen und mir erzählte, sie sei fertig mit der Welt. Wie eine Gefangene hatte sie damals ausgesehen. Und jetzt saß sie mitten in New York bei ihrer eigenen Ausstellungseröffnung und wurde ein Superstar. Sie war zu Hause gestartet und buchstäblich direkt in den Armen von New Yorks begehrtestem Junggesellen gelandet.

JONAH LENOX: Nachdem ich mit der Highschool fertig war, wollte ich mit Addison nach New York fahren, dort ein paar Tage mit ihr verbringen und dann Richtung Westen nach Boulder fahren. Sobald Addison wusste, dass sie wirklich gehen würde, und vor allem, nachdem sie einen Teil des Geldes von den Sadtler-Leuten überwiesen bekommen hatte, wurde sie immer distanzierter. Sie kaufte mir Sachen, Kleinigkeiten nur, einen Pulli oder eine coole Handyhülle, aber ich wusste genau, dass sie das nur aus Mitleid tat, auch wenn ich das ihr gegenüber nie erwähnte. Sie wollte mich trösten, weil sie genau wusste, dass ich einer von vielen Menschen auf der Welt war, der sie mehr mochte als umgekehrt.

Wir packten ihr ganzes Zeug in meinen Chevy, ihre Farben und die Staffelei, ihre Leinwände, eine Minimikrowelle, ihre tausend Kunstbücher, ihre Wintermäntel und ihre Winterstiefel. Dann verabschiedeten wir uns. Alle winkten uns noch nach, ihre Mutter, ihr Vater, Charlie, Lucy und Lucys Mutter, doch sobald Addison im Auto saß, schaute sie nicht ein einziges Mal mehr zurück.

»Hey, dreh dich doch um und wink deiner Mutter«, sagte ich.

Sie schüttelte nur den Kopf. Ich wusste, dass es ihr schwerfiel, ihre Mutter zu verlassen. Die hatte zwar vielleicht ihre Fehler, aber ohne Addison würde ihr Leben sehr leer sein. Natürlich konnte Addison nichts dafür. Aber trotzdem. Es war schwer.

Je mehr wir uns New York näherten, desto mehr steigerte sich Addison in eine Tirade hinein. Als wollte sie sich dadurch verabschieden, indem sie alles mies fand. Nichts war gut an Peacedale. Die Stadt nervte, die Leute nervten, die Kunst nervte. Sie betrachtete die Sache so, als wäre sie mit knapper Not entwischt. Die Fieldbenders waren so etwas wie die helfenden Elfen in *Cosmo & Wanda*, und ich war der nette Kerl, der den magischen Kürbis steuerte.

»Ist es nicht unglaublich, dass wir beide da weg sind, Jonah? Ohne dich wäre ich in Peacedale gestorben.«

»Stell dich nicht so an, Addison. So schlimm wäre das auch wieder nicht. Du hättest es schon überlebt. Du hast doch Lucy, Bill und Arlene und Charlie. Und du hast einen klaren Kopf.«

»Das stimmt nicht«, antwortete sie. »Ich habe eben keinen klaren Kopf. Mein Kopf ist schon lange ein totales Chaos.«

Na ja, ich wollte nicht mit ihr streiten. Aber dass ihr Kopf so ein Chaos sein sollte, das stimmte einfach nicht.

Nachdem wir in der Stadt angekommen waren, beschloss ich, nicht mit zu der Ausstellungseröffnung zu gehen. Ich war todmüde und wollte schlafen. Wir vereinbarten, dass Addison mich wecken sollte, wenn sie zurückkam. Dann wollten wir zusammen etwas essen gehen.

Sie schickte mir dann nur eine SMS, dass es später werden würde, und als sie um zwei Uhr morgens endlich hereingestolpert kam, spürte ich, wie mir das Herz ein kleines bisschen brach. Ich wusste, dass sie sich großartig amüsiert und wahrscheinlich keine Lust gehabt hatte, wieder zu mir zu kommen. Sogar ihre Haut roch anders.

Sie legte sich ins Bett, kalt und verschwitzt, und jammerte, weil sich alles drehte. Addison trank sonst nie Alkohol, wegen der Tabletten, die sie nehmen musste. Sie murmelte, man hätte ihr ständig Cocktails eingeflößt; jedes Mal, wenn sie ein Glas abgestellt hätte, hätte man ihr ein neues in die Hand gedrückt. Selbst wenn sie nur einen Schluck davon getrunken hatte, kommt bei sechs Gläsern ganz schön was zusammen.

The Lenox von Addison Stone, mit freundlicher Genehmigung von Jonah Lenox

»Ich war zu lange weg, und du weißt ja, dass ich nichts vertrage. Es tut mir so leid, Jonah.«

Sie entschuldigte sich immer wieder, schon halb im Schlaf, und das hätte mir eigentlich eine Warnung sein müssen, aber ich wollte es nicht sehen. Deshalb sagte ich nur: »Cool, dann schlafen wir morgen eben aus. Machen Popcorn, hängen rum, reden, und später können wir ja mit der U-Bahn ins Museum fahren.«

Wir kuschelten uns aneinander und schliefen, und am nächsten Morgen zog ich los zu Starbuck's, und als ich wiederkomme, sitzt da dieser Typ auf dem Bett, in dem wir eben noch geschlafen hatten. Er sieht aus wie frisch gebügelt mit seinen Troddelschuhen, der Bundfaltenhose und dem Siegelring. »Hallo, ich bin Zach!« Mit so einem breiten Zahnpastalächeln.

Ich glaube, Addison war ehrlich überrascht, dass er sie ausfindig gemacht hatte. Es tat mir weh, aber ich bemühte mich, cool zu bleiben. Trotzdem. Es war wie … *WUMM!* Trotz ihrer Entschuldigung letzte Nacht. Unterm Strich hieß das, ich war gefeuert und schon ersetzt.

Nachdem Zach verschwunden war, hingen wir rum, aßen Popcorn und redeten, so wie wir es geplant hatten, aber der Tag war leer. Bevor ich losfuhr, gab Addison mir noch eine Zeichnung: *The Lenox*. Ihr letztes Geschenk.

»Ich verstehe ja, dass du nicht mir gehörst«, sagte ich zu ihr. »Das war noch nie so. Aber ich vermisse dich jetzt schon.«

»Ich weiß«, antwortete sie. Ganz nüchtern. Kein »Ich vermisse dich auch«. Kein »Vielleicht ist es ja noch nicht vorbei«. Nur: »Ich weiß.« Addison wollte einen einfach nicht verarschen.

Neulich am Strand dachte ich daran, dass wir alle älter werden, nur Addison wird für immer jung und perfekt bleiben. Lucy Lim erinnert mich gern daran, was für tolle Kunstwerke Addison der Welt hinterlassen hat. Als wäre das eine Visitenkarte, durch die man sich an sie erinnert. Für Lucy ist das Glas eben immer halb voll. Aber für mich wird eine Welt ohne Addison immer nur halb leer sein. Sie wird für immer einen Platz ganz tief in meinem Herzen haben, und jedes Mal, wenn ich die Wunde spüre, weiß ich, dass sie weg ist und dass nichts davon je wiederkommen wird.

ERICKSON MCAVENA: Addison Stone war meine einzige richtige Freundin in dieser großen, kalten Stadt und ich war ihr einziger Freund. Ihre Männer kamen und gingen, aber ich blieb, zusammen mit ihrer geliebten Lucy »Lulu« Lim. Ich sag Ihnen mal was: In gewisser Weise kannte ich Addison sogar noch besser als

Lucy. Ich kannte die Addison mit dem strahlenden, glänzenden Äußeren, die jederzeit für ein Foto posieren konnte. Aber ich kannte auch die weiche, wilde Addison in ihr drin. Und alles zusammen ergab ein äußerst kompliziertes Mädchen.

Wir lernten uns in unserer allerersten Woche in New York kennen. Wir wohnten beide im siebten Stock eines fensterlosen Wohnheimgebäudes mit Noppenteppich, das zur Kunsthochschule gehört. »Dort, wo jeglicher Charme zum Sterben verdammt ist«, wie mein Freund Teddy immer witzelte. Addison war mit einem Riesenplatscher an der Kunstschule – und darüber hinaus auch in New York – gelandet, aber mir war das gar nicht so klar. Ich hatte meine eigenen Sorgen: Ich hatte mein Elternhaus verlassen – die korrekte Bezeichnung dafür wäre wohl »weggelaufen« –, um mit Teddy zusammen zu sein.

Weshalb ich nun verbotenerweise in diesem Wohnheim untergekrochen war. Meine Eltern hatten meine Kreditkarte sperren lassen und ich war weit weg von den Annehmlichkeiten Kentuckys. Die McAvenas sind wer in Kentucky – falls Sie je einen McAvena-Schinken gegessen haben, dann vielen Dank für die großzügige Unterstützung der hiesigen Familiendynastie. Ich selber esse kein Fleisch mehr, seit ich acht bin. Als schwuler Vegetarier, Anhänger der demokratischen Partei und Anti-Waffen-Aktivist lehne ich so ziemlich alle kleinen schmutzigen Geheimnisse ab, für die der Name McAvena steht, auch wenn es noch so viele Vorteile bringen würde.

In New York hätte ich für meinen Namen nicht mal einen Kaffee bekommen. Meine Seminare an der Universität sollten erst im Herbst anfangen. Ich hing total in der Luft. Im September versöhnte ich mich dann wieder mit meinen Leuten, aber den Sommer über beherrschte das Drama mein Leben.

Ich war ein Hitzkopf, eingepfercht in ein hamsterkäfiggroßes Zimmer mit

Addison und Erickson, mit freundlicher Genehmigung von Ted Furlong

Teddy, der genauso angespannt war wie ich und der Angst hatte, er würde von der Kunsthochschule fliegen, weil er mich heimlich bei sich wohnen ließ. Ich hatte Teddy im Jahr zuvor im Internat in Virginny kennengelernt. Zwei schwule Südstaatenjungs, die sich in einem Fotolabor verlieben, zwei Möchtegern-Mapplethorpes. Mein Entschluss, in New York auf die Uni zu gehen, kam zum Teil auch daher, weil ich Teddy nah sein wollte. Aber jetzt, in dem Zehn-Quadratmeter-Zimmer, waren wir uns *zu* nah.

Ich saß also den ganzen Tag herum und beschwerte mich über Handy bei meinen Freunden. Und abends beschwerte ich mich bei Teddy. Eines Morgens klopft es an der Tür. Ich mache auf und da steht dieses katzenhafte Mädchen mit Lakritzaugen und zwei glänzenden schwarzen Zöpfen vor mir. Sie mustert mich von oben bis unten und sagt: »Hey, du verwöhnter Südstaatenheini mit der lauten Stimme, der auf die ganze Welt sauer ist, hier ist ein Becher Kaffee. Und jetzt zeig mal, woran du arbeitest. Teddy sagt, wenn du nicht über alles und jedes meckerst, machst du ganz gute Fotos.«

LUCY LIM: Erickson McAvena war Addys Rettungsanker. Sie war gerade mit Zach zusammengekommen, aber irgendwie war Addy bei ihm immer auf das Schlimmste gefasst. Ich glaube, weil ihr Vater so ein Frauenheld war und weil sie wusste, dass Zach auch so war. Obwohl sie also in Zach verknallt war, hielt sie ihn auf Distanz. Sie hatte ihn auf ein Podest gestellt, aber es war auch ein Podest des Misstrauens.

»Zach ist ein Playboy«, sagte sie zu mir. »Er wird von hinten und vorn bedient. Er hat einen eigenen Schneider in Hongkong, der nach New York fliegt und ihm jedes Jahr ein Dutzend neue Hemden schneidert. Er spricht fünf Sprachen, Lulu! Das sind viel zu viele Hemden und viel zu viele Sprachen!« Am Anfang fand Addy es toll, mit Zach und seinem Freund Alexandre gesehen zu werden und sich in dem Aufsehen zu sonnen, das sie erregten. Ich glaube, Zach fand die Zach-und-Addy-Show genauso aufregend. Sie haben es beide genossen.

Erickson war auch eine starke Persönlichkeit, aber er hatte etwas Ruhiges, Starkes. Ich mag ihn sehr, und wir werden bestimmt immer in Kontakt bleiben, es wird immer ein Band zwischen uns geben. In der Woche, als sie ihn kennenlernte, schrieb Addy mir eine Mail, die ich ausgedruckt und aufbewahrt habe:

Von: **Addison Stone** addisonstoneart@gmail.com
Datum: 23. Juli, 12:07
Betreff: Hi/Neues
An: Lucy Lim lucygracelim@gmail.com

Weißt du, LL, ich kann allein sein, sogar wenn ich mit Erickson zusammen bin.
Gemeinsam einsam – das sind wir.

Auf langen Spaziergängen durch den Park.
Oder in einer Tapas-Bar. In einem Buchladen.
Ich fühle mich wohl mit seiner entspannten Südstaatenart.
Die süßen, verschlafenen Bernhardineraugen.
Die zärtlichen Geschichten über seine verkorksten Eltern – die sich genauso anhören wie meine.
Wie er ihnen entkommen ist – genau wie ich.
Und sich sein sonniges Gemüt bewahrt hat – genau wie ich es gerne würde.
Mit Narben, aber unversehrt.
Erickson kocht mir seine Lieblingsgerichte aus Kentucky in der schäbigen Wohnheimküche.
Muffins mit Pecannussen, Bohnen-Mais-Eintopf, Süßkartoffelauflauf.
Und seine Bilder. Bilder, die eigentlich traurig sein müssten. Arme alte Männer in der U-Bahn und verrückte Taubendamen.
Erickson stößt immer vor zu einer tiefen Wahrheit. Findet Anmut und harte Wirklichkeit.

Er kann dich nicht ersetzen, Lulu.
Aber er schafft es, mich wieder friedlich zu stimmen, wenn ich rot sehe.

LUCY LIM: Mit keinem in der Stadt ist sie je so vertraut geworden. Mit Lincoln war es immer ein Auf und Ab. Mit Marie-Claire manchmal. Aber in Lincolns leidenschaftlicher Liebe gab es so viele emotionale Blockaden und Marie-Claire konnte sehr egoistisch sein. Erickson war aus ganzem Herzen für sie da, immer.

MARIE-CLAIRE BROYARD: Ich bin in New York geboren und stamme aus der Familie Broyard, tja, *den* Broyards. Momentan studiere ich nicht. Man könnte sagen, ich stehe gerade zwischen zwei Schulen. Ein Semester lang war ich in Kalifornien an der Uni. Aber leider Gottes war Kalifornien nichts für mich. Deshalb lebe ich immer noch in New York. Genieße wohl meine herausgehobene Stellung in der Welt. Aber reden wir nicht von mir, Sie wollen sicher etwas ganz anderes von mir hören: meine Geschichte mit Addison Stone.

Es war Addisons erster Sommer in der Stadt, aber wegen der drückenden Hitze im Juli waren wir alle nach Southampton gefahren. An einem Abend waren wir zum Abendessen bei meiner Freundin Kiki Strawbridge eingeladen. Addison war gerade mit meinem Freund Zach zusammengekommen, und er brannte darauf, sie unserer Clique vorzustellen.

Please Help, ein Foto von Erickson McAvena

Wenn einer der Jungs mit einem Mädchen außerhalb unserer Gruppe geht, dann ist es normalerweise nur irgendeine alberne Model-Schrägstrich-Schauspielerin-Tussi.

Aber Addison war schon dabei, sich als eigenständiger Star zu etablieren. Es ging das Gerücht, Berger würde sie vertreten, und Jürgen Teller sei im Gespräch, um mit ihr einen Werbespot zu machen, und sie würde eines der Gesichter für die Beats-Kopfhörer-Werbung werden – was sich am Ende eben bloß als ein Gerücht herausstellte, aber immerhin!

Wir waren fest entschlossen, sie *ganz furchtbar* zu finden. Und ich immer vorneweg. Meine erste Frage an sie war: »Ach, Addison, wo hast du denn die tolle Tasche her?« Dabei war es nur so eine kitschige Billigkopie von den Straßenhändlern an der Canal Street. Dann wollte ich wissen, wo ihre Familie immer zum Skifahren hinfährt, und noch hundert andere schnöselige Fragen. Ich kann ganz schön die Krallen ausfahren, wenn ich will. Ich setzte ihr ziemlich zu. Ich wollte, dass ihre coole Fassade Risse bekam und sie eine Reaktion zeigte, über die wir uns alle lustig machen konnten. Dass sie vielleicht fluchte oder die Beherrschung verlor und uns richtig prollmäßig beschimpfte oder so. Stattdessen sagte Addison in perfekter Nachahmung meiner Stimme: »Weißt du, Marie-Claire, als ich seinerzeit in Glencoe gelebt habe, das ist so eine *himmlische* Nervenklinik außerhalb von Boston, wo es so *fabelhaftes* Essen gibt, dass man fast vergisst, dass man sich eigentlich jeden Moment umbringen will, da war eine unserer Wohlfühlübungen, ›eine schöne Erfahrung zu genießen‹. Und deshalb, meine Süße, werde ich das hier jetzt wirklich genießen.« Damit nahm sie ihren Teller mit Vichyssoise und goss mir die Suppe wie bei einer Taufe voll über den Kopf.

Drei Sekunden lang regte sich niemand. Alle waren mucksmäuschenstill. Ich auch. Ja, ich fühlte mich fast verpflichtet, sitzen zu bleiben. Sie den Moment genießen zu lassen. So wie sie gesagt hatte. Und dann fing ich an zu lachen. Es war einfach unglaublich witzig. Ach, und natürlich waren wir danach richtig gute Freundinnen. Sie war einfach so frech und so erfrischend. Genauso frech wie ich.

Später, als wir uns besser kennengelernt hatten, erfuhr ich mehr über ihre Krankheit. Ich glaube, sie weihte mich deshalb ein, weil ich immer ganz offen über meine Mutter spreche, die gerade erst ihren zehnten Jahrestag in der McLean-Klinik gefeiert hat. Meine arme Mutter hat eine schizoaffektive Störung, die mit neunzehn diagnostiziert wurde, und sie hat deshalb immer wieder schlimme Zeiten durchgemacht. Mutters Realitätsverlust ist für alle immer noch ganz furchtbar. Einmal, als ich noch klein war, hat sie ihre eigenen Hände angezündet. Ich habe nicht gesehen, wie es passiert ist; sie war damals in Gstaad. Aber jedes Mal, wenn ich sie besuche, sehe ich die Wülste und Narben an ihren Händen und stelle mir vor, wie sie die Finger in den lodernden Kamin steckt und zusieht, wie die Flammen an ihrer Haut lecken, aber zu gefangen ist in ihrer Krankheit, um sie herauszuziehen.

Nachdem ich Addison von *Mutter* erzählt hatte, verlor sie ihre Hemmungen, mit mir über ihre eigene Schizophrenie zu sprechen. In dem Herbst, als wir Freundinnen wurden, sind wir einmal zusammen ganz heimlich zur McLean-Klinik gefahren, zu meinem jährlichen Geburtstagsessen. Es war ein wunderschöner Tag, aber auch ziemlich merkwürdig und bittersüß. Mutter war total benebelt. Und das machte Addison nervös, weil sie so große Angst hatte, das Z könnte bei ihr auch so wirken.

Addison und Marie-Claire, September, New York, mit freundlicher Genehmigung von Zach Fratepietro

Aber es war so lieb und nett von ihr, mich zu begleiten. Ich mochte Addison sehr, weil sie mich so nahm, wie ich bin, mit all den Leichen im Keller. Mit meiner Mutter, der Schizo-Tante, und mit meinem Onkel Artie, dem Verbrecher. Und dass ich von der Schule geschmissen wurde wegen Betrug und schließlich endgültig geflogen bin wegen dem Marihuana in meinen E-Zigaretten. Addison hatte ein großes Herz mit viel Platz für die Schattenseiten anderer Menschen.

BILL FIELDBENDER: Arlene und ich fuhren in diesem Sommer etwas öfter nach New York, um nach Addison zu sehen. Wir hatten sie dorthin gebracht, und wir fühlten uns deshalb irgendwie persönlich verantwortlich dafür, dass es ihr gut ging. Aber wir merkten, dass sie uns nicht brauchte. Addison hatte von Anfang an verstanden, wie die Stadt funktionierte. Es war, als wäre es ihr vorherbestimmt gewesen, quasi eingeschrieben in ihr Karma. Man hätte meinen können, sie sei in New York aufgewachsen. Einerseits wirkte sie so blasiert wie ein Mädchen von einer teuren Privatschule. Aber sie war hochkonzentriert, besuchte ihre Kunstkurse, lernte die U-Bahn-Pläne auswendig. Sie führte uns sogar in Ausstellungen nach Williamsburg und Long Island.

Wir machten uns große Sorgen, sie könnte von Kunsthändlern und Galeristen ausgenutzt werden. Wir baten sie inständig, solche Entscheidungen mit uns zu besprechen, falls sie jemanden suchen wollte, der sie vertrat. Aber wir wussten auch, dass wir ihr Handeln nicht beeinflussen konnten. Mit jeder Woche bildete Addison ihre Persönlichkeit weiter aus.

ZACH FRATEPIETRO: Es ist empörend, dass die Leute meinen, ich hätte Addison Stone irgendwie verletzen können. Ich habe sie mehr geliebt als irgendjemand sonst auf der Welt. Aber unsere Trennung war schlimm und wir rächten uns mit ein paar schmutzigen Tricks aneinander. Ich bin froh, dass ich mich noch an die guten Zeiten erinnern kann, als Addison noch neu in der Stadt war, staunend und mit großen Augen und verliebt in mich, bevor zwischen uns alles zusammenbrach.

Ich bot ihr einen ersten richtigen Eindruck von New York, das dürfen Sie nicht vergessen. Ich zeigte ihr den Reservoir-See im Central Park, das MoMA, das Empire State Building. Wir aßen in den besten Restaurants: Bemelmans, The Spotted Pig, Cafe Luxembourg, Raoul's, Il Mulino, The Lion. Wir spazierten die High Line entlang, fuhren mit dem Rad über die Brooklyn Bridge, erzählten uns Geheimnisse in Strawberry Fields. Und dann war da noch der gesellschaftliche Aspekt, die Leute, mit denen ich sie bekannt machte: Kiki Smith, Julian Schnabel, Terry Richardson, John Currin und Rachel Feinstein, Cindy

Zach und Addison bei einer Dinnerparty in New York, mit freundlicher Genehmigung von Alistair Chung

Sherman. Ich habe einige ihrer größten Momente mit Addison zusammen erlebt. Daran halte ich mich fest. An dem, was gut war.

MAXWELL BERGER: Jeder kennt die Berger-Galerien. Ich habe schon mit hochklassiger Kunst gehandelt, da waren Sie noch gar nicht auf der Welt. Mein Hauptsitz ist in New York; außerdem haben wir Filialen in Asien und Großbritannien, in Paris und in Brasilien. Meine Privatnummer verrate ich keinem. Ich habe keine Lust, nachts um drei von einem Künstler-Wunderkind angerufen zu werden, das sich tausend Mäuse leihen will für reinstes Kokain, damit es die nächsten vier Tage und Nächte wachbleiben und ein Bild fertig malen kann. Wer braucht so was? Ich bestimmt nicht. Und Anrufe von Leuten, die meine Nummer haben, ignoriere ich meistens auch.

Zach Frat hatte mir sechs Nachrichten hinterlassen, bevor ich ihn zurückrief. Er wollte mir so ein neues Mädchen vorstellen.

Schließlich rufe ich ihn zurück und sage: »Komm mit ihr ins Soho House.« Ich mag das Soho House, ich mag den Pool oben auf dem Dach und die Hummerröllchen und die Mädchen in den knappen Bikinis. Hey, dafür muss ich mich nicht entschuldigen! Wenn ich nicht nach Hause nach Sagaponauk fahren kann, wohne ich dort. Die Kunstkids wissen, dass ich da bin, halten aber respektvoll Abstand. Das ist auch gut so. Sie wissen genau, wie viele Karrieren ich angeschoben habe – und wie viele ich zerstört habe. Ich rufe sonst auch nie zurück. Aber Zach Frat ist Carines Sohn und Carine ist nun mal eine Macht.

Ich sitze also draußen am Pool und spüre, wie sich ein Schatten über mich legt. Ich öffne die Augen und da ragt dieses Mädchen über mir auf. Verstellt mir die Sonne, sonst hätte ich sie für einen Geist gehalten. Wunderschön, aber nicht mein Typ. Klingt vielleicht altmodisch, aber ich finde, an einem Mädchen muss auch was dran sein.

»Ich bin Addison«, sagt sie. »Sie haben vor ein paar Wochen ein Bild von mir ausgestellt. Sie wissen bestimmt, dass der Rest in Ihrer Galerie nur Schrott war.«

Das hat sie zu mir gesagt, dieses Mädchen, das klapperdürr war wie eine Kerze. Zu mir, Max Berger. So eine Frechheit. Aber sie hatte recht. Das andere Zeug hätte man nicht mal bei McDonald's verramschen können. Trotzdem schwoll mir der Kamm. Sie hatte den Nagel auf den Kopf getroffen, das wussten wir beide.

Eins will ich Ihnen sagen über Addison Stone: Sie hat nicht nur Kunst *gemacht*, sie *war* Kunst. Genau wie Picasso, Glenn Gould oder Gertrude Stein. Das war untrennbar verbunden. Ich beschloss auf der Stelle, dass ich sie in meinem Stall haben wollte. Ein Kleinstadtmädchen wie sie muss man blenden und dann schnell einsacken. Ich verabredete mich mit ihr, umwarb sie in einem teuren französischen Restaurant mit ein paar von meinen Leuten. Ich schanzte Zach ein paar zusätzliche Deals zu, damit er ein gutes Wort für mich einlegt. Ich zog wirklich alle Register für diese rotznasige Göre wie bei niemandem sonst. Aber als sie schließlich einwilligte, bei mir zu unterschreiben, gab ich ihr erst mal eine Warnung mit auf den Weg.

»Keine Stunts mehr, Addison«, sagte ich zu ihr. »Keine Trapezkunststücke an Kronleuchtern, kapiert? Du hast großes Talent und ich sorge mich um dich. Von jetzt an bleibst du konzentriert und arbeitest hart und zielgerichtet. Ich bin immer für dich da, aber du musst erwachsen werden und lernen, schlechte Ratschläge und sonstigen Schrott zu erkennen. Ich habe kein Verständnis für Kids, die nicht klarkommen mit dem Geld oder mit dem Ruhm. Meine Zeit ist zu kostbar für Säufer, Drogentypen und Partyvolk. Und ich habe absolut kein Verständnis, wenn du deine Karriere das Klo runterspülen solltest.«

Sie wollte das nicht hören. Sie wollte ein freier Mensch sein und tun, was ihr beliebt. So wie alle. Zum Glück ist Geld ein überzeugendes Argument. Wir trafen eine Vereinbarung und am Ende des Monats waren die Verträge unterschrieben.

CARINE FRATEPIETRO: Ende der Neunziger saß Max mal wegen Steuerbetrug hinter Gittern. Aber vom Koks ist er schon seit Jahren weg. Und jeder Mensch macht Fehler, oder? War jeder, den wir Addison vorstellten, ein moralisch einwandfreier Charakter? Nein. Hier geht es ums Geschäft. Und wie in jedem Geschäftszweig gibt es auch hier gute und schlechte Menschen und außerdem noch die graue Mitte. Max Berger gehört auf jeden Fall zur grauen Mitte. Aber er ist auch sehr einflussreich, und sobald er ein Talent wittert, macht er eine Menge Lärm. Er war das Megafon, das Addison brauchte.

ZACH FRATEPIETRO: Ein verrückter Sommer war das. Zum einen kamen Addison und ich richtig zusammen. Ich war damals zweiundzwanzig, dreieinhalb Jahre älter als sie, aber Addison war nicht mehr Jungfrau. Ich weiß, Sie haben nicht danach gefragt, aber ich will das hier einmal klarstellen. Das ist nicht die Geschichte von der Unschuld vom Lande, die von einem Typen verführt wird. Über mich wird schon genug Mist geredet. Sie war schon mit Jonah im Bett gewesen. Das hat sie mir selbst erzählt. Als sie mich kennengelernt hat, wusste sie sehr gut, wie man sich amüsiert.

Einmal sagte sie: »Sex ist das Gegenteil von Kunst. Sex ist dumm und hirnlos und einfach. Kunst ist kompliziert und schwierig und wichtig.«

Aber da hat sie sich geirrt. Sex bedeutete Addison sehr viel. Sie wollte immer mehr über meine intimen Bedürfnisse erfahren, wollte herausfinden, was uns gefiel und wobei wir uns gut fühlten und wobei nicht und was nur so lala war. Sie hat wirklich alles ausprobiert. Ich war noch nie mit einem Mädchen zusammen, das mich so tief ergründen wollte wie Addison. Wir verbrachten ganze Nachmittage zusammen im Bett und verloren uns ineinander. Wir fanden auf einer körperlichen Ebene zusammen. Klar waren wir in verschiedenen Welten aufgewachsen. Aber was Sex anging, waren wir gleich, wie Zwillinge. Und wenn ich mal nicht bei ihr war, musste ich ununterbrochen an sie denken. Ich bin durch die Gegend getaumelt, und mein Körper war wie verloren und glühend, bis ich sie endlich wiedersah. Ich träumte von ihr und wachte voller Sehnsucht nach ihr auf. Es war, als würde es mich verbrennen, so heftig begehrte ich sie.

Mein erstes Geschenk für Addison war der Schlüssel zu meiner Wohnung in Tribeca. Das Wohnheim war schrecklich. Zum einundzwanzigsten Geburtstag hatte ich im obersten Stock meines Luxusapartmenthauses eine Wohnung bekommen und sie in ein richtiges Zuhause verwandelt. Sie bot Annehmlichkeiten, die ideal waren für Addison. Jeden Morgen wurde Frühstück gebracht, im neunten Stock gab es ein Fitnessstudio und außerdem einen Zimmerservice, eine Reinigung, das volle Programm.

»Ich liebe deine Wohnung«, sagte sie zu mir, »aber ich fände es noch schöner, wenn Erickson auch hier frühstücken könnte. Teddy ist immer weg und Erickson ist so einsam.«

»Klar«, sagte ich, weil ich dachte, das wäre ein Scherz. War es aber nicht. Addison und Erickson zogen die ganze Zeit zusammen herum. Wo der eine war, war der andere nicht weit. Das ging mir auf die Nerven. Warum sind Freundinnen nur im Paket mit ihren besten Freunden zu haben? Ich war jedenfalls ein besserer Einfluss für Addison. Dieser Erickson war doch ein wandelndes Wrack. In der Zwischenzeit brachte ich sie zu meinem Zahnarzt, meinem Psychiater, meinem Trainer. Jeder, der Addison behilflich sein konnte, wurde von mir bezahlt, ohne Ausnahme.

»Ich brauche so viel und du gibst mir noch viel mehr«, sagte sie zu mir.

Ich gab ihr viel, weil ich viel hatte und weil ich ihr helfen wollte. Dadurch hatte ich das Gefühl, zusammen mit ihr etwas aufzubauen. Und zum ersten Mal fühlte sich meine Wohnung an wie ein richtiges Zuhause.

MARIE-CLAIRE BROYARD: Also, die Leute sagen immer, Zach Frat und Max Berger hätten Addison ausgenutzt – und das haben sie auch, klar, jeder auf seine Weise –, aber niemand, wirklich niemand hat sich so um dieses Mädchen gekümmert wie Zach. Mir war schon klar, dass das nicht gesund war. Tatsächlich war es fast ein bisschen peinlich, wie offensichtlich Zach versuchte, sich ihre Liebe zu erkaufen. Aber Addison war so etwas wie ein Vagabund. Ihre Eltern zum Beispiel – wissen Sie, dass ich sie kein einziges Mal getroffen habe? Sie haben nie angerufen oder gesimst oder sind gekommen, um nach ihr zu sehen. Sie waren total weg vom Fenster, außer dass sie ihnen immer Geld geschickt hat. Das ist eigentlich das Einzige, was ich über Addisons Familie weiß: dass sie sie nach Strich und Faden ausgenommen haben. Ihre Kunstlehrer von der Schule waren total süß, und sie haben Addison vergöttert, aber sie konnten nun mal nicht tagtäglich für sie da sein. Und sie hatte einen Therapeuten, aber Therapie ist eben kein Familienersatz. Bei einer Therapie geht es nur darum, Buch über die geistige Gesundheit zu führen.

Kann ja sein, dass Zach sie zu dem Berger-Vertrag überredet hat. Na und? Und wenn schon. Was gab es denn sonst für Angebote? Wer hat sich denn sonst um das Mädchen gekümmert? Und die Berger-Galerien sind eine echte Gemeinschaft. Alle, die dort arbeiten, von den Assistenten bis zu den Stammkunden, waren ganz wild auf Addison. Max ist ein Schleimer, aber er wird Addisons Erbe für den Rest seines Lebens bewachen wie ein Schießhund. Letztlich geht es Berger nur darum, dass wertvolle Kunst auch wertvoll bleibt.

ROY STONE: Sie fragen mich nach dem Vertrag mit Max Berger? Schön. Tja. Maureen und ich haben ihn unterschrieben. Hätten wir uns einen teuren Anwalt nehmen und ihn erst prüfen lassen sollen? Wahrscheinlich. Aber er kam ganz offiziell mit FedEx, mit so gelben Zetteln, wo wir unsere Namen drunterschreiben sollten, und mit einem Umschlag, damit wir ihn ohne eigene Kosten zurückschicken konnten. Ich meine, das nenn ich professionell! Und Mr Berger ist international bekannt. Arlene und Bill haben uns gesagt, wir sollten dafür sorgen, dass jemand Addison vertritt. Sie sagten, ohne eine Galerie könnte sie ihre Kunst auch an einem Wühltisch vor dem Metropolitan Museum verhökern. Sie sagten, es sei nur gerecht, wenn die Galerie 35 Prozent bekommt. Manche würden sogar 50 Prozent nehmen. Sie sagten, das sei vorgegeben. Also haben wir unterschrieben. Wir wollten nur, dass Addison glücklich ist und dass jemand sie unter seine Fittiche nimmt. War das wirklich so falsch?

Allerdings habe ich erst nach ihrem Tod erfahren, dass Berger jetzt einen prozentualen Anteil von allem bekommt, was Addison je gemacht hat. Zum Beispiel wenn meine Tochter in der vierten Klasse irgendwelche Papierpuppen gezeichnet hätte? Berger hat die Rechte an diesen Puppen. Er bestimmt über ihren gesamten Nachlass. Er kann die Papierpuppen verkaufen und seinen Anteil kassieren oder er kann sie ausschneiden und damit spielen. Es ist seine Entscheidung. Ihre Kunst ist seine Kunst. Ihre Tagebücher, ihre Zeichnungen, sogar Kunstwerke, die sie gar nicht signiert hat… ich denke mal, da kommt einiges zusammen. Aber ich will nicht lügen – für uns bleibt immer noch ein ganzer Haufen Schotter übrig! Ein Vermögen! Ich hätte nie gedacht, dass meine Kleine mal meine Geldprobleme für mich lösen würde. Alle paar Monate kommen die Schecks und ich sehe lauter Nullen.

Maureen und ich haben das Geld sinnvoll genutzt. Da kann man uns nichts nachsagen. Ich habe mein Hausboot gekauft. Wir haben Charlies Collegegebühren auf einen Schlag bezahlt. Wir haben jedem die Freiheit gekauft, sein Leben so zu führen, wie er will. Auch als meine Kleine noch gelebt hat, wollte sie für uns sorgen. Ich hatte Schulden. Da ein bisschen, dort ein bisschen. Nicht viel, aber es hat sich summiert. Am Ende des Sommers kam Addison zu Besuch und hat Maureens und meinen Dispo ausgeglichen und sogar unsere Schulden bezahlt. Einfach so. Wie durch Zauberei.

ARLENE FIELDBENDER: Als Addison im August zurück nach Rhode Island kam, fuhren Bill und ich im Bramble Circle vorbei, um zu sehen, ob sie sich wieder gut eingewöhnte. Wir sahen sofort, dass es nicht gut lief. Addison wirkte erschöpft. Sie schlafe viel, sagte sie, aber sie käme nicht richtig zum Arbeiten, außer wenn sie bei Lucy sei. Sie sagte, sie könne zu Hause einfach nicht in Ruhe arbeiten, weil die Stimmung so schlecht sei.

»Und sie denken, dass ich hierbleibe, Arlene«, flüsterte sie mir in der Küche zu. »Sie denken, ich mache die Highschool zu Ende. Aber wenn ich nach diesem Sommer in New York wieder zurück an die South Kingstown High muss, sterbe ich.«

Wir versicherten Addison, dass es sich um ein Missverständnis handeln müsse. Aber wie sich herausstellte, hatten Maureen und Roy mit Evelyn Tuttnauer gesprochen. Sie machten sich Sorgen, dass Addison trank, weil das die Wirkung des Z beeinträchtigen würde. Sie wollten, dass sie nach Hause kam, damit sie sich wieder stabilisierte, egal, wie lange es dauerte.

MAUREEN STONE: Was für ein Durcheinander! Wir verstanden gar nichts mehr! Addison kam völlig ausgelaugt aus New York zurück. Ich wollte doch nur, dass sie sich von der Stadt und dem exzessiven Leben dort erholt. Ich dachte, nach dem Sommer dort wäre es schön für sie, nach Hause zu kommen, zurück in den Trubel der Highschool. Die zwölfte Klasse ist doch etwas ganz Besonderes! Man ist schon viel älter! Alle schauen zu einem auf! Und Addison war ein heißer Anwärter auf die Leitung der Schülerzeitung *SKpades* und sicher auch für das Homecoming-Komitee. Sie war so stylish, wissen Sie. Addison war ehrgeizig und talentiert, und meine Güte, natürlich hatte sie auch ihre Probleme. Aber ich wollte doch weiß Gott nur, dass sie noch ein Kind sein und das Leben genießen durfte. Die Jugend ist doch viel zu schnell vorbei. »Die Großstadt läuft dir nicht davon!«, habe ich immer wieder zu ihr gesagt.

Jonah Lenox hatte die Schule natürlich längst abgeschlossen. Er war weg, lebte in Colorado, und Addison vermisste ihn. Er hatte sich so lieb um sie gekümmert, als sie in der Elften war. Aber Lucy war ja noch da. Und es gab andere gut aussehende Jungs, mit denen sie ausgehen konnte.

Aber Addison tat furchtbar arrogant und bekam ständig Wutanfälle.

»Was kann man denn hier schon machen? *Was soll ich denn hier machen?*«

»Wie meinst du das?«, sagte ich dann. »Mach einfach das, was du immer gemacht hast.«

Sie war fast die ganze Zeit bei Lucy und hatte außerdem täglich einen Termin bei Dr. Tuttnauer. Wahrscheinlich, um sich zu beschweren. Nach diesen Sitzungen kam sie immer besonders wütend auf mich nach Hause, als würde ich sie gefangen halten. Als hätte ich ihr Zuhause eigenhändig in ein Gefängnis verwandelt, um sie mit meinen ganz normalen Hoffnungen zu quälen. Ja, also von daher haben wir recht viel gestritten in diesem August. Wenn ich sagte, der Himmel ist aber schön blau, sagte sie sofort, sie könne gar keinen Himmel sehen.

Irgendwann bekam Addison ein Klappmesser aus Roys Werkzeugkiste in die Finger, und sie fing an, überall im Haus kleine Figuren ins Holz zu ritzen. In den Boden, in die Wand, in den Küchentisch. Sie hat fast die ganze Einrichtung ruiniert und uns einen Riesenschrecken eingejagt! Ich wachte um drei Uhr morgens auf und ertappte sie dabei, wie sie *Der Künstler verhungert* ins Fensterbrett ritzte.

Ich hatte große Angst, die schrecklichen Vorfälle von Dartmouth könnten sich wiederholen. Ich versuchte mitzuhören – Sie würden das wahrscheinlich lauschen nennen –, wenn sie mit Lucy oder Charlie redete oder wenn sie mit ihrem Freund telefonierte, aber Ida hat sie nie erwähnt. Trotzdem konnte ich

Ida spüren. Ich spürte, dass Addison an sie dachte. Zum einen zog sie sich nicht mehr an und hing immer in derselben Jogginghose und im selben T-Shirt zu Hause rum. Sie sah aus wie ein Penner und sie roch auch so. Dann baute sie eine Art Tor im Garten, arbeitete vier Tage wie wild daran und beachtete es dann nicht mehr. Du lieber Himmel, es sah aus, als ob die Arche Noah hier zusammengebrochen wäre! Einmal, als ich bei der Arbeit war, hat sie das ganze Wohnzimmer in einem so dunklen Lila angepinselt, dass es fast schwarz aussah. Ein anderes Mal hat sie nachts das Gras mit Farbe besprüht. Schrecklich! Wie in einem Comic! Alle sollten sehen, wie sie an den Gitterstäben ihres Käfigs rüttelt. Es war so demütigend.

KARL TAEKO: Eines Morgens wachte ich auf und schaute durch das Fenster über die Straße. Dann fragte ich Ele: »Lassen meine Augen mich im Stich oder hat der Osterhase in Roy Stones Vorgarten gekotzt?«

»Weder noch«, sagte sie. »Addison ist wieder zu Hause.«

CHARLIE STONE: Addison war ein verzogenes Gör, klar. Obwohl das bunte Gras echt cool aussah. Alle kamen vorbei, um es zu sehen. Dann sind die Halme abgestorben und es sah echt scheiße aus.

Meiner Schwester war das egal. Ihre Kunst – oder ihre Streiche, wie Sie wollen – war sowieso nur für den Moment gedacht. Das einzig Gute war, dass wir viel Zeit miteinander verbrachten. Wir schlichen uns nachts raus, ohne dass Mom und Dad es merkten. Addison war schon ein bisschen berühmt und wurde ab und zu fotografiert. Einmal waren wir in einem Klub in Providence, und da waren ein paar Paparazzi und schnüffelten dem Gerücht hinterher, Addison und Zach hätten sich getrennt und sie würde sich zu Hause verkriechen, um ihre Wunden zu lecken.

Fremde Männer mit Kameras riefen ihren Namen und verfolgten uns die Straße runter. Verdammt, so was hatte ich noch nie erlebt.

MAUREEN STONE: Wenn sie nicht bei Lucy war oder wenn sie nicht schlief, hing Addison in einem fast komatösen Zustand bei uns herum oder flüsterte am Telefon mit Zach. Eines Nachmittags schlug ich vor, mit ihr einkaufen zu gehen, um neue Kleidung für das kommende Schuljahr zu besorgen. Es war ein wunderschöner Sommertag, ideal für einen gemütlichen Einkaufsbummel in der Mall, und ich dachte, alles sei gut, und da wurde sie auf einmal sauer und wollte nach Hause.

Addison und Charlie, unterwegs in Providence, Rhode Island
Ken Gilmore für *Time Out Providence*

»Aber wir haben doch noch keine Schuhe für die Schule gefunden«, sagte ich.

»Mom, du machst mich wahnsinnig!«, brüllte sie. Mitten im Restaurantbereich, wo alle zuschauten. »Glaubst du wirklich, ich habe Lust, Ballerinas anzuprobieren? Glaubst du wirklich, ich interessiere mich für Schultaschen? Hast du überhaupt eine Ahnung, wie sich mein Leben verändert hat?«

Ich fühlte mich schrecklich. Warum musste sie immer alles so kompliziert machen? Warum konnte sie nicht einfach bei uns bleiben und ihr letztes Schuljahr genießen? War das wirklich zu viel verlangt?

ZACH FRATEPIETRO: Ich war mit ein paar Verwandten und ein paar Freunden für drei Wochen zur Villa Divina geflogen, unserem Ferienhaus auf Capri, während Addison in Rhode Island festsaß und sich nur im Kreis drehte. Einmal rief sie mich weinend an.

»Peacedale ist schrecklich, mein Vater ist ein Säufer und meine Mutter ein Zombie, und sie glauben allen Ernstes, ich würde das letzte Schuljahr hier verbringen. Ich springe aus dem Fenster, Zach. Du kannst mich nicht daran hindern.«

Ich hoffte, dass es ihr nicht wirklich so schlecht ging, wie es sich anhörte. Addison gab gern solche Drohungen von sich als kleine Erinnerung daran, dass sie es ja schon einmal versucht hatte. »Baby, du solltest in einen Flieger springen, nicht aus dem Fenster. Komm zu mir«, sagte ich zu ihr. »Du weißt, wie gut ich mich um dich kümmern kann.«

»Nein, das geht nicht. Lucy ist hier und mein Bruder und das ist auch unsere gemeinsame Zeit.«

»Bring Lucy doch einfach mit! Sie kann ja mit Alexandre flirten! Und Charlie kannst du auch mitbringen. Er ist doch fast volljährig, er kann den Aufpasser spielen.«

Sie lachte. Während der nächsten Wochen führten wir oft solche Gespräche, aber dabei blieb es dann auch.

Es war eine Katastrophe. Wie konnten Addisons Eltern nur auf die Idee kommen, sie würde wieder in Rhode Island leben? Sorry, aber allein schon die Vorstellung, Addison könnte nach allem, was sie in New York erlebt hatte, noch ein Jahr in einer öden Kleinstadt ertragen, war einfach lächerlich. Addison stand kurz davor, groß rauszukommen. Im September würde jede auflagenstarke Kunstzeitschrift über sie schreiben. Sie würde durchstarten und ihre Eltern kapierten es einfach nicht.

LUCY LIM: Über diesen Punkt herrschte irgendwie Verwirrung, stimmt's? Ein paar Leute – hüstel, Addys Eltern – dachten, sie würde das letzte Schuljahr an der South Kingstown High verbringen. Andere Leute – hüstel, Arlene und Bill Fieldbender – wiederum dachten, sie würde nur kurz ihre Eltern besuchen, bevor sie für immer nach New York zog und die Schlüssel zu Peacedale in den Müll warf.

Ich glaube, diese Verwirrung kam daher, weil Addy selbst nicht wusste, was sie wollte. Sie war gesundheitlich nicht sehr stabil. New York bedeutete lange Nächte, viele Partys und ein ausschweifendes Leben. Ich persönlich denke ja, dass Addison sich deshalb nach Peacedale zurückgezogen hat, um sich ein paar Streicheleinheiten zu holen und um Schlaf und Ruhe zu tanken, während sie gleichzeitig so tat, als wäre es der schlimmste Ort der Welt. Dabei hätte sie jederzeit in einen Zug oder in einen Bus steigen können. Aber das hat sie nicht getan. Sie blieb fast den ganzen August und verbrachte viele Stunden davon relativ friedlich bei uns zu Hause.

»New York frisst mich auf, es hat mich so gern.« Das sagten Addy und ich ständig. Der Satz stammt aus dem Bilderbuch *Wo die Wilden Kerle wohnen*. Die

Monster sagen das zu Max. »Wir fressen dich auf – wir haben dich so gern.« Wir benutzten den Satz bei jeder Gelegenheit. Für Schmuck oder Eis oder Jungs, und ich wusste genau, was sie damit meinte.

Am Ende fraß die Stadt sie ja tatsächlich auf. Zach, Carine, Gil, Max Berger – alle nagten sie an Addy, jeder auf seine Weise. Und irgendwie erkannte Addy die Gefahr. Peacedale mag noch so öde sein, aber es ist es auch eine ganz normale Stadt mit Reihenhäusern und Schnellimbissen und Spielplätzen. Und Roy und Maureen liebten sie sehr, auch wenn sie noch so kaputt waren. Mit ihren achtzehn Jahren konnte Addison ihre eigenen Risse und Brüche nicht erkennen, ihre verhängnisvollen Fehleinschätzungen, ihre Schwäche, die sie am Ende das Leben kostete. Aber sie wusste, dass die Langeweile in Peacedale eine Menge Laster von ihr fernhielt. Und sie wusste auch, dass sie in New York von allen Seiten damit bombardiert würde.

BILL FIELDBENDER: Wollen Sie die Wahrheit wissen? Ich sah eine Künstlerin, die sich wieder in die gleiche Gefängniszelle einsperren ließ, in der sie schon einmal fast gestorben wäre. Langeweile ist auch eine Gefahr. Müßiggang ist aller Laster Anfang und so weiter. Addison musste raus aus Peacedale.

Wieder einmal brachten wir die Sache ins Rollen. Sprangen wieder einmal ein als Mutter und Vater, wo die richtigen Eltern versagten. Arlene kontaktierte jemanden, der ihr noch einen Gefallen schuldig war, und leitete es in die Wege, dass Addison im Herbst ein paar Kunstkurse belegen konnte. Wir besorgten ihr auch einen Platz an einer speziellen Privatschule, wo sie die Kernpflichtfächer belegen und einen staatlich anerkannten Schulabschluss machen konnte, während sie gleichzeitig an einer guten Kunsthochschule mit angesehenen Professoren an ihrer Ausbildung arbeitete.

Maureen und Roy Stone waren offen gesagt gnadenlos unfähig. Addison wäre auch mit zwei Seegurken als Eltern nicht schlechter gefahren. Das dürfen Sie auch gerne so schreiben. Arlene und ich, wir haben keine eigenen Kinder und für uns war Addison gewissermaßen ein Geschenk. Das Kind, das wir uns immer gewünscht haben. Deshalb schmerzte es uns, dass Maureen und Roy so ein wunderbares Geschenk als selbstverständlich betrachteten.

84 Court Street, Brooklyn, mit freundlicher Genehmigung von Erickson McAvena

VI.
FRIEDLICHE GEISTER

ERICKSON MCAVENA: Den Sommer über hielt ich mich wohlweislich fern von Kentucky und von meinem Elternhaus. Ich war fast die ganze Zeit in New York, abgesehen von ein paar kleinen Stippvisiten nach Atlantic City und zwei Kurztrips hoch nach Saratoga und Fire Island.

»Sieh zu, dass du wieder zurück nach New York kommst, Süße«, sagte ich zu Addison, »und ich treibe ein nettes kleines Apartment für uns auf.« Auf keinen Fall wollte ich wieder im Wohnheim wohnen. Addison brauchte einen Mitbewohner, und Teddy hatte in dem Schuljahr einen Job als Wohnheimaufsicht, deswegen bekam er ein kostenloses Zimmer. Ein Einzelzimmer. Also musste ich gehen.

Ende Juli hatte ich uns eine Zwei-Zimmer-Wohnung über einem italienischen Restaurant namens Queen in Cobble Hill besorgt. Die Lage war super, zwischen Livingston Street und Schermerhorn Street. Fünfter Stock, kein Aufzug. Okay, es war nicht das Ritz, aber weil die Wohnung ganz oben lag, hatte sie Dachfenster und einen Gasofen; Herd und Kühlschrank waren neu, und die U-Bahn-Station Borough Hall war gleich um die Ecke. Annehmbar.

Am Labor-Day-Wochenende saß Addison im Zug zurück zu mir. Am Dienstag darauf hatten wir Max Berger dazu gebracht, den Mietvertrag als Bürge für uns zu unterschreiben, und später am Nachmittag wuschen wir die Wände ab und rissen den Teppichboden raus. Wir liebten unsere neue Wohnung über alles. Wenn man auf der Feuerleiter stand, konnte man das frisch gebackene Brot und die Nudelsaucen aus der Küche des Queen riechen. Das Queen war teuer. Nicht ganz unsere Preisklasse. Wir labten uns an den Wohlgerüchen und futterten die Pommes vom McDonald's nebenan.

»Wir wohnen in der Court Street! Wir wohnen hoch über der Queen!«, verkündete Addison gern. »Leider schert sie sich kein bisschen um uns Untertanen!« Deshalb tauften wir unsere Wohnung auch *Die Schande der Queen.*

Aber es war unser Palast. Und wir haben ihn rausgeputzt. Zuerst haben wir alles neu gestrichen, jeden Raum in einem anderen Lila, weil das Addisons Lieblingsfarbe war, von einem glänzenden tiefdunklen Veilchenblau über einen freundlich schimmernden Fliederton bis zu englischem Lavendel. Dann schmückten wir die Wohnung mit Schätzen vom Flohmarkt und aus dem Gebrauchtwarenladen. Wir klapperten den großen Flohmarkt in Brooklyn und sämtliche Kirchenbasare ab. Unser Prunkstück war ein schäbiges grünes viktorianisches Samtsofa, das drei Meter lang war und von einer Gebrauchtwarenbörse stammte.

Schließlich sagte Addison: »Wir müssen eine Einweihungsparty feiern!« Und das taten wir auch. Das war dann diese berühmt-berüchtigte Party. Das Motto war »Nacht der Hermaphroditen«. Man musste als sein männliches und sein weibliches Ich verkleidet kommen. Genial, oder?

Addison und ich trugen schwarze Leggings und ein schwarzes T-Shirt und hatten uns mit Küchenzwirn aneinandergebunden.

»Synchronizität verleiht Macht«, verkündete sie. Wir sahen uns nicht sehr ähnlich, aber wir waren ungefähr gleich groß, beide knapp eins achtzig, und dann unsere Namen: Addison und Erickson. Von der Persönlichkeit her waren wir wie Zwillinge. Immer mehr Leute drängten sich auf der Party und irgendwann wurde es einfach zu viel. Ich glaube, im Laufe des Abends müssen ungefähr fünfhundert Leute da gewesen sein. Immer wieder war es so brechend voll wie in einem U-Bahn-Waggon in der Innenstadt während der Rushhour.

STEPHANIE NORTON: An dem Wochenende besuchte ich meinen großen Bruder. Ich kam gerade von einer College-Besichtigungstour und war auf dem Weg zurück ins Internat. Alexandre lud mich ein, mit ihm zu der Party von Zachs Freundin zu gehen. Addison und ich sind – waren – gleich alt, und ich würde eigentlich schon sagen, dass ich mich in New York einigermaßen auskenne. Ich habe schon so ziemlich alles mitgemacht. Meine Familie hat Beziehungen und ich bin entsprechend aufgewachsen. Ich war in so vielen Klubs und Shows, auf so vielen Partys, Galas und Wohltätigkeitsveranstaltungen, dass meine Zeitrechnung schon danach funktioniert. Habe ich meine Spange vor dem Robin-Hood-Benefizabend rausbekommen oder nach dem Frick-Ball?

Und trotzdem hatte ich noch nie so jemanden kennengelernt wie Addison Stone und ich war auch noch nie auf so einer Party wie ihrer. Sie sah aus wie ein schlanker dunkler Schatten, perfekt wie ein Kunstwerk, aber sie war auch voller Leben, anstrengend, lustig, wild, elegant. Ich konnte die Augen nicht von ihr wenden. Aus der Ferne schien es so, als würde sie ganz still stehen, aber wenn man näher kam, sah man das Leben in ihr. Sie hörte zu, redete, dachte nach, die Ideen schossen ihr durch den Kopf wie Kometen.

Ich war zu schüchtern, um sie anzusprechen. Sie kam zu mir. Bis heute weiß ich nicht genau, warum. »Du musst Alexandres Schwester sein.«

»Woher weißt du das?«

»Deine Augen sind genauso arrogant-melancholisch wie seine.«

Arrogant-melancholisch! So hatte man mich noch nie beschrieben. Dann holte sie einen Stift und ihr Skizzenbuch und machte eine schnelle Zeichnung von mir.

»Wow, das ist wirklich hübsch!«, sagte ich. Zugleich war ich aber auch erschrocken. Das Bild sah genauso aus wie ich. Sie hatte mich ganz genau getroffen. Und zwar ganz mühelos.

»Ida hat dich gefunden«, antwortete sie. Ich hatte keine Ahnung, wovon sie redete. Wer war diese Ida?

Später besorgte sie sich meine Handynummer von Alexandre und schickte mir eine SMS, ob ich für sie Modell sitzen würde. Alexandre meinte, ich wäre dumm, wenn ich es nicht täte. Wenn Addison Stone ein Porträt von mir malen wolle, solle ich am besten alles stehen und liegen lassen und zu ihr fahren. Also kam ich am nächsten Wochenende wieder in die Stadt und saß Modell für ein Porträt, das dann *Being Stephanie* heißen sollte. Sie war richtig nett, lud mich zum Essen ein und erzählte mir von ihrem Selbstmordversuch und von Ida. Es war unheimlich, aber so wie Addison darüber sprach, klang es irgendwie ganz normal.

ERICKSON MCAVENA: An das Ende des Abends erinnere ich mich nur noch ganz vage. Irgendwann spielten ein paar von uns Twister, was bei späteren Partys zur Tradition wurde. Später ist die Stimmung dann irgendwie gekippt. Die Leute zogen sich aus, pissten in unsere Blumentöpfe, weil die Schlange vor dem Klo zu lang war. Klar waren auch Drogen im Spiel. Nichts Ernstes. Ich selbst war total high, aber damit kam ich schon klar. Addison trank sowieso nicht, und sie nahm auch keine Drogen wegen ihren starken Medis, außerdem war ihr Hirn schon im Ruhezustand abgefahrener, als man es mit fremden Substanzen je erreichen könnte. Die Party war gar nicht so heftig, wie immer gesagt wurde. Wenn dieses Mädchen, diese Danielle, nicht den Unfall gehabt hätte, wäre die Party längst vergessen.

Ich habe Danielle Stanley, das Mädchen, das von der Feuertreppe fiel, gar nicht gekannt. Ich weiß nicht mal mehr, wie sie aussah. Aber TMZ hat sich natürlich sofort darauf gestürzt. Sie brachten die Geschichte, zusammen mit irgendwelchen Exklusivmeldungen über Addison und Zach und wie krass die immer feiern würden.

Danielle Stanley wollte in New York Architektur studieren. Wie ich gehört habe, wird sie nie wieder ohne Krücken gehen können. Einen Monat, nachdem wir sie im Krankenhaus besucht haben, ist sie zurück nach Wisconsin gezogen. Die Sache hat Addison ziemlich mitgenommen. Wissen Sie, dass ich den Krankenwagen gar nicht bemerkt habe? Der Abend wurde jedenfalls viel schlimmer dargestellt, als er eigentlich war. Und das trug natürlich auch zu Addisons Ruf als wildes Mädchen bei.

Twister-Party in der Wohnung in der Court Street, mit freundlicher Genehmigung von Erickson McAvena

ADDISON STONE (aus ihren eigenen aufgenommenen Aufzeichnungen): Ich bin jetzt New Yorkerin! Der Traum schlechthin! Ich habe mir sogar so ein kitschiges *I ♥ New York*-T-Shirt gekauft. Warum auch nicht? Ich kenne dieses Logo schon mein ganzes Leben und jetzt bin ich endlich hier. Ich finde es toll. Ein kosmisches Gefühl irgendwie. Aber was für ein blödes Wochenende. Arme Danielle. Sie wäre fast gestorben wegen unserer Party. Erickson und ich spielten die guten Samariter und schauten mit Süßigkeiten und Blumen vorbei, und das machte es fast noch schlimmer, weil Danielle so ein schlechtes Gewissen hatte, weil sie einfach uneingeladen bei meiner Party aufgeschlagen war. Und dann ist sie tatsächlich aufgeschlagen! Ich sage mir jedenfalls immer wieder, dass es nicht meine Schuld war. Aber irgendwie war es doch meine Schuld. Und ich habe so ein schlechtes Gewissen, dass ich jetzt lieber von etwas anderem rede.

Was gibt's sonst noch? Berger hat mir einen Atelierplatz in Chelsea besorgt. Ich habe ein eigenes Bankkonto und eine Kreditkarte. Schluss mit dem Schnorren bei der Zach-Bank. Yippie. Zachs offene Brieftasche hat mir nicht gerade das Gefühl gegeben, dass ich auf einem feministischen Kreuzzug war. Komisch, dass ich mein ganzes Leben lang ständig Geldsorgen hatte und mitanhören musste, wie meine Eltern über Geld stritten, und mich geschämt habe wegen unseres schäbigen Lebens. Und auf einmal sind diese Sorgen einfach weg. Worüber soll ich mir jetzt Gedanken machen, wenn Geld kein Problem mehr ist? Das ist die große Frage.

Meine Antwort: über die Zukunft. *Meine* Zukunft. Mein Vermächtnis. Verrückt, weil ich ja noch ganz am Anfang stehe. Aber ich denke viel darüber nach. Ich will, dass die Leute später sagen: »Das ist doch die eine, die früher mal …«, was auch immer am Ende aus mir wird. Ich will mit 83 durch meine Retrospektive im MoMA gehen in einem langen knallroten Kleid und mit feuerrotem Lippenstift, und alle flüstern: »Addison Stone hat ein bedeutendes Werk geschaffen. Für sich und für die Nachwelt.«

Von daher: Große Pläne! Fortsetzung folgt!

ERICKSON MCAVENA: Addisons Atelier lag an der Ecke Seventh Avenue und achtzehnte Straße. Im obersten Stock des Hellmuth-Gebäudes. Sie liebte das Atelier, weil ein holländischer Künstler, den sie sehr bewunderte, Karel Appel, dort früher mal gelebt hat. Das Gebäude lag außerdem ganz in der Nähe des Ateliers, in dem Willem de Kooning sein Leben lang gemalt hat.

»Die Geister von Holländern sind hier überall«, sagte Addison gern. »Es sind friedliche Geister. Ich kenne auch weniger friedliche, Erickson, und ich sage dir, die holländischen Geister sind besser.« Ich wusste nicht, ob das wirklich ein Witz sein sollte.

Sie malte Stephanie Norton und arbeitete an ein paar Studien für ein Gemälde von ihrem Therapeuten Roland Jones, das sie ein paar Monate später fertigstellen sollte. Sie mochte ungewöhnliche Gesichter, es gefiel ihr, durch die Darstellung eines Gesichts mehr über einen Menschen herauszufinden.

Addison fand, Roland – den sie »Doc« nannte – sei ein kluger Therapeut, weil er ein sehr aufmerksamer Zuhörer war. Ich sagte zu ihr: »Ach was, du willst doch nur mal einen weisen alten Männerbart malen.« Dieses Mädchen konnte wirklich eine Menge Zeit mit Malen verbringen. Ich glaube, ich kenne niemanden, der so fleißig war wie sie. Ich musste ihr SMS schicken, um sie daran zu erinnern, dass sie mal wieder nach Hause kommen sollte. Dann kam sie hundemüde in die Wohnung gewankt. Ich hatte schon Suppe und Käsenudeln vorbereitet, ihre ganzen Lieblingsgerichte. Aber sie arbeitete einfach gern.

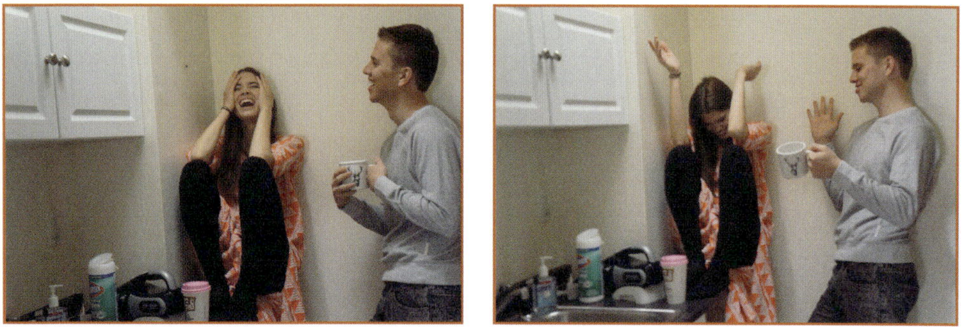

Addison und Erickson in der Küche ihrer Wohnung, mit freundlicher Genehmigung von Marie-Claire Broyard

Zach Frat war da eine unerwünschte Ablenkung. Ständig nervte er rum und versuchte Addison zu bestechen, mit ihm durch die Klubs zu ziehen. Und – da kann man mir nichts vormachen – das sicher auch deswegen, um sein Gesicht hinterher mit seiner schönen, angesagten Begleiterin in der Zeitung zu sehen.

Zu allen möglichen und unmöglichen Zeiten tauchte er in unserer Wohnung auf und suchte nach ihr. Er konnte echt stressig sein. »Warum ist Addison immer noch im Atelier?«, fragte er. »Schick ihr eine SMS, sag ihr, sie soll nach Hause kommen.« Als wäre ich sein Butler.

Oder er machte einen auf Heulsuse: »Glaubst du, sie hat mich vergessen?«

Oder auf paranoid: »Glaubst du, sie hat einen anderen?«

Oder er versuchte es auf die brüderliche Tour: »Erickson, bitte, du kannst ganz offen zu mir sein. Weißt du, was mit Addison los ist? Redet sie schlecht über mich? Du musst es mir sagen!«

Ich habe nie kapiert, was Addison an Zach so toll fand. Es gibt da so ein Sprichwort in den Südstaaten: Es ist nicht alles Gold, was glänzt. Zach hatte auf jeden Fall ein glänzendes Äußeres. Aber er hatte einfach kein goldenes Herz.

ZACH FRATEPIETRO: Hören Sie, ich weiß, wie Künstler ticken, klar? Ich bin von Künstlern großgezogen worden, ohne Witz. Alle meine Babysitter rochen entweder nach Modellierton oder nach Terpentin. Ich weiß, wie narzisstisch sie sind und wie unsicher. Aber ich hätte alles für Addison getan. Ich hatte es geschafft, dass sie wieder auf die Beine kam. Ich habe darauf geachtet, dass sie richtig frühstückte und ihr Zyprexa nahm. Ich habe dafür gesorgt, dass sie sich regelmäßig bei ihrer Psychiaterin meldete, dieser Tuttnauer – »Kopfschauer« nannte Addison sie. Und auch bei ihrem New Yorker Therapeuten.

»Denk an Doc Jones«, ermahnte ich sie, wenn sie einen Termin bei ihm hatte. Ich habe sogar im Wartezimmer auf sie gewartet. Damit sie sich hinterher bei mir anlehnen konnte. Sie schämte sich wegen ihrer Therapie. Sie fand es furchtbar, wenn man sie daran erinnerte, dass sie sie brauchte. Aber mich hat das nicht gestört. Künstler und Seelenklempner passen zusammen wie Milch und Kekse.

Und ich habe darauf geachtet, dass Addison nicht bis vier Uhr morgens in ihrem Atelier blieb. Ich unterbrach ihre stundenlangen Arbeitsmarathons genauso oft wie Erickson. Und ich ging mit ihr aus, damit sie ihre Freunde sehen konnte. Wenn ich so zurückblicke, wird mir klar, dass ich mein eigenes Leben auf Eis gelegt hatte. Ich war ein begnadeter Gärtner … Ich hegte und pflegte und goss das Pflänzchen Addison und beobachtete ständig, was für Blüten ihre Launen trieben.

Ich wollte doch nur ein bisschen Respekt. Ich wollte doch nur, dass sie mich nicht fertigmacht mit ihrem Primadonnenverhalten. Aber Macht verdirbt den Charakter, nicht wahr?

Zum Beispiel wenn ich mich beschwerte – nur ein klitzekleines bisschen –, weil sie eine Verabredung nicht eingehalten hatte. Ich rief sie an und sagte so etwas wie: »Hey, Addison, wo bleibst du denn? Wir sitzen hier alle im Blue Ribbon, So-und-So hat Geburtstag. Ich dachte, du kommst.«

Und sie: »Ach ja. Ich bin in zwanzig Minuten da. Ich geh gleich los.«

Eine Stunde später rief ich sie dann wieder an: »Wo bleibst du denn? Ich dachte, du gehst gleich los.«

»Ach ja, tut mir leid, Zach. Ich komme doch nicht mehr.«

Und ich darauf: »Verdammt, Addison! Wir haben noch nicht mal was zu essen bestellt, weil wir hier nur dumm rumsitzen und auf dich warten!«

Bald wurde das zur Gewohnheit. Und wenn sie sich zu sehr in die Enge getrieben fühlte, dann kam: »Fick dich, Zach. Ich bin nicht nach New York gekommen, um deine Trophäe zu spielen! Ich bin hier, um meine eigenen Trophäen zu gewinnen! Was bleibt mir denn noch, wenn das nicht klappt? Höchstens ein Job als Assistentin in einer zweitklassigen Galerie in Boston oder in Providence. Ich habe kein Treuhandvermögen so wie du.«

Für Addison war das Leben immer alles oder nichts. Der Sieger bekommt alles, der Verlierer schaut in die Röhre. Ich versuchte, mich mit ihr nicht auf Diskussionen einzulassen, aber das war schwer. Ich habe italienische Vorfahren und bin deshalb auch schnell auf hundertachtzig. Wir stritten uns und sagten schlimme Dinge zueinander. Addison warf gern mit Tellern. Ich schlug gern gegen Wände. Aber ich kann mich auch wieder vertragen. Und ich suchte immer nach einem Kompromiss. Nicht so Addison. Die wäre nie ins Blue Ribbon gegangen, nachdem sie einmal beschlossen hatte, dass sie keine Lust dazu hatte. Sie wollte immer nur das tun, was sie tun wollte.

Irgendwann erkannte ich, dass ihre egoistische Seite nicht gut für mich war und dass ich sie gehen lassen musste. Und das tat ich dann auch.

MARIE-CLAIRE BROYARD: Zach kann viel erzählen, wie die Sache zwischen ihm und Addison auseinanderging, aber glauben Sie mir: So war es nicht. Die Trennung hat ihn total fertiggemacht. Hier ist die Kurzversion: Als Addison im Herbst nach New York zurückkam, war Zachs Reicher-Erbe-Glamour einfach nicht mehr attraktiv für sie. Deshalb, *plumps*, ließ sie ihn fallen. Und sie hat es ihm nicht richtig gesagt. Nicht offen. Nicht ehrlich. Nicht so, wie sie es hätte tun sollen.

Im September und Oktober war ich viel unterwegs mit Zach. Und jedes Mal hätte Addison auch noch auftauchen sollen, aber sie hat ihn einfach versetzt. Und er wurde fast wahnsinnig. »Wo ist sie, verdammt noch mal? Das macht sie immer so!«

Ich muss zugeben, das war das erste Mal, dass Zach so die Fassung verlor wegen eines Mädchens. Zach Partylöwe, Model-Fan, in den Hunderte Mädchen verliebt sind, und Addison hat die Arroganz und lässt ihn abblitzen. Aber genau das tat sie. Eigentlich war es eher eine ganze Reihe von Abfuhren, die sie ihm erteilte. Mal hatte sie einen Film entdeckt, den sie unbedingt sehen wollte, oder sie musste dringend zu einem Ausverkauf oder zu einem Phoenix-Konzert.

Sie rief mich an und sagte: »Komm, gehen wir doch zu der Renee-Dijkstra-Retrospektive im New Museum, und danach essen wir 'ne Kleinigkeit – aber bitte, bitte erzähl Zach nichts davon. Er hat sich mit mir im Gansevoort-Hotel verabredet.«

Also, ich liebe Zach über alles, aber er ist echt nicht gerade ein Schnellmerker. Er hat nicht kapiert, dass seine Szene ihren Glanz verloren hatte. Für alle war es ganz offensichtlich, dass Addison sich langweilte, nur nicht für Zach. Aber sein Verstand wollte einfach nicht wahrhaben, dass sie keine Lust mehr hatte, durch die Stadt zu düsen und ihre Zeit damit zu verschwenden, sich auf den besten Partys zu zeigen. Und wenn Addison mit etwas fertig war, dann war sie *fertig*.

CARINE FRATEPIETRO: Ich werde Ihnen ein bisschen was dazu erzählen, aber ich muss gleich sagen, dass ich mich bei dem Thema auf Anraten unserer Anwälte kurzfassen soll. Was Addisons Beziehung zu meinem Sohn angeht, so habe ich sie eigentlich immer in Schutz genommen. »Bitte geh nicht zu Addisons nächster Vernissage«, habe ich ihn gebeten. Sie hatte *Being Stephanie* und ein paar weitere Bilder fertiggestellt, die wir zusammen mit ein paar anderen ausgewählten Künstlern in der Galerie Berger zeigten. Es war eine sorgfältig zusammengestellte Ausstellung, und ich wollte nicht, dass das Ganze durch Zachs Anwesenheit zu einem Medienzirkus verkam. Außerdem galt es auch an Addisons mentale Stabilität zu denken.

»Aber ich habe Addison entdeckt!«, sagte er. »Das ist auch meine Ausstellung.«

»Niemand hat sie entdeckt«, sagte ich. »Quält euch nicht gegenseitig. Beendet es in Würde.«

Being Stephanie von Addison Stone, mit freundlicher Genehmigung der Bellamy Collection

Ja, ich habe eingegriffen. Ich bat ihn, sie in Ruhe zu lassen. Der Kampf um Addison wurde zu einem Ritual zwischen uns. Zach war immer noch verliebt in dieses Mädchen, das ihn so grausam und ohne viel Federlesens abserviert hatte. Als Mutter hatte ich den Drang, meinen Sohn zu schützen. Aber Addisons junges Talent war so empfindlich wie eine Gebetskerze. Die Flamme einer Gebetskerze ist klein und ziemlich schutzlos und deswegen muss sie behütet werden. Aber Zach hatte so mit seinen eigenen Gefühlen zu kämpfen, dass man ihn nicht bitten konnte, auf diese Flamme achtzugeben. Also befahl ich ihm, sich von ihr fernzuhalten.

Ob ich Zach die Schuld an den Fehlern gebe, die später in Bezug auf Addison Stone passiert sind? Ja, das tue ich. Die Situation ist schon Monate vor der Tragödie aus dem Ruder gelaufen. Doch wie gesagt, man hat meiner Familie geraten, nicht eingehender darüber zu sprechen. Deshalb entschuldigen Sie bitte, wenn ich nichts weiter dazu sage.

ERICKSON MCAVENA: Teddy und ich entwickelten die Theorie, dass Addison und Zach sich *verhassten.* Und ihre Hass-Beziehung war viel schwieriger für sie als die Liebe. Wir deuteten es so: Zach hatte alles, was Addison brauchte: Bildung und Geld und Beziehungen. Addison dagegen hatte das Einzige, was Zachs berühmte Mama wirklich schätzte: Talent. Wenn also die begabte Addison Zach liebte, würde das seiner Mutter beweisen, dass ihr Sohn doch zu was taugte. Als Addison ihn verließ, verstärkte das seine ganzen Komplexe als Möchtegernexperte in der Kunstwelt.

Die Trennung war schlimm. Addisons hervorstechendste Eigenschaft war Furchtlosigkeit. Bei Zach ist es Geprotze. Und Addison konnte auch rücksichtslos sein. Sie wollte unbedingt gewinnen. Genau wie Zach. Als sie dann gegeneinander antraten, Junge, Junge, da flogen die Fetzen.

Da war dieser eine Abend, als Teddy, ich und Addison ganz faul in der Wohnung abhingen und uns einen Film anschauten. Auf einmal rief Addison: »Jetzt weiß ich es! Ich weiß, wie ich es ihm heimzahlen kann!« Sie hatte lange darüber gebrütet. Und sie überredete Teddy dazu, ihr zu helfen. Und auf einmal bastelten die beiden an einer gefakten Klatsch-Webseite.

Die sah total echt aus! Nur dass die Überschriften alle von Zach handelten: »Styling-Tipps von einem New Yorker Großmaul«, oder »Playboy-Sohn einer Kunstmäzenin gesteht: Wie ich mein Familienerbe verprasse«. Dazu Privatbilder von Zach aus Addisons eigenem Fotoarchiv.

Teddy arbeitet nebenher als Webseiten-Programmierer und er stellte die ganze Seite ins Netz.

Zach beauftragte seine Anwälte, sie zu entfernen, aber davor hatte sie schon über hunderttausend Klicks. Ich glaube, dieser Coup von Addison traf Zach ins Mark. Ich weiß es sogar. Ich war bei Addison, als er sie nach der Aktion anrief. Zach kennt unendlich viele Schimpfwörter, und er hörte gar nicht mehr auf, sie anzuschreien. Aber tief drinnen war er wirklich verletzt. Das hat mich überrascht. Ich weiß, die Idee war »in der Hitze des Gefechts« geboren, trotzdem war es echt fies und kindisch von ihr und Teddy. Ich hätte sie davon abhalten sollen. Irgendjemand musste ja den Erwachsenen spielen.

Addison bezeichnete Zach bei jeder Gelegenheit als »verwöhnten reichen Erben«. Sie wollte unbedingt, dass er »sich so sieht, wie er wirklich ist«. Als müsste sie ihm ein grausames Wahrheitsserum einflößen. Mir war klar, dass die Zach-und-Addison-Racheshow noch weitere Folgen haben würde. Aber ich konnte ja nicht ahnen, wie zerstörerisch das Ganze werden würde. Wer hätte das auch ahnen können.

ANMERKUNG DER AUTORIN

Schon als ich mich an diese Biografie gemacht habe, war mir klar, dass die schwerste Hürde wäre, Lincoln Reed zur Zusammenarbeit zu überreden. Schon während ich anfing, Interviews zu sammeln – dafür verbrachte ich ein paar Wochen in Peacedale in Rhode Island, flog anschließend nach Hongkong, wo ich Max Berger persönlich treffen wollte, und stieß dann kurz vor der Kunstmesse in Paris zu Zach Frat ins Zugabteil –, wusste ich, dass mein Projekt platzen würde wie eine Seifenblase, wenn ich Lincoln nicht auftreiben konnte.

Nach Addisons Tod gab es Gerüchte, er hätte das Land verlassen und würde jetzt in Nepal leben. Lincoln und Zach galten beide als »wichtige Zeugen« bei den polizeilichen Ermittlungen, und ich wollte dieses Geheimnis unbedingt ergründen, selbst wenn ich dafür nach Nepal fliegen müsste. Weder Lincoln noch Zach hatten ein Alibi. Beide waren in der Nacht, als Addison starb, nachweislich in New York.

Es hieß, Lincoln sei untergetaucht, bis sein Name von jedem Verdacht reingewaschen wäre. Das klang überzeugend; Zachs Vorteil war, dass er Geld hatte, und sobald der Verdacht aufkam, er könnte irgendetwas mit Addisons Tod zu tun haben, verschanzte er sich hinter einer Mauer von Anwälten. Diese Möglichkeit hatte Lincoln nicht. Deshalb musste er verschwinden.

Im späten Frühjahr schließlich hatte ich einen Durchbruch. Ich erhielt den Hinweis, Lincoln Reed müsste auf dem 13. Revier der New Yorker Polizei erscheinen und eine Aussage machen, wo er am 28. Juli gewesen war. Doch als ich auf dem Revier ankam, war er schon wieder weg. Ich setzte mich mit seinen Freunden in Verbindung, suchte sämtliche Orte auf, wo er sich gerne aufhielt, und ging zu seiner Wohnung in der Elizabeth Street. Er war wie ein Phantom. Doch ohne Lincoln würde es kein Buch geben.

An dem Abend dann bekam ich eine Mail von einem Absender namens »I. DaBristol«, eine deutliche Anspielung auf Ida. Der Absender dieser Mail musste Addison also gut gekannt haben. Darin stand nur eine Adresse in Sag Harbour und eine Uhrzeit – 7 Uhr zum Frühstück im American Hotel.

Am nächsten Morgen stand ich vor Sonnenaufgang auf, fuhr zwei Stunden mit dem Auto nach Sag Harbour, kam in das Hotel, und da stand er, fast nicht zu erkennen: dichter Bart, strähnige Haare und viel gebräunter als auf den Fotos, die ich von ihm kannte.

Wir setzten uns, Lincoln bestellte uns ein Frühstück und bezahlte es auch. Er erklärte, das sei seine Stadt. Beim Essen wirkte er entspannt und erzählte ganz offen, dass er gehört habe, Sophie Kiminski mache gerade wieder eine Entziehungskur. »Sophie ist der König Midas der Tragödie«, sagte er. »Jedes Leben, mit dem sie in Berührung kommt, verändert sich zum Schlechten.«

In unserem Gespräch wurde deutlich, dass Lincoln eng mit den Behörden kooperierte, und er schwor, er habe »vom juristischen Standpunkt aus gesehen« nichts zu verbergen. »Es gibt da trotzdem ein paar Sachen, die ich Ihnen erzählen möchte. Wenn Sie ein Porträt von Addison zeichnen wollen, sollte ich lieber mitmischen, oder? Sonst sieht es ihr am Ende gar nicht ähnlich.«

VII.
»UM IHN HERUM IST IMMER SO EIN TRUBEL.«

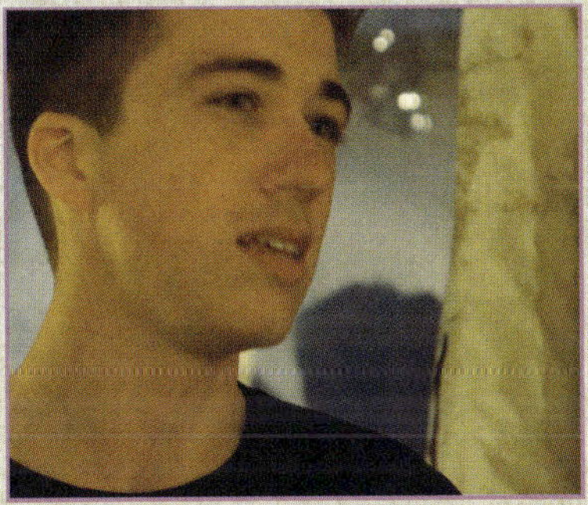

Lincoln Reed in seinem Atelier in der Elizabeth Street, aus dem Nachlass von Addison Stone

LINCOLN REED: Ich lernte Addison Stone bei einem Fotoshooting für die Zeitschrift *Catch* kennen. Zu der Zeit hatten wir beide schon ein paar Werbeinterviews hinter uns. Über so was macht man sich so lange lustig, bis man selbst eine Einladung dafür bekommt. Klar verkauft man sich ein Stück weit, aber es verschafft einem Termine, es bringt die Leute dazu, dass sie mehr über einen wissen wollen. Sie sind ganz scharf auf die unwichtigen Details – ob du Cheerios zum Frühstück isst, ob du eine Katze hast, einen Papagei oder einen Goldfisch, ob du beim Malen Kaffee trinkst oder rauchst oder Musik hörst. Aber wenn man sich öffnet, bleibt man im Gespräch, und die Öffentlichkeit bleibt interessiert. Das ist wichtig.

Ich kam eben von einem Semester an der Arti di Firenze in Florenz zurück. Ich hatte eine Ausstellung, die von Florenz über Venedig nach Rom und dann weiter nach London und New York gereist war. Ich nannte es meine »Giftphase«. Ich war besessen von Themen wie Giftgas und Chemiewaffen – davon, wie Gift den Körper erfasst und zerstört. Die Topografie des menschlichen Körpers in Zeiten des Krieges. Nicht gerade ein fröhliches Thema. Deshalb war ich mir nicht sicher, ob ich mich der *Catch* als netter Junge verkaufen wollte. Ehrlich gesagt stand ich der ganzen Sache ziemlich zwiespältig gegenüber.

Addison kam zu spät zum Shooting und ich war schon ziemlich sauer. Ich sollte warten, und das nur wegen so einem egomanischen It-Girl des Monats? Auf einmal öffnete sich der Lastenaufzug und da stand sie mit ihren riesigen Augen und mit Beinen wie ein Fohlen. Sie stolziert herein, zieht ihr Haargummi raus und da fällt ihr diese schwarze Mähne über den Rücken wie ein Wasserfall.

»Ich wusste nicht, dass ich das Rampenlicht mit dir teilen sollte«, erklärte sie mir später. Aber ich wusste, dass sie sauer war, weil ich sauer war. Ads hatte einfach kein Pokerface. Sie ließ sich sehr viel Zeit mit ihren Haaren und dem Make-up. Und ich rächte mich sofort. Ich bestellte eine Pizza und simste mit ein paar Freunden. Dann zog Addison sich vor mir ein anderes T-Shirt an, wobei sie genau darauf achtete, dass ich ihr auch zusah. Ha, und wie ich ihr zusah. Wir benahmen uns beide unausstehlich, nur um zu sehen, wie der andere darauf reagiert. Wie im Kindergarten. Zoe, die Fotografin, hätte uns am liebsten umgebracht. Und sie bekam auch keine gute Aufnahme. Zumindest da noch nicht.

ZOE SKLOOT: Ich war die zuständige Fotografin für das *Catch*-Fotoshooting, bei dem Addison Stone und Lincoln Reed sich kennenlernten. Sie waren die heißesten Talente in New York und – ganz nebenbei bemerkt – sie sahen beide absolut hinreißend aus. Der Traum eines jeden Fotografen. Ich sah außerdem sofort, dass sie schwer ineinander verknallt waren. Auch wenn sie uns das nicht zeigten. Sie benahmen sich beide zickig und fies an diesem Tag. Aber Liebe lag in der Luft. Addison konnte den Blick nicht von Lincoln wenden, und jedes Mal, wenn sie was sagte, wurde sein Nacken knallrot.

Lincoln und Addison,
Zoe Skloot für *Catch*

Die Chemie zwischen den beiden war unglaublich; man konnte die Funken fast sehen. Addison tat ganz cool, aber sie konnte nicht still sitzen. Ständig schlüpfte sie in ein anderes Outfit, legte neue Musik auf und tanzte – Bossa Nova, French Nouvelle, Arcade Fire, Daft Punk. Drehte die Anlage laut auf und nahm mein ganzes Studio in Beschlag. Und je mehr Addison herumzappelte: »Das gefällt mir, das find ich toll«, oder: »Ich glaube, das funktioniert so nicht«, desto stiller und kühler wurde Lincoln.

Dann das letzte Bild! Ich hatte ein paar hübsche Aufnahmen gemacht, aber nicht ganz das, was ich mir vorgestellt hatte, und ich war frustriert, fast schon niedergeschlagen. Ihre Verbindung, diese Chemie, ich bekam sie einfach nicht zu fassen. Und dann, als wir mit allem fertig waren und zusammengepackt hatten, standen wir im Lastenaufzug, und ich hatte nur meine kleine Olympus Stylus über der Schulter hängen, und ganz plötzlich trat Addison einen Schritt zurück, sodass sie ganz dicht vor Lincoln stand. Sie schaute hoch und in die Ferne, den Kopf weggedreht, während er unverwandt geradeaus starrte. Zugleich kann man ganz ohne den Schatten eines Zweifels erkennen, wie sehr sie einander begehren. So ein Moment ist Millionen wert.

Interessant an der Aufnahme, die wir dann letztendlich auch für *Catch* auswählten, ist, dass man die Augen der beiden nicht sieht: Lincoln trägt eine Sonnenbrille und Addison hat den Kopf weggedreht. Trotzdem spürt man die Intimität zwischen ihnen. Es ist, als wüssten sie, dass sie füreinander bestimmt sind und bald zusammen sein würden.

Von: **Addison Stone** addisonstoneart@gmail.com
Datum: 16. Oktober, 23:38 Uhr
Betreff: total sauer etc.
An: Lucy Lim lucygracelim@gmail.com

Hey LL –

ist dein Aufsatz über die arme diskriminierte Margaret Fuller fertig, du Oberstreberin?
So, genug von dir, ha ha!
Neuigkeit: Bei einem Fotoshooting für eine Kunstzeitschrift heute Nachmittag hab ich einen Typen namens Lincoln Reed getroffen.
Er ist ein »Name« in der Kunstwelt, auch wenn er dir nichts sagt.
Ich sage nur: Mega-Arschloch-Alarm

Weißt du noch, wie ich den Lenox kennenlernte, als er endlich mal im Zeichensaal vorbeigeschaut hat?
Da war ich irgendwie so drauf: Oh yeah. Das ist Glück. Hier geht was.

Dann, mit Zach Frat – wie ich ihn bei der Berger-Ausstellung letzten Sommer gesehen habe?
Da spürte ich sofort dieses Knistern, dass wir zusammenkommen würden.

Also, wenn du diese tollen Momente nimmst und dann das Gegenteil dazu suchst: Das ist Lincoln Reed.

Ein Beispiel. Weißt du noch, wie wir bei Basta Pasta in Little Compton essen waren und mexikanische Calamares bestellten, und dann die schlimme Überraschung, als wir eine Lebensmittelvergiftung bekamen?

Lincoln Reed ist wie mexikanische Calamares.

Er sieht ziemlich heiß aus mit Salsa.
Aber eigentlich ist er zum Kotzen.

Im Ernst, ich würde lieber die ganze Nacht lang Calamares erbrechen, als AUCH NUR EINE MINUTE MIT DIESEM ARSCH ZU VERBRINGEN!!!

O.k., jetzt geht's mir besser. Seine Kunst ist cool.
Das muss ich ihm lassen.
Er macht so verrücktes Zeug über Gift im Lauf der Jahrhunderte.
Von tödlichen Pflanzen bis zu Senfgas.
Beruflich gesehen bin ich voll neidisch.

Aber Schluss jetzt! Warum erzähle ich dir immer noch von ihm?
Du kommst doch an Halloween, oder?
Ich vermisse dich so, Lu!
x!o!

LINCOLN REED: Am Wochenende darauf begegneten wir uns wieder bei der Auftakt-Party für die Klempf Art. Am 21. Oktober. Es war kalt und frisch und der Himmel war tiefblau. Ich wusste, dass sie auf der Gästeliste war. Ich stand bei der Tür, als sie reinkam. Bei den Fotoaufnahmen waren wir Fremde gewesen, wilde Tiere, die sich umkreisten. Aber irgendetwas war da. Da war zu viel Hauen und Stechen, als dass da nichts gewesen sein könnte.

Deshalb wurde ich mutig. Marschierte direkt auf sie zu, sah ihr in die Augen und sagte: »Hallo, Addison. Schön, dich wiederzusehen. Ich gehe zur Bar. Willst du was trinken?«

Und sie starrte mich mit ihren rabenschwarzen Augen an und sagte: »Einen Rotwein bitte. Aber nur, wenn du mit mir trinkst.«

Ich kam mit zwei Gläsern Rotwein zurück. Sie sah unglaublich aus. Sie war nicht der Typ für hohe Absätze oder Rüschenkleider. Ihr Kleid war schlicht und schwarz, gefährlich kurz, mit einer hellvioletten Borte am Saum, die sie selbst angenäht hatte. Sie sagte, dieser Farbton wäre »ihre« Farbe. Und sie roch gut. Nach Strand. Ein ganz reiner Geruch.

Ich weiß nicht, wieso ich mir auch ein Glas Rotwein holte. Um ihr zu zeigen, dass wir den gleichen Geschmack hatten? Dabei trinke ich sonst nie Rotwein. Ich trinke eigentlich gar keinen Alkohol. Und sie auch nicht. Darüber haben wir später sehr gelacht.

Von: **Addison Stone** addisonstoneart@gmail.com
Datum: 22. Oktober, 2:11 Uhr
Betreff: O.k., vergiss es
An: Lucy Lim lucygracelim@gmail.com

Mein Chat funktioniert heute nicht.
Aber hier mein Update von Lincoln Reed.
Ooookay, ich habe mir die Mail von letzter Woche noch mal angeschaut.

Und jetzt … Trommelwirbel … präsentiere ich meine neue Meinung von Lincoln Reed.

(Mit vielen Entschuldigungen, weil ich es absolut nicht kapiert habe.)

Vergleichskorrektur:
Lincoln Reed zu begegnen war, als würde man in einen Wasserfall geworfen werden.
Keine Calamares-Lebensmittelvergiftungshölle.

Weil … er ist FANTASTISCH.

Lulu, du musst ihn unbedingt kennenlernen. Du musst ihn erleben.
Du musst ihn ansehen.

Du musst seine Stimme hören.
Er hat so eine langsame, schläfrige Art zu reden.
Man will sich die Kleider ausziehen wie ein Sex-Zombie, nur um ihm nah zu sein.

Alle wollen Lincoln nah sein.
Alle drängen sich, um zu hören, was er zu sagen hat.
Sie wollen wissen, was er weiß. Um ihn herum ist immer so ein Trubel.
Und erst seine Kunst! Hart, brutal, grausam, echt, schonungslos.

Sein Vater war Robard Reed, ein Bildhauer (ich habe auch noch nie von ihm gehört, aber anscheinend 'ne große Nummer).
Seine Mutter war eine von vielen Freundinnen – die letzte Freundin, weil er sich mit einundsechzig Jahren umgebracht hat.
Im selben Jahr wurde Lincoln geboren.
Und er hat jede Menge Halbschwestern und Halbbrüder. Total exotisch! Dagegen komme ich mir total langweilig und provinziell vor.
Ich würde gern so tun, als wäre mein Vater ein Spion oder so …

Jedenfalls, Lulu: Ich glaube, ich bin verknallt. Bis ins Herz.
(Um ganz offen zu sein: Er schläft gerade neben mir. Ganz keusch. Zumindest jetzt noch. Pssst.)

Ich muss dir eine Million Dinge erzählen, aber ich bin schon zu spät dran für dieses dämliche Schreibseminar. Ich habe so ziemlich alle Seminare sausen lassen, die nichts mit Kunst zu tun haben. Reine Zeitverschwendung.
Du fehlst mir!
x!o!

LINCOLN REED: An dem Abend verließen wir zusammen die Klempf-Party und ich wich zehn Tage lang nicht von Addisons Seite. Wir sind bis rüber zur East Side gelaufen, über die Manhattan Bridge. Und mitten auf der Brücke haben wir uns geküsst.

Und da wussten wir es.

In derselben Woche kam Wirbelsturm Sandy. Ihre Wohnung in der Court Street lag in Zone zwei. Wir waren in Sicherheit. Lagen im Bett, lauschten dem Regen und dem heulenden Wind wie zwei Gestrandete auf unserer eigenen Insel. An Halloween war der Sturm vorbei und wir wälzten uns aus dem Bett, zogen uns an und begutachteten die Schäden in Cobble Hill und Red Hook. Addison hatte sich gestylt wie Amy Winehouse, mit Kajal und Hochfrisur, und ich legte einfach eine Perlenschnur um und gab mich als Jim Morrison. Dann stieß noch noch Erickson dazu in einem Flanellhemd als Kurt Cobain. Die unheilvollen Drei. Die Stadt war überschwemmt und verwüstet, aber überall waren Menschen, machten mit ihrem Alltag weiter und hielten zusammen. Wir spazierten durch die Gegend und sprachen über Kunst. Es war toll.

Abends bestellte ich ein riesiges italienisches Festmahl vom Queen und wir stürzten uns völlig ausgehungert darauf. In dieser Woche gab ich mir große Mühe, ihre Leute kennenzulernen. Wir erzählten uns gegenseitig unsere Geschichte. Es schien Addison wichtig zu sein, dass Teddy und Erickson mich mochten. Offenbar war Zach bei ihnen nicht sonderlich beliebt gewesen.

Vor dem Einschlafen strahlte Addison mich jedes Mal an und sagte: »If I leave before you, Baby, don't you waste me in the ground.«

Ich wusste, das war ein Zitat, aber ich wusste nicht, woher. Es entpuppte sich als ein Song von Iron and Wine, »Naked as We Come«. Addison konnte eine Million Theaterstücke, Gedichte und Songtexte zitieren. Sie liebte vor allem Amy Winehouse, deren Dekadenz und deren Fatalismus. Addison sah die Tra-

Lincoln und Addison dösen auf dem Samtsofa in der Court Street, mit freundlicher Genehmigung von Erickson McAvena

gik einfach nicht. Sie sah nur die Schönheit in einem Winehouse-Song, nicht das Verderben. Immer wenn ich Addisons »Kronleuchter-Mädchen«-Video sehe, muss ich an Amy Winehouse denken. Klar, sie hätte sterben können. Ganz leicht. Aber man denkt nicht an Tod, wenn man das Video sieht. Man denkt nur an Schönheit.

LUCY LIM: Addy und ich hatten jeden Tag Kontakt, über Handy, per SMS oder Mail. Meistens telefonierten wir. Ich rief meistens frühmorgens bei ihr an, mit einem Starbuck's-Kaffee in meinem Auto auf dem Schulparkplatz, kurz vor Unterrichtsbeginn. Einfach um zu hören, was so lief. Sie tat das auch gern. Solche Rituale waren ihr wichtig.

Als ich dann drei Tage nichts von Addy hörte, nicht mal an Halloween, keine Bilder, nada, war ich sehr besorgt. Wenn Addy sich nicht meldete, musste ich immer daran denken, wie sie das letzte Mal den Kontakt zu mir abgebrochen hatte und wie ich dann hörte, dass sie in der Klapse saß. Am dritten Tag rief ich Bill und Arlene an, und wir schickten SMS und sprachen ihr auf die Mailbox, bis sie endlich zurückschrieb: *aufhören! alles gut! Lincoln!*

MARIE-CLAIRE BROYARD: Jemand hatte gesehen, wie Addison und Lincoln sich auf der Klempf-Art-Benefizveranstaltung küssten. Die Neuigkeit verbreitete sich wie ein Lauffeuer in der ganzen Stadt. Zach hatte sich immer noch Hoffnung gemacht, wissen Sie. Bis er die Gerüchte hörte.

Kurz darauf kam er abends mit knallrotem Kopf in meine Wohnung gestürmt. Und brüllte wie ein Stier. Damals lebte ich Ecke 88ste und Madison in so einem langweiligen Wohngenossenschaftshaus, und drei Leute beschwerten sich hinterher bei mir, nur wegen Zach.

Er war außer sich. »Ich erreiche sie nicht, sie ist bei Lincoln, sie ruft nicht zurück, es ist so, als hätte es mich nie gegeben, diese kleine Schlampe!« Er hämmerte gegen die Wand, aber er war den Tränen nah.

»Sie hat mich benutzt, MC. Sie hat versprochen … Sie hat geschworen, sie bräuchte nur etwas Zeit. Zeit mit *ihm*.«

Und ich darauf: »Komm, mein Süßer, wir gehen morgen so richtig schön shoppen. Wie wär's, wenn wir uns Kaschmirpullover in allen Farben bei Loro Piana kaufen?« Konsumtherapie – auf der Ebene ticken Zach und ich genau gleich.

Aber er konnte es einfach nicht fassen. Er trank den restlichen Scotch aus und saß dann völlig betrunken und benebelt auf meinem Sofa. Nach Mitternacht hatte ich dann total Hunger, deshalb schwankten wir rüber in das Restaurant vom Mark Hotel und bestellten gedünstete Artischocken. Zach wird immer so weinerlich, wenn er besoffen ist. Als wir wieder in meiner Wohnung waren, ließ ich ihm ein Bad ein, wie bei einem Baby. Er saß in meiner Badewanne und ich seifte ihn ein und danach hatten wir Sex – Mitleidssex. Das mag ja vielleicht angenehm und tröstlich sein, trotzdem ist Mitleidssex nie eine Lösung. Leider macht man so was meistens dann, wenn man nicht weiß, was man sonst machen soll. Am nächsten Morgen, ich sag das nur ungern, habe ich ihn rausgeworfen, fast wie einen Hund.

Es war eine Gratwanderung. Ich musste meine Zeit zwischen Zach und Addison aufteilen. Sie kam ziemlich oft nach Uptown, wegen der Studien für mein Porträt, aus denen schließlich ein wunderschönes Bild namens *MCB* wurde. Sie war so verknallt in Lincoln, dass sie Zach gar nicht mehr erwähnte. Ich hatte immer eine Mordsangst, er könnte vorbeikommen, während sie bei mir war.

Zach ist bis heute nicht über Addison hinweg. Und ich will ja keine Gerüchte in die Welt setzen, aber in der Nacht, als sie starb, war Zach auch in der Stadt. In der ganzen Beziehung *wimmelt* es nur so von Fragezeichen wegen den Racheaktionen und dem ganzen Mist, der zwischen ihnen ablief.

ADDISON STONE (in *ArtUnite*): Im Herbst war ich verliebt. Ich malte lauter fröhliche Bilder. Mein Gehirn war im Traumland, am liebsten hätte ich meinen Freund den ganzen Tag mit Trauben gefüttert. In der Zeit fing ich ein paar Bleistiftskizzen an, aus denen später das Porträt von meiner Freundin Marie-Claire wurde, die so kultiviert und zart ist.

Gleichzeitig lernte ich auch Dom und Cam Lutz kennen, die geistigen Väter einiger wirklich avantgardistischen und coolen Installationen, die überall in der Stadt auftauchten. Ich habe Streetart schon immer gemocht und alberne Aktionen und Spektakel. Wir heckten gemeinsam den Plan aus, auf einer riesigen Werbetafel eine Collage aus zwölf Leuten aufzuhängen, die alle wegen ihrer politischen Überzeugung im Gefängnis waren, wie sie gemeinsam an einem Thanksgiving-Tisch sitzen. Von Bobby Sands über Aung San Suu Kyi und Mahatma Ghandi bis zu Marija Aljochina von Pussy Riot. Wir wollten diesen Menschen danken. Dabei ging es mir nicht um Geld. Ich wollte das nicht privat verkaufen. Ich wollte es nicht mal signieren. Ich wollte einfach öffentliche Kunst machen. Von mir für alle. Darin liegt der Reiz dieser Idee.

Dom und Cam sind als Kunst-Krawallbrüder bekannt. Sie haben viele witzige und riesige Aktionen durchgezogen. Ihre neueste Idee war, mit den Statuen alter Kriegshelden herumzuspielen. Solchen Statuen, wie sie immer in Parks herumstehen. Sie sprühten sie bunt an und verkleideten sie, sodass sie aussahen wie Balletttänzer.

Nachdem die Lutz-Jungs mit an Bord waren, klebten wir eine Collage aus riesenhaft vergrößerten Fotografien zusammen, die wir am Queens Midtown Tunnel aufhängen wollten, der Manhattan mit Queens und dem Long Island Expressway verbindet. Zum einen ist er eine wichtige Verkehrsader. Außerdem hatte Dom dort eine leere Werbefläche gefunden. Wenn man sein Zeug auf die vorhandene Werbung eines Unternehmens klebt, ist man am Arsch. Das Unternehmen schäumt vor Wut und zwingt dich mit seinen Anwälten, deinen Kram wieder abzunehmen. Aber eine leere Werbetafel? Bingo! Wir stellten fest, dass zwischen drei und fünf Uhr morgens am wenigsten Verkehr ist. Gutes Wetter, kein Regen. Nur die Novemberkälte. Und los!

So eine Installation vor dem Morgengrauen fertigzukriegen, ist furchtbar hektisch. Man schwitzt und hofft die ganze Zeit, dass man nicht erwischt wird. Aber wenn man es dann plötzlich vor sich sieht, zum ersten Mal in der Öffentlichkeit, das ist wie Zauberei! Und zu wissen, wie wütend Max Berger darüber sein würde – klar, das machte es besonders reizvoll. Aber es gab durchaus ein paar gruselige Momente. Zum Beispiel als ich aus meinem Gurt gerutscht bin. Aber wenn alles fertig ist und du bist am Leben und kannst dein Werk bewundern und bist nicht erwischt worden, dann ist alles gut.

MAUREEN STONE: An dem Tag, als sie das Plakat aufhängte, rief Addison mich frühmorgens an. Sonst meldete sie sich fast nie bei uns. Und auf meine Mails und meine Mailbox-Nachrichten, in den ich fragte, ob sie vielleicht an Thanksgiving nach Hause kommen würde, hatte sie nicht reagiert. Sie sagte, immer würde ich was von ihr wollen. Das war weiß Gott wirklich nicht meine Absicht. Natürlich wollte ich ihr den Freiraum lassen, den sie brauchte. Du meine Güte, ich hatte viel zu viel Angst, als dass ich ihr den nicht gegeben hätte.

»Heute wäre ich fast gestorben, Mom!«, sagte sie. Dann erzählte sie mir, sie sei aus ihrem Klettergurt gerutscht und abgestürzt. Sie hätte ganz schnell von der Fahrbahn kriechen müssen, aber sie sei nicht angefahren worden.

Mein Herz klopfte wie wild. Ich hatte keine Ahnung, was sie mir damit sagen wollte. Erst später erzählte sie die Geschichte von vorn.

»Mir geht's gut, ich schwöre! Nur ein paar Abschürfungen und Prellungen, nichts weiter.« Sie lachte ganz außer Atem. »Mir geht's gut!«

Ich wusste nicht, worum es da überhaupt ging, aber ich begriff, dass sie einen Moment nackter Angst erlebt hatte, und ich war dankbar, dass sie mich in dieser Angst angerufen hatte. Besonders glücklich machte mich, dass sie froh zu sein schien, dass sie noch lebte, aber wenn ich heute daran zurückdenke, frage ich mich immer, ob sie einfach nur deshalb froh war, weil sie es geschafft hatte, ihr Bild da oben aufzuhängen.

LUCY LIM: In den Thanksgiving-Ferien fuhr ich nach New York und besuchte Addy. Sie hatte gerade ein richtiges Hoch. Ihr Bild von Marie-Claire war fertig und es war gerade ausgewählt worden für die Ausstellung bei der Kunstmesse. Sie war total verknallt in Lincoln Reed. Das *Thanksgiving*-Bild war in der Woche zuvor aufgehängt worden und machte überall die Runde, und die Leute munkelten, das sei sie gewesen zusammen mit den Lutz-Brüdern. Addison liebte es, wenn über sie geredet wurde. Sie war glücklich, aber nicht manisch.

Die Zeitschriften *Justine*, *Seventeen* und *Teen People* klopften bei ihr an. Alle wollten mehr über das hübsche Mädchen wissen, das *Being Stephanie* und *MCB* gemalt hatte. Addy zog alle an wie Katzenminze. Es störte sie nur, dass man anfing, sie »Miss Banksy« zu nennen. Kennen Sie Banksy? Das ist der Typ, der überall Graffiti hinterlässt. Ich kannte ihn nicht. Addy musste mir seine Sachen zeigen – sie fand nicht, dass ihre Arbeiten irgendwie ähnlich waren. Trotzdem war dieser Banksy-Vergleich eine super Presse für sie. Aber wie alle Addy-Hochs endete auch dieses mit einem lauten Knall. Diesmal war ich dabei und der Knall hatte den Namen Jonathan Coulsen.

ANMERKUNG DER AUTORIN

Jonathan Coulsen hat sich geweigert, für dieses Buch ein Interview zu geben. Er ist ein amerikanischer Kunstkritiker, dessen Blog *Juggernaut* bekannt ist für provokante Texte und beißende Kritiken zu internationaler Kunst und Kultur. Auch wenn Coulsens höchst kontroverse Meinungen manchmal abfällig als »Stammtischgeschwätz« abgetan werden, erregen seine Kritiken viel Aufmerksamkeit wegen ihres beleidigenden, hetzerischen Tonfalls. Coulson lässt sich keiner bestimmten Kunstphilosophie zuordnen, aber er wird gelegentlich abfällig als »altmodischer Konservativer« bezeichnet. Er hat uns leider auch nicht die Erlaubnis erteilt, seinen Artikel »Banalitäten der Boheme: Ein eingehender Blick auf Addison Stone« in diesem Buch noch einmal zu veröffentlichen.

MCB von Addison Stone, mit freundlicher Genehmigung der Familie Broyard

LINCOLN REED: Es war ein Segen, dass Lucy Lim an diesem Thanksgiving-Wochenende bei uns war, an dem wir von Jonathan Coulsons Artikel erfuhren. Erickson war mit Teddy nach Virginia gefahren. Deshalb waren wir nur zu dritt, Lucy, Ads und ich, und feierten zusammen ein Hammer-Thanksgiving, wie Lucy es nannte. Es gab gefüllte Riesenchampignons, gebratenen Rosenkohl mit Ahornsirup und dann noch Limettenkuchen. Keiner von uns konnte gut kochen, nicht so wie Erickson, und die Küche war winzig, aber das war egal, Hauptsache, wir waren zusammen.

Damals war ich eben noch total naiv. Ich ging einfach davon aus, das wäre das erste von Dutzenden solcher Thanksgivings, bis wir alt und grau wären.

Später am Nachmittag hab ich auf mein Handy geschaut, und da sehe ich auf einmal Addisons Namen in meinem Twitterfeed, mit einem Link zu Coulsens Blog. Jonathan Coulsen ist so ein Wichser von Kunstkritiker. Einer von den großen Namen. Jeder weiß, wenn er bei einer Vernissage auftaucht, und alle kuschen, wenn er bellt. Während ich auf den Link klicke, in dem Glauben, dass Coulsen bestimmt was Nettes über Ads gesagt hat, rufe ich: »Hey, sieh dir das an!«, und sofort wünschte ich, ich hätte es nicht getan. Ein Riesenfehler.

Natürlich hätte sie es sowieso rausgefunden. Aber bis heute ärgere ich mich über mich selbst, weil ich der Überbringer der schlechten Nachricht war.

LUCY LIM: Eine Menge Leute dachten, Addy würde der nächste Lucien Freund werden. Aber Coulsen war entschlossen, sie niederzubügeln, nur weil sie jung war und keine berühmte Kunsthochschule besucht hatte und sich in Maltechnik und Kunstgeschichte nicht so gut auskannte – also, dass sie im Grunde nur ein kleines Mädchen wäre.

Wenigstens gab er zu, dass Addys Porträts nicht nur wegen ihres guten Aussehens Aufsehen erregten. Trotzdem blieb er in seiner Schimpftirade dabei, dass es bei ihr mehr um Schein gehe als um Sein, dass sie nur ein Poser in der Streetart-Szene sei. Und die Thanksgiving-Aktion sei nur der Versuch eines hübschen Emporkömmlings, bei den Lutz-Brüdern zu landen, die im Gegensatz zu ihr viel »realer« wären. Ach, er sagte auch, sie sei zu jung, als dass sie ihre technischen Fähigkeiten schon vollständig entwickelt haben könnte, und sie habe nun mal keine bedeutenden Kunstlehrer gehabt, und wenn sie später mal eine mittelmäßige Porträtmalerin werden wolle, müsse sie erst Nachhilfe bei den Großen nehmen. Und so weiter und so weiter. Total gehässig und fies.

Addy sagte immer: »Ich lese nicht, was die Leute über mich sagen.« Aber das war gelogen. Sie las jedes Wort. Sie war neugierig auf fremde Meinungen, ob von einem Niemand aus Hintertupfingen oder von einem der Großen wie Jonathan Coulsen. Seine bösartige Kritik traf sie sehr schwer an diesem Abend. Sie wollte nichts essen. Sie machte einen Wein auf, was bei ihr ja immer ein ganz schlechtes Zeichen war, während Lincoln und ich so taten, als wäre nichts gewesen, so nach dem Motto: »La, la, la ... welche schlechte Kritik?«

LINCOLN REED: Addison Stone war noch ein *Kind.* Ganz neu in New York. Wenn man so begabt ist wie sie, wirkt man älter, vor allem in den Augen von einem Typen wie Coulsen. Auf so einen Angriff war sie nicht gefasst. Aber ich kannte Ads auch. Ich hatte das Gefühl, dass ich sie in den vergangenen fünf Wochen schon ziemlich tief ergründet hatte. Ich hatte die langen roten Narben an ihren Handgelenken gesehen und mir so meine Gedanken gemacht. Mich gefragt, ob es ihr wirklich gut ging, ob sie hier und jetzt wirklich schon über das alles hinweg war. Mich gefragt, wie viel sie vor uns allen verbarg.

Jedenfalls, an diesem Freitagmorgen nach Thanksgiving hatte ich nur ein Ziel: Addisons Gedanken von Coulsen abzulenken. Und da fiel mir ein, wie Ads und Lucy von diesem Typen, Jonah, erzählt hatten und dass sie mit ihm regelmäßig Spritztouren mit dem Auto unternommen hatten. Ich habe einen Pontiac GTO aus den Siebzigern. Einen Oldtimer. Taubengrau. Ich habe ihn gekauft, als ich achtzehn wurde. Anstatt mich zu betrinken oder Drogen zu nehmen oder zur Therapie zu gehen, fahre ich lieber Auto.

»Jungs und Autos«, sagte Addison, als ich das vorschlug. Sie hörte gar nicht richtig zu. Ich glaube nicht, dass sie in der Nacht viel geschlafen hatte. Dann merkte sie auf. »Und wo fahren wir hin?«

Ich verriet es ihr nicht. Ich sagte nur, sie solle sich anziehen. Lucy kam auch mit, und dann fuhren wir knapp drei Stunden ohne Pause bis nach Sag Harbor, wo ich aufgewachsen bin.

Ich zeigte Addison und Lucy meine Lieblingsplätze in Sag. Im American Hotel, wo mein Vater Stammgast war, bestellten wir uns ein Frühstück mit Eiern und einer großen Tasse Kakao. Ich hatte Addison noch nie so verunsichert erlebt.

»Coulsen hat ja recht«, sagte sie immer wieder. »Ich habe keine richtige Ausbildung, ich bin ein Punk. Ich werde bestimmt keine berühmte Künstlerin und hinterlasse kein künstlerisches Vermächtnis. Ich bin nur eine Modeerscheinung, nur Flitter, sonst nichts.«

Ich wusste nicht, was ich sagen sollte. Doch Lucy beugte sich vor, drückte Addisons Hand und sagte: »Hör mal, Addy, wenn du wegen diesem einen Typen so zweifelst, dann zweifelst du irgendwann wegen allem und jedem. Und das sage ich jetzt nicht, weil ich mit dir befreundet bin. Aber lass dir doch von so einem schrulligen alten Typen nicht sagen, wer du bist. Ich will noch viel mehr von dir sehen.«

Das hat mich sofort für Lucy eingenommen. Auf einmal sah ich klar und deutlich vor mir, wie Addison mit Lucy an ihrer Seite ihre Kindheit überstehen konnte. Lucy passte auf Addison auf, sie kannte sie genau und fand die richtigen Worte, wenn Addison es am dringendsten brauchte. Echt stark.

Lincoln und Addison beim Frühstück, mit freundlicher Genehmigung von Lucy Lim

MAXWELL BERGER: Coulsens Artikel pfuschte in unsere Investitionen mit Addison hinein. Wir mussten schnell handeln. Ich forderte ein paar Gefälligkeiten ein. Wenn einem meiner aufstrebenden Talente eine solche Kritik um die Ohren gehauen wird und es unterzugehen droht, ist der Trick einfach Selbstvertrauen. Man muss den Künstler in den Mittelpunkt rücken. Noch mehr von ihm verkaufen. Irgendwann ist es dann nur noch eine Geschmacksfrage, ob man einen bestimmten Stil mag oder nicht, aber kein Urteil.

Ich rief eine Kontaktperson bei *Mirror Mirror* an, damit sie Addison in ihrer Abteilung »Neue Talente« brachten. Eine ganze Seite. Die Überschrift lautete: »Echt Stone«. Und schon war Addison in der Mainstream-Presse eingeführt. Mit ein paar Bildern von ihren waghalsigen Kunstaktionen im öffentlichen Raum, ihren Plakaten, ihren Freunden.

Dann hatte ich einen genialen Geistesblitz: Ich hatte gerade erst einen neuen Künstler unter Vertrag genommen, Etien Koort, der ebenfalls viele Porträts malt.

Koort hatte einen sehr stylischen, Jetset-mäßigen Blick auf das junge New York und war schon länger darauf aus, Addison zu porträtieren. Ich sage Ihnen, der Artikel kam genau richtig. Mit diesem Porträt sah Addison wieder spitzenmäßig aus, wie eine der alten Hollywooddiven aus den Siebzigern. Wir brachten das Koort-Gemälde von ihr »aus Versehen« an die Öffentlichkeit, zeigten es schon Monate, bevor es im Februar offiziell ausgestellt werden sollte. Und dann verkaufte ich es an eine berüchtigte Hollywood-Größe.

Es brachte die erhoffte Wirkung und lenkte die Aufmerksamkeit wieder auf Addison als ein Talent, von dem alle mehr sehen wollten. Nur Addison selbst kam stinksauer zu mir.

»Sie haben mich benutzt! Sie haben aus mir eine Schaufensterpuppe gemacht. Ich bin Künstlerin, kein Werbegag. Sie können nicht einfach darüber entscheiden, wann ich als kontroverse Künstlerin auftrete und wann als Glamour-Kätzchen.«

Sie fing an, überall schlecht über mich zu reden. Vielleicht hatte sie ja recht. Aber das war mir egal. Hier stand mehr auf dem Spiel.

ERICKSON MCAVENA: Für mich verläuft da eine direkte Linie von dem Koort-Porträt zu Addisons Entschluss, das Luxuskaufhaus Bergdorf Goodman zu bestehlen.

Sie war eine furchtlose Künstlerin, aber eine noch viel mutigere Diebin. Im Sommer zuvor waren wir so pleite gewesen, dass es zum Abendessen Cornflakes mit Bier gab. So arm, dass wir genau wussten, in welches Hotel man sich einschleichen konnte, um ein kostenloses Frühstück abzustauben. Einmal gingen wir ins Marriott und klauten die kleinen Shampoos und Mundspülungen von den Wagen der Putzfrauen. Aber im Herbst hatte Addison ihre *Billfold*-Serie verkauft und auch *Being Stephanie*. Deshalb dachte ich, sie wollte wirklich shoppen gehen.

Glamour Portrait from Addison Stone von Etien Koort, mit freundlicher Genehmigung von T. Jay Gerhardt

Sie hatte alles genau geplant. Was ich nicht wusste. Sie schlenderte mit einem Arm voller Klamotten in die Umkleide. Später erzählte sie mir, sie hätte eine kleine Schere eingepackt, um die Diebstahlsicherung zu entfernen. Sie stopfte die neuen Kleider in ihren Rucksack und ersetzte sie durch andere, die sie bei der Heilsarmee gefunden hatte. Auf den Überwachungskameras kann man das nicht erkennen. Da sieht es so aus, als käme sie mit denselben Teilen auch wieder aus der Umkleide. Aber so war es nicht. Der Schaden betrug fast zehntausend Dollar.

»Das ist Betrug, Addison«, sagte ich zu ihr.

»Macht nichts«, antwortete sie.

»Du bist verrückt.«

»Ach was. Ich schicke es doch zurück. Ich wollte denen nur mal zeigen, wie einfach das ist.«

Sie war richtig stolz auf sich. Ich weiß noch, wie ich dachte: *Du lieber Himmel, wer baut diesem Mädchen mal einen Aus-Schalter ein?* Es war so, als hätte sie überhaupt kein Gespür dafür, was für eine blöde Idee oder wie falsch das war. Und dann schickte sie auch noch vier Schachteln an Bergdorf Goodman zurück, auf denen stand: *Gestohlen und zurückgegeben, xo Addison.* So war sie nun mal. Aber sie musste sich diesen Unsinn unbedingt aus dem Kopf schlagen.

STARGAZER LUZ: Also, ich muss gleich sagen, dass das nicht mein richtiger Name ist. Leider! Aber hier kennen mich alle Leute als Stargazer. Zuerst war ich Robard Reeds Tochter. Jetzt bin ich als Lincoln Reeds Schwester bekannt. Aber hier in den Keys habe ich mir selbst einen Namen gemacht.

Ich bin hier runter, nachdem ich die Schule geschmissen hatte. Ich hatte in jedem Zeugnis eine Fünf in Mathe. Aber zum Singen braucht man keine Algebra. Und das mache ich jetzt. Ich singe im Crystal Room im La Dee Dah. Das ist der einzige bessere Nachtklub in der Gegend.

Lincoln und ich haben unterschiedliche Mütter, aber ich war nicht überrascht, dass er etwas mit Addison Stone anfing. Lincoln ist in Sag Harbor unter lauter Künstlern aufgewachsen. Ich bin fünf Jahre älter als er und kannte unseren Vater noch. Tatsächlich habe ich Dad noch gesehen, kurz bevor er sich ertränkt hat. Er war total düster und schon wochenlang völlig aus dem Lot gewesen und alle wussten es.

Addison Stone hatte den gleichen leeren Blick in den Augen. Eindringlich, aber auch irgendwie abwesend. Man muss es gesehen haben, um es zu erkennen.

»Sie hat was von Dad in sich. Und dazu muss ich gar nicht erst ihre Handgelenke sehen«, sagte ich zu Lincoln.

Und er sagte: »Vielleicht, aber ich kann sie retten. Bei Robard haben wir das nicht geschafft, aber bei ihr kann ich es schaffen.«

»Wenn du meinst«, sagte ich zu ihm. Ich bin nicht stolz, das zuzugeben, aber es hat mich dazu gebracht, Addison zu hassen. Nur ein kleines bisschen. Ich denke, ich hasste das Unheil, das sie über uns gebracht hat, die Erinnerungen an Robard, die sie in mir wachgerufen hat. Und ich hasste es, dass sie so große Macht über meinen kleinen Bruder hatte.

LUCY LIM: Addy sagte zwar, sie würde in den Weihnachtsferien nicht nach Rhode Island kommen, aber ich war schon enttäuscht, als Lincoln und sie beschlossen, zu seiner Schwester nach Key West zu fahren. Mom und ich trafen Addys Mutter und Addys Großeltern O'Hare an Weihnachten in der Kirche. Keiner von ihnen wusste etwas von Addy. Sie wussten nicht einmal, wo sie steckt. Ihr Bruder Charlie war in den Ferien ebenfalls nicht nach Hause gekommen, sondern mit Freunden zum Skifahren in New Hampshire. Ich konnte Addys Eltern zwar nie besonders leiden, aber an diesem Weihnachtstag taten sie mir leid. Zwei traurige alte Menschen, die gemeinsam in ein Gesangbuch schauten und ohne einen Funken Freude in der Stimme sangen.

Von: **Addison Stone** addisonstoneart@gmail.com
Datum: 27. Dezember, 18:53 Uhr
Betreff: schade, dass du nicht da bist
An: Lucy Lim lucygracelim@gmail.com

Lulu, Key West ist total abgefahren.
Voll mit den krassesten Menschen-Bäumen-Blumen.
Als wären sämtliche grausig-gruseligen Lebewesen allesamt möglichst weit die Küste hinuntergerannt-gewatschelt-geflogen.

Das gilt auch für »Stargazer Luz«. Lincolns große Schwester. Bin nicht wirklich ein Fan von der Tussi.
Sie stolziert blond und braun gebrannt durch den Bungalow, trinkt eine grüne Pampe für ihren Hals und erzählt uns von Typen, die in ihr Varieté kommen und sich unsterblich in sie verlieben und alle ihre Lieder downloaden.

Gestern Abend haben wir ihren Auftritt gesehen.
Marilyn Monroe mit noch mehr Helium.

Aber ich bin so glücklich! Wahrscheinlich hat mich das Keys-Fieber erwischt. Zeit spielt einfach keine Rolle hier.
Lincoln aalt sich den ganzen Tag in der Sonne wie eine Eidechse.
Und ich schaue ihn stundenlang nur an.

Er ist schon ganz braun.
Er riecht nach Sex und Seife.
Wir kleben die ganze Zeit zusammen. Wenn er aufs Klo geht, muss ich fast weinen vor Sehnsucht.
Ergeben meine Sätze überhaupt einen Sinn? Ich bin betrunken.
Mojito ist *das* Getränk von Key West & er fließt ein bissen suuu guuud die Kehle runter.

Silvester sind wir wieder in NY.
Wird die cooolste Party ever, du solltest schon mal üben.
Dieser Herbst hat echt das große Aufwachen gebracht, was? Voll ins kalte Wasser.
Hoffentlich wird es nächstes Jahr ruhiger.

Dann kann ich endlich mal geniiiießen.

x!o! & und ich freu mich, dass dir das Armband gefällt!

Addison in Key West, mit freundlicher Genehmigung von Lincoln Reed

Gil Cheba und Addison Stone bei einer Vernissage im MPX Studio, mit freundlicher Genehmigung von Cormac Mulvaney

VIII.

»WAS FÜR EIN SCHMIERIGER TYP, UND ZU NICHTS ZU GEBRAUCHEN!«

GIL CHEBA alias »DJ Generate«: Ich arbeite als DJ im Bembe, einer Clublounge in Willamsburg. Geboren und aufgewachsen bin ich in London, und vor fünf Jahren, als ich achtzehn wurde, bin ich dann nach New York gezogen. Ich habe Addison an Silvester kennengelernt. Ich war gerade von einem kurzen Trip nach Ibiza zurückgekommen, wo ich eigentlich eine Weile leben und als DJ arbeiten wollte. Leider habe ich mich da drüben mit X fast zugrunde gerichtet. Irgendwann wusste ich, ich muss mein ganzes Leben in Ibiza hinter mir lassen und auch alle Leute, die dazugehören, wenn ich es noch mal packen will.

Hier bin ich dann gleich in 'ne Entzugsklinik. Ach, der Entzug. Hat mir mein erbärmliches Leben gerettet. Und sobald ich gerettet war, kam ich zurück nach New York, fast wieder so fit wie vor meinem kleinen Trip.

Ich habe mich immer für einen Glückspilz gehalten, und ich wurde auch bald wieder für verschiedene Klubs gebucht, und dann auch an Silvester vom Hotel Quest in Downtown, wo an dem Abend zwei Partys stattfanden. Ein öffentliches Fest im Speisesaal und eine VIP-Party nur für geladene Gäste oben auf der Dachterrasse beim Pool.

Sie wollten mich bis Mitternacht unten haben, dann sollte ich mit dem Aufzug hochdüsen und bis zum Morgengrauen für die VIPs auflegen.

Addison Stone war der erste Promi, den ich erkannte. Gut aussehend, geschmeidig wie ein Mungo, in einem Kleid, das aus einer Art Alufolie gemacht war, und mit lila Federn im Haar. Schon allein an der Art, wie sie dastand, konnte man erkennen, dass sie »jemand« sein musste. Aber ich wusste sowieso, wer sie war. Die meisten Leute wussten es. Ich habe schon viele Gigs gehabt, aber das Publikum in dieser Nacht war echt speziell. Und Addison stach noch mal besonders aus der Menge heraus. Ich weiß noch, wie ich von meinem DJ-Pult zu ihr hinuntersah und dachte: *Du wunderschönes, mutiges Mädchen, dir liegt bestimmt die Welt zu Füßen.*

LUCY LIM: Addy hatte mich eingeladen, mit ihr auf diese Promi-Silvester-Party im Hotel Quest zu gehen. Total einschüchternd! So viele berühmte Leute. Das hat mich fast umgehauen. Und Addy stand im Mittelpunkt des Trubels, sie war *der* Star. Sie bekam Geld dafür, das Kleid von einem jungen Designer namens Kimber Jalloh zu tragen. Heute weiß jeder, was eine Jalloh-Tasche ist, aber damals hatte ich noch nie von ihm gehört.

Addy sagte mir die ganze Zeit, dass sie das Kleid behalten dürfe. Sie war total hin und weg, auch wenn sie es nicht noch einmal tragen konnte. Es war viel zu empfindlich, so wie Lametta! Es fiel fast auseinander. »Bitte *nicht* zu Hause nachmachen!« – das war überhaupt Addys Motto an diesem Abend. Sie hatte sich die Augen dick mit silbernem Lidschatten geschminkt und trug ein Paar lange Handschuhe, die sie selbst in ihrem Lieblingslila gefärbt hatte, und dazu zwanzig Zentimeter hohe Plateauschuhe, mit denen sie größer war als alle anderen Frauen und als die meisten Männer. Sie hatte einen Strauß lange rote Proteas aus einer Vase in der Hotellobby geklaut und verteilte sie an alle. Proteas sind ziemlich fies aussehende Blumen, lang und schwer wie ein Schwert. Wir hatten einen Riesenspaß, tanzten, lachten und tranken, und sie stellte mich einer Million Leute vor. Es war alles richtig gut, bis Zach Frat mit Sophie auftauchte.

GIL CHEBA: Zach ist ein stadtbekannter Wichser und natürlich erschien er nie irgendwo ohne seinen ganzen Anhang. An dem Abend hing Sophie Kiminski an seinem Arm, die als sexy Partyluder und nicht besonders begabte Schauspielerin bekannt ist. Das einzig annähernd Interessante an ihr ist, dass sie mal mit Lincoln zusammen war. Ich wusste es, der ganze Raum wusste es, und vor allem Addison Stone wusste es.

Zach zieht sofort eine Riesenshow ab, stolziert mit Sophie durch den Raum und macht sich zum Affen, damit Addison ihn bemerkt. Eigentlich war es traurig. Alexandre, der gar nicht so übel ist, wenn er sein angeberisches Getue ablegt, versuchte, dass alles friedlich blieb. Genau wie Addisons Leute, die sich alle Mühe gaben, Zach von Lincoln und Sophie von Addison fernzuhalten. Das Ganze war ein Riesenchaos.

ERICKSON MCAVENA: Addison mochte Zirkus nur, wenn sie selbst Herr im Ring war. Und als die hübsche Sophie hereingestakst kam, dürr, betrunken und zugekokst bis oben hin, zog sie natürlich alle Blicke auf sich. Das war noch dramatischer als der Endspurt beim Kentucky Derby, das können Sie mir glauben.

Aber ein Gutes hatte diese Nacht: mein Foto von Alexandre Norton. Er hatte ein Paar Schwimmflügel gefunden und sie spaßeshalber angezogen und mich auf die Idee gebracht. Ich bat ihn, am flachen Ende in den Pool zu springen. Ich schätze, er hätte alles getan, um Zach von Lincoln abzulenken. Außerdem war er ziemlich blau. Ich habe das Bild dann für meine erste Einzelausstellung verwendet. Der Abend war also nicht total für die Katz.

Foto von Alexandre Norton, mit freundlicher Genehmigung von Erickson McAvena

LUCY LIM: Sehen Sie, vor diesem Abend war ich Zach Frat noch nie begegnet. So schnell war er aus Addisons Leben wieder verschwunden. Aber ich erkannte ihn sofort, und natürlich wusste ich auch, wer Sophie war. Es war echt schwer für Addy, dass Sophie da war. Die Frau ist so durchgeknallt, dass es fast schon wieder cool ist. Sie gehört zu den Schauspielerinnen, deren Paraderolle es ist, sich selbst als tragisches Opfer ihres eigenen Ruhms zu spielen. Diesen leeren stieren Blick hat sie extrem gut drauf. Addy hätte nie so sein können. Addy spielte nicht Addy. Sie war immer absolut echt. Mir kam das Ganze vor wie ein billiger Trick von Zach.

Aber ich hätte nie gedacht, dass die Nacht so enden würde. Ich habe nichts übrig für Leute, die eine Prügelei anfangen. Nicht auf Beerdigungen und nicht auf Partys. Für mich war Lincoln der coolste Typ der Welt, bis zu dem Moment, wo er Zach einen Boxhieb ins Gesicht verpasste.

MARIE-CLAIRE BROYARD: Es sah aus wie an einem Tatort. Wer hätte gedacht, dass aus einer einzigen Nase so viel Blut fließen kann? Ich hatte sogar Blut an den Schuhen! So wie ich die Sache sehe, wusste Lincoln ganz genau, dass Addison total durcheinander war wegen Sophie, und deshalb hat er sich einfach auf Zach gestürzt. Wissen Sie, ich werde immer zu Zachary halten. Ich kenne ihn schon, seit wir sieben sind, und wir haben zusammen den Tanzkurs gemacht. Zach ist kein Straßenkämpfer. Der Abend war furchtbar peinlich für ihn.

Lincoln ist bekannt dafür, dass er leicht ausrastet. Ich meine, seine Kunst ist doch auch ganz schön krass, finden Sie nicht? Diese schaurigen vergifteten Menschen? Diese apokalyptischen Endzeit-Visionen? Obwohl ich gehört habe, Lincoln hätte sich nach Addisons Tod – vielleicht weil er Schuldgefühle hat – auf eine spirituelle Reise begeben, wo er angeblich als Schamane zu sich gefunden hat. Aber ehrlich gesagt glaube ich nicht, dass man den Kern seines Wesens, sein wahres Ich, das man von Geburt an ist, so einfach ablegt. Lincolns wahres Ich ist total dunkel. Genau deshalb hat sich Addison ja auch in ihn verliebt. Weil sie auch ihre Dämonen hatte. Jedenfalls fand ich, dass Lincoln sich an diesem Abend echt scheiße verhalten hat. Brutal und dumm und unreif – und das habe ich ihm auch gesagt.

LINCOLN REED: Warum ich Zach geschlagen habe? Na ja, ich wollte eben vor Addison angeben. Ich hatte jahrelang Boxtraining gehabt; meine Mutter hatte nach meinem Vater eine ganze Reihe von Freunden und einem von ihnen gehörte ein Sportklub. Ich wusste, dass ich einen Treffer landen konnte. Es war nicht okay von Zach, Sophie mitzubringen. Addison war total durcheinander. Und das kotzte mich an. Außerdem hatte ich das Gefühl, dass er Sophie nur benutzt. Ich wollte doch nur das neue Jahr gemeinsam mit meinem Mädchen begrüßen, mehr nicht. Aber am Ende habe ich damit nur noch mehr Ärger heraufbeschworen — selber schuld.

Silvester sollte eigentlich die perfekte Nacht sein, oder? In meiner Tasche lag ein Anhänger aus Quarz und Silber, den ich eigens für sie entworfen hatte.

In der Presse wurde es später so dargestellt, als hätte der Blödmann Zach es verdient. Aber ich bin genauso schuld. Die Art und Weise, wie die Zeitungen über den Vorfall berichteten, hat sicher dazu beigetragen, dass Zach sich hinterher Ads gegenüber so total fies verhalten hat. Und deshalb bin ich auch irgendwie verantwortlich, oder? Weil ich es war, der Zachs Stolz verletzt hat.

Und ich habe dafür bezahlt.

ANMERKUNG DER AUTORIN

SOPHIE KIMINSKI, die für dieses Buch nicht interviewt werden wollte, ist eine kanadische Schauspielerin, die immer noch hauptsächlich wegen einer beliebten kanadischen Fernsehserie namens *In the Soup* bekannt ist, wo sie im Alter von neun bis fünfzehn Jahren die Rollen der eineiigen Zwillinge Sammy und Frankie spielte. In den letzten Jahren machte sie allerdings vor allem wegen ihrer Drogenprobleme von sich reden, die sie oft zur Zielscheibe von Paparazzi machten.

MARIE-CLAIRE BROYARD: Wollen Sie wissen, was an diesem Silvester noch *Schreckliches* passiert ist? In der Nacht fand Addison ihren neuen BFF. Sie wissen bestimmt, wen ich meine, oder? Gil Cheba alias »DJ Generate«? Also, *das* ist mal ein Typ mit einem mehr als zweifelhaften Charakter.

LUCY LIM: Irgendwann im Januar ruft Addy mich nachts weinend von New York aus an. Sie schluchzt ganz schrecklich.

»Jemand hat mein Atelier verwüstet!«

»Was?«

»Alles ist kaputt, Lulu.«

»Was? Was redest du denn da?«, rufe ich in mein Handy. Ich kann nicht glauben, was sie mir erzählt. Ich verstehe kaum, was sie sagt, weil sie so heftig weint. Und Addy ist keine Heulsuse. Aber endlich bekomme ich aus ihr raus, dass je-

ARN: Du gehst ja ziemlich viel aus und hast dich mit einigen Größen des New Yorker Nachtlebens angefreundet … Marie-Claire Broyard zum Beispiel. Und Gil Cheba. Diese Leute sind ja bekannt für einen bestimmten Stil.

AS: Ich denke, manche Künstler reagieren auf Stil. Wir leben alle in einem Sumpf von Einflüssen. Ich werde jeden Tag von Millionen Dingen beeinflusst – vom Wetter, davon, ob ich etwas Leckeres zum Frühstück gegessen habe, von dem Buch, das ich gerade lese, von einem genervten Paar in der U-Bahn. Aber weil ich vor allem Porträts male, lasse ich mich natürlich auch von persönlichen Stilrichtungen beeinflussen. Gil und Marie-Claire haben einen New Yorker Stil, der mich echt umhaut. Genau wie die Nortons, Alexandre und Stephanie. Die sind toll. Oder wie die Lutz-Brüder.

Aber ich male auch gern fremde Menschen. Ich finde es toll, dass man in New York nie weiß, wem man als Nächstes begegnet. Manchmal stelle ich mir die vielen jungen Menschen, die hierherkommen, vor wie perlenbesetzte Türknäufe, auf denen »Dreh mich« steht. Die Stadt ist wie in Alice im Wunderland.

Gil Cheba hat ein ganz markantes Gesicht, das man nicht so schnell vergisst. Mit seinem Porträt will ich noch warten, bis ich eine bessere Malerin bin. Er zeigt so viele Möglichkeiten und Stimmungen und er gibt so viel von seiner Seele preis. Er ist ein sehr offener Mensch, er hat keine Grenzen. Ich weiß, viele Leute mögen ihn nicht, aber wenn ich immer darauf hören würde, was andere mir über einen Menschen erzählen, säße ich jetzt in Peacedale, wäre verheiratet und hätte Kinder, während meine Seele innerlich verkümmern würde. Das weiß ich einfach.

Auszug aus dem ArtRightNow-Interview mit Addison Stone

mand in ihr Atelier in Chelsea eingebrochen ist und alles zerstört hat. Ihre Skizzen, die Kohlezeichnungen, Studien und ein Porträt von ihrer Mutter, an dem sie gerade arbeitete, und noch eines von Lincoln. Werke, die sie nicht inventarisiert hatte, Werke, die sie nicht mehr reproduzieren konnte.

»Das war Zach, ich weiß es genau. Oder einer von Zachs Schlägern«, sagte sie.

»Bitte zieh keine voreiligen Schlüsse, Addy.«

Aber Addy war sich sicher, dass Zach es ihr heimzahlen wollte – und alles nur, weil Lincoln ihm eine reingehauen hatte.

OZO FRATEPIETRO: Mein Name ist bekannt wegen meiner Frau. Ich selbst habe nur wenig zu tun mit der Kunstwelt. Carine und ich sind schon seit ein paar Jahren geschieden. Ich lebe die eine Hälfte des Jahres in Paris, die andere Hälfte in Montepulciano. Meine Seele gehört der Toskana. Dort fahre ich hin, wenn ich von allem wegmuss.

Eines Nachts bekomme ich einen Anruf auf meinem privaten Telefon. Dieses Telefon klingelt höchstens vier Mal im Jahr. Ein Mädchen ist dran, diese Addison Stone. Ich kenne sie vom Namen her. Ich weiß, dass meine Exfrau ihre Kunst sehr schätzt und dass sie Addison für ein Genie hält. Ich weiß auch, dass Addison eine kurze Beziehung mit meinem Sohn hatte. Aber persönlich habe ich das Mädchen nie getroffen. Woher hatte sie meine Nummer?

Was Addison Stone am Telefon über Zachary sagte … das kann man nicht wiederholen und auch nicht drucken. Die Respektlosigkeit ihrer Schimpftirade lässt sich kaum in Worte fassen. Sie hat mir gedroht. Sie war überzeugt, Zachary hätte ihre Kunstwerke und damit ihre Lebensgrundlage zerstört.

Ich legte auf und überlegte, ob ich die Polizei informieren sollte. Dann überlegte ich es mir anders. Ich wollte mich nicht auf ihr Niveau begeben. Ich bin schließlich kein Kind mehr.

ERICKSON MCAVENA: Sie schnappte und biss nach jedem. Ich habe gehört, sie hat sogar Zachs Vater ausfindig gemacht – ha, bei dem Anruf hätte ich zu gern Mäuschen gespielt. Ich habe keine Ahnung, ob Zach tatsächlich für diesen dummen Streich mit Addisons Atelier verantwortlich war. Aber Addison war hundertprozentig überzeugt davon und sann auf Rache.

Zu der Zeit war sie entweder bei Lincoln oder hing mit Gil Cheba rum, entweder draußen auf der Feuerleiter oder in unserem Hof, damit Gil rauchen konnte. Ich erlaubte ihm nicht, in unserer Wohnung zu rauchen. Wenn es zu kalt war, lagen sie zusammen auf unserem Sofa und tranken einen fiesen Cocktail,

Gil Cheba und Addison Stone zusammen in Brooklyn, im Winter, mit freundlicher Genehmigung von Erickson McAvena

den sie »Rummy-Dums« nannten und den Gil auf unserem Herd zusammengebraut hatte. Rum, Butter und Nelken, und das Ganze dann siebzehn Stunden leise köcheln lassen. Sie tranken und schmiedeten Pläne. Das tat Addison überhaupt nicht gut, weil ein Teelöffel Rum reichte, um sie total auszuknocken.

Ich kam nach Hause und sagte: »Na, was habt ihr denn jetzt wieder für einen teuflischen Plan ausgeheckt, um Zach umzubringen?«

Sie taten ganz unschuldig: »Wir haben nicht über Zach geredet.«

Und ich sage: »So ein Quatsch. Ihr redet doch immer über Zach.«

Worauf sie so schuldbewusst dreinschauten wie Falschgeld.

Soweit ich weiß, war das die einzige Zeit in ihrem Leben, die Addison vertrödelt hat. Und das lag an Gil Cheba. Der hat nur rumgegammelt und seine Zeit vergeudet und die von jedem, den er mit runterziehen konnte.

LINCOLN REED: Alles an Gil Cheba fühlte sich falsch an. Ich war unter Künstlern aufgewachsen und hatte zu viele davon abstürzen sehen wegen Alkohol und Drogen. Die Anti-Psychotika, die Addison nehmen musste, vertragen sich nicht mit Partydrogen. Cheba ist auch bekannt dafür, dass er alles einfädeln, dass er einem alles beschaffen kann, kubanische Zigarren, Waffen oder einen eigenen Harem.

Er hat jedem geschworen, er sei clean, aber alles an ihm roch nach Sucht. Er konnte alles wunderbar erklären und vereinfachen und entschuldigen. Es brachte mich fast um, wie fasziniert Addison von ihm war. Menschen am Abgrund zogen sie magisch an. Sie wusste, wie gefährlich er war. Es war anstrengend, mit Gil zusammen zu sein, obwohl er eigentlich nicht viel machte. Er musste sich immer irgendwie ablenken – mit Sex, Schnaps, Gelaber, Partys, Musik, Streitereien. Er konnte seine Impulse überhaupt nicht kontrollieren. Aber wo Addison einen charismatischen Rebellen sah, sahen wir anderen nur einen fauligen Apfel.

ANONYME QUELLE: Sie wissen ja, dass Stone über Cheba zu mir kam. Cheba und ich sind schon jahrelang befreundet, noch von früher. Ich will nicht zu viel von mir erzählen, nur so viel, dass ich geschickt und zuverlässig bin und auch auf der anderen Seite des Gesetzes arbeite. Sie können mich von mir aus auch als Rache-Allrounder bezeichnen. Ich erledige den Kram, und das hat seinen Preis.

Stone war mir sofort sympathisch. Sie hat nicht lange um den heißen Brei herumgeredet. Sie sagte gleich: »Du musst ein Haus für mich anzünden.«

»Klar, kann ich machen. Kostet aber was.«

»Sag einfach, wie viel«, sagte sie nur.

Das Objekt stellte sich als Gästehaus auf einem großen Anwesen draußen in Wainscot heraus. Eine echte Aufgabe, aber machbar.

Stone sagte: »Ich hab das Geld.« Sie war auch gar nicht eingeschüchtert oder so. Und sie war nicht der Typ, der es sich noch mal anders überlegt. Außerdem wollte sie die ganze Aktion auf Video haben. Als ich meinte, so was würde extra kosten, sagte sie: »Ich habe das Geld.« Es war ein Risiko. Aber klar, ich hab's gemacht. Am Ende lief alles ganz glatt.

ZACH FRATEPIETRO: Hören Sie, ich kann das nicht weiter vertiefen. Man hat unserer Familie geraten, sich nicht über den Brand zu äußern, da wir mit dem Nachlassverwalter von Addison wegen einer Einigung verhandeln. Aber gegen zwei Uhr morgens erhielt ich einen Anruf von meiner Mutter. Die wiederum war von unserem Hausmeister, der Polizei und der Feuerwehr informiert worden.

Treetops Cottage war eines von drei Gästehäusern auf unserem Familiensitz in den Hamptons. Es war bis auf die Grundmauern niedergebrannt. Brandstiftung. Zu dem Zeitpunkt hielt sich niemand dort auf. Ich wusste gleich, wer das getan hat. Wir alle wussten es.

Das Komische war, dass ich trotzdem auf keinen Fall Anzeige erstatten wollte. Ich habe ihr das vielleicht angedroht, aber dieser Brandanschlag war wie eine Art kranker Liebesbrief von Addison. Wollen Sie etwas hören, was ich noch keinem erzählt habe? Genau in dem Cottage hatten Addison und ich im Sommer zuvor ein paar Tage zusammen verbracht, am Wochenende des 4. Juli. Der Ort hatte symbolische Bedeutung für sie.

MARIE-CLAIRE BROYARD: Dieser *eskalierende* Rachefeldzug zwischen Addison und Zach war ganz wichtig für Zach. Auf die Weise blieb er Teil von Addisons Leben. Addison dagegen war begeistert von dem Nebenprodukt ihrer Racheaktionen, der Performancekunst. Bestimmt hat sie das Spektakel, dass sie Zachs Familienbesitz niederbrennen ließ, in vollen Zügen genossen. Es war aufregend, brutal, zerstörerisch und sehr dramatisch- – und es hatte nicht viel mit Zach zu tun.

Aber Zach konnte das nicht erkennen. Er nahm ihre Wut persönlich. Er sah ihre Fehde als einen Weg, Addison nah zu sein. Wie ein unartiges Kind, das sich nicht darum schert, welche Art Aufmerksamkeit es bekommt. Hauptsache, es wird beachtet. Auf eine traurige, kranke Weise fand er es großartig, dass Addison das Gästehaus in Schutt und Asche gelegt hatte. Für ihn zeigte das, wie viel er ihr immer noch bedeutete.

Von: **Addison Stone** addisonstoneart@gmail.com
Datum: 29. Januar, 01:29 Uhr
Betreff: neues zu ZF
An: Lucy Lim lucygracelim@gmail.com

Weißt du, was, Lulu?
Ich hätte nie gedacht, dass Mr Cool-wie-ein-Martini Zach Frat so dämlich und nervig sein könnte.
Ich dachte, er würde heimlich, still und leise verschwinden.
Und dass er nicht mehr an mich denkt, sobald ich nicht mehr an ihn denke.
Und zwar genau dann.

Das war unrealistisch und womöglich total dämlich und vielleicht auch grausam von mir.
Ich habe nie begriffen, wie tief seine Gefühle für mich waren.
Wie verloren er ohne mich war.

Erst als er mit seinen Rachespielchen anfing.
Jetzt kann ich mich kaum noch daran erinnern, was zwischen uns einmal gut war.
Es ist ein Katz-und-Maus-Spiel. Ich warte die ganze Zeit, überlege und bin auf der Hut.
Vielleicht kriegt er mich wegen Brandstiftung dran. Wenn er Hinweise findet, die in meine Richtung zeigen.
Ich hoffe nur, er glaubt nicht, dass es bei diesem Spiel irgendwelche Regeln gibt.

Denn die gibt es nicht.

Addison und Lincoln in der Kolber Gallery, mit freundlicher Genehmigung der Kolber Gallery

IX.

»ENDLICH KANN ICH MICH ENTFALTEN!«

ERICKSON MCAVENA: Unser Mietvertrag lief noch bis August. Im Februar hatte es sich so eingespielt, dass Teddy die meiste Zeit in der Court Street war und Addison fast immer in Lincolns Wohnung in Soho. Da schien es naheliegend, dass Lincoln und sie sich ein eigenes Liebesnest bauten und Teddy ihren Mietvertrag übernahm. Außerdem waren Addison und Lincoln zu der Zeit total vernarrt ineinander.

»Ihr seid wie zwei Affenbabys«, sagte ich zu ihnen.

Sie saßen immer ganz eng umschlungen auf der Couch, ein Knäuel aus Armen und Beinen, als würden sie jeden Moment anfangen, sich die Läuse von der Haut zu picken und sich gegenseitig in der Nase zu bohren. Es war so, als wollten sie den Atem des anderen trinken.

Ich frage mich, ob ich der Einzige war, der spürte, wie das Verhängnis um sie herum heraufzog? Addison spielte aller Welt das Märchen vor von der strahlen den Künstlerin in der großen Stadt. Aber wenn man an der Oberfläche kratzte, entdeckte man ein wildes Kind, das in zu viele Richtungen auf einmal hetzte. Ein Mädchen, das *einen Brandstifter angeheuert hatte*. Ein Mädchen, das nicht mehr zum Unterricht erschien und das nicht zur Abschlussprüfung zugelassen war. Ein Mädchen, das nicht einsah, was an Diebstahl falsch sein sollte – das Diebstahl nach Art von Robin Hood sogar ethisch gerechtfertigt fand.

Ich dachte immer, ich würde Addison guttun. Aber Max Berger, Gil Cheba und sogar Marie-Claire waren nicht immer besonders rücksichtsvoll. Manchmal kapierte Addison den Unterschied nicht zwischen dem weichlichen Image einer Person und der harten Realität. Den Fehler hatte sie schon bei Zach gemacht. Und dann noch mal bei Berger. Und jetzt fiel sie voll auf Chebas Masche vom britischen Bad Boy rein, der dicht am Abgrund tanzt. Bei uns im Süden sagt man über solche Mädchen wie Addison, sie lassen sich zu leicht den Kopf verdrehen.

Ich schimpfte sie immer wegen des Langfinger-Rabatts, den sie nach Hause brachte. Nach der Kaufhausaktion bei Bergdorf war sie kühn geworden. Aber die Badewanne mit den Löwenfüßen war selbst für ihre Verhältnisse eine Nummer zu heftig.

»Du bist echt dumm wie Bohnenstroh«, sagte ich zu ihr.

»Solche Diebstähle machen Spaß«, antwortete sie. »Sie lenken mich von meinen Problemen ab. Wer so dumm ist, diese Badewanne zu kaufen, der kauft sie sich auch noch mal.«

»Ja, aber hier geht es um deine Zukunft. Irgendwann erwischen sie dich«, warnte ich sie, »und dann wird da kein Max Berger sein, der Schadensbegrenzung betreibt und dafür sorgt, dass du in der *Mirror Mirror* niedlich und seriös rüberkommst.«

Aber sie hörte mir gar nicht zu. Sie hörte nie zu.

MARIE-CLAIRE BROYARD: Wussten Sie, dass Addison und Gil sich als Paketauslieferer ausgaben, um eine Badewanne zu stehlen? Sobald sie das geschafft hatten, ließ Addison sie in der Court Street die fünf Stockwerke hoch in die Wohnung tragen und bepflanzte sie mit Forsythien und einem Maulbeerbaum. Es sah wunderschön aus.

Die Wanne steht immer noch in der Wohnung. Sie ist viel zu schwer, als dass man sie irgendwohin bringen könnte. Das klingt jetzt bestimmt furchtbar sentimental, aber ich bin neulich nach Brooklyn gefahren, nur um sie mir anzuschauen. Eine Art Pilgerreise zu der alten Wohnung, wo Addisons Geist noch überall zu spüren ist. Die Wanne steht noch an der alten Stelle vor dem Wohnzimmerfenster und ist voller Pflanzen.

»Addison Stone hat diese Wanne *gestohlen*«, erklärte ich dem Pärchen, das die Wohnung jetzt gemietet hat. Die beiden sind fast ausgeflippt, so toll fanden sie das.

MAXWELL BERGER: Diese ganzen Psychospielchen – Zach Frat, der Addisons Skizzen zerstört, Addison, die sein Gästehaus in den Hamptons niederbrennt – steigerten vielleicht die Zeitungsauflagen, aber es brachte Addisons Karriere nicht weiter.

Also rief ich sie an. Ich rufe sonst nie an, aber diesmal rief ich sie an. Ich sagte:

»Reiß dich zusammen. Du verschwindest gefälligst wieder von den Titelseiten. Sich zu vermarkten ist ja schön und gut, aber so verheizt du dich.«

ARLENE FIELDBENDER: Ende Januar trafen Addison und ich uns zum Mittagessen. Ich hatte an dem Tag extra den Unterricht ausfallen lassen, um sie zu sehen. Bis dahin hatte sie auch sämtliche Kunstkurse für das Frühjahrssemester wieder gestrichen. Ich hatte nichts gesagt, als sie beschloss, die allgemeinbildenden Fächer nicht mehr zu belegen. Aber die Kunstkurse? Das war nicht nur kurzsichtig, das war schon fast dumm, und das sagte ich ihr auch.

Wir trafen uns in ihrem Atelier. Ich sah das fertiggestellte *Doc* und einige ihrer Studien, aus denen später *Exit: Roy* entstand. Und ich sah ein paar Skizzen für ein Selbstporträt. Ihre Porträts gingen immer mehr in Richtung Abstraktion und sie arbeitete viel mit Wasserfarben. Die Bilder waren gefühlvoll und ergreifend, allerdings stellte ich fest, dass sie vieles davon wieder verwarf. Bei den meisten Studien hatte sie die Gesichter mit einem großen schwarzen X übermalt. Sie war viel zu schnell dabei, etwas abzulehnen oder zu überarbeiten. Zu streng mit sich, fand ich.

Addison wirkte ein bisschen neben sich. Sie war furchtbar sprunghaft. Während des Mittagessens in einem Café bei ihr um die Ecke redete sie in einem fort davon, dass sie so verliebt sei in Lincoln Reed. Dass sie ohne ihn nicht leben kann. Dass er ihr alles bedeutete. Und im nächsten Moment flammte Wut in ihr auf. Zach habe ihr Atelier zerstört, Zach wolle sie fertigmachen. Und sie zählte ganz genau im Einzelnen auf, was sie alles verloren hatte.

Von da, ohne Übergang, schwenkte sie dann zu Coulsens Artikel über. Ich muss zugeben, es war beunruhigend. Addison war immer schon rasend schnell gewesen, aber jetzt war es ihr offenbar unmöglich, bei einem Thema zu bleiben. Ich machte mir Sorgen, sie könnte vielleicht intensivere psychologische Hilfe brauchen. Eine Neubewertung. Ich kehrte nach Peacedale zurück und erzählte Bill, ich hätte Angst, dass Addison ihre Zukunft aus den Augen verlor. Dass sie sich anscheinend zu sehr ablenken ließ von ihren Beziehungen.

Und genau in dieser Phase klopfte das Whitney Museum bei ihr an.

DR. ROLAND JONES: Bis auf die letzten Wochen ihres Lebens war Addison sehr zuverlässig, was unsere Termine anging. In einigen Sitzungen arbeitete sie an einem Porträtbild von mir. Es ist ein wunderbares Porträt, und ich wünschte sehr, ich hätte es mir leisten können. Ha! So lernte ich sie als Patientin und auch als Künstlerin kennen. Im Winter und Frühjahr war sie sehr beschäftigt, sie arbeitete fleißig, und nein, ich hatte nicht das Gefühl, dass sie von irgendeinem Bereich ihres Lebens überfordert war.

Besonders von Lincoln Reed sprach sie stets sehr positiv. Sie bezeichnete ihn als ihren »Seelenverwandten« und sagte, sie sei noch nie mit jemandem so vertraut gewesen wie mit ihm. Sie erwähnte auch seinen gesunden Lebensstil, dass er laufen ging und Fahrrad fuhr und es ablehnte, Alkohol zu trinken, und dass er

Doc, ein Porträt von Dr. Roland Jones, von Addison Stone, mit freundlicher Genehmigung aus der Privatsammlung der Deutschen Bank

gern früh schlafen ging. Als sie mir schließlich erzählte, sie würden zusammenziehen, schien mir das – von meinem professionellen Standpunkt aus – eine gute Sache zu sein.

Sie erzählte auch, sie versuche, die schlechte Angewohnheit abzulegen, ihre Bilder zu zerstören. Sie gestand, sie pinsele oft ein rotes oder schwarzes X über ein Bild, wenn es ihr nicht gefiel. Anscheinend hatte Lincoln mehrere Male dagegen protestiert. Er bezeichnete es als Sabotage, einen Vandalismus gegen sie selbst. Er fand, sie würde zu schnell aufgeben. Ihr Drang zur Selbstzerstörung war ihm also offenbar bewusst.

LUCY LIM: Mit Lincoln zusammenzuziehen war ein Riesenfehler. Ich mag ihn wirklich sehr, aber Addy hätte das nicht tun dürfen. Er wollte sie retten, das wollte er wirklich. Und sie fand es schrecklich, allein zu sein. Aber auch wenn Addy sich noch so verwundbar fühlte wegen der irren Spielchen, die Zach mit ihr trieb, auch wenn sie noch so unsicher war wegen des Coulsen-Artikels, und auch wenn Lincoln ihr noch so sehr das Gefühl gab, dass sie geliebt wurde und geborgen war… zwei Künstler, die sich erst so kurz kannten und auf einmal ständig zusammen waren – das konnte nicht gut gehen.

Sie flehte mich an, sie zu besuchen, an einem bitterkalten Wochenende, kurz nachdem sie zusammengezogen waren. Sie bezahlte mir die Fahrkarte für den Schnellzug und sogar noch das Taxi von der Penn Station zu ihr, wie immer, wenn man sie besuchte. Die Fieldbenders hatten mich gebeten, ihnen nach meiner Rückkehr Bericht zu erstatten, daher wusste ich, dass sie sich ebenfalls Sorgen machten.

Lincoln wohnte in der Elizabeth Street, mitten im coolen Zentrum von Soho. Ein Lastenaufzug führte direkt in eine unrenovierte Wohnung, die mindestens 200 Quadratmeter groß war. Addy liebte den vielen Platz und das Licht. Sie zeigte mir, dass sich die Tür zum Schlafzimmer seitlich aufschieben ließ wie ein Scheunentor, und freute sich wie ein Kind darüber. Sie liebte den Betonboden, die Fabrikatmosphäre und natürlich die merkwürdig hypnotisierenden Leinwände von ihm, die überall an den Wänden lehnten.

Ich glaube aber, ein großer Teil von Addys Identität war in der Court Street zurückgeblieben. Sie hatte die Wände dort mit so viel Begeisterung lila gestrichen. Ihre Wanne stand noch dort und andere Dinge, die sie geschenkt bekommen hatte. Marie-Claire hatte Addy zum Beispiel einmal ein lebensgroßes Plüschnashorn aus einem Spielwarenladen schicken lassen. Der Lenox hatte ihr einen Baumstumpf aus Colorado geschickt, mit einer glatt geschliffenen samtbraunen Rinde. Diese Sachen lagen ihr am Herzen und gehörten zu ihrem Leben. Aber Addy beharrte darauf, das sei ihr alles egal und sie wolle nur das Notwendigste mit zu Lincoln nehmen.

»Ich finde es gut, dass *Die Schande der Queen* immer noch gleich aussieht«, erklärte sie. »Die Wohnung ist wie eine Kunstinstallation meiner Vergangenheit. Daran will ich nicht herumpfuschen.«

Lincoln hielt nichts von Unordnung oder von Besitztümern. Und Addy wollte sich ihm anpassen. Aber dieses Mädchen, das einige der schönsten Dinge geschaffen hat, die ich je gesehen habe, hatte noch nie etwas wirklich Wertvolles oder Interessantes besessen, bevor sie nach New York gekommen war. Und es war typisch für sie, dass sie einfach alles zurückließ. Vielleicht hatte sie ja recht. Vielleicht war das einzig Wertvolle in einer Addy-geladenen Umgebung tatsächlich nur Addy.

Die Wohnung in der Elizabeth Street war Lincolns Territorium. Es begann mit seiner Kunst und endete mit seiner Kunst, weil Lincoln dort zugleich lebte und malte. Seine Bilder standen überall. Addys Arbeitsplatz lag drüben in Chelsea. Deshalb waren keine Drucke oder Farben oder unvollendete Werke von ihr in der Wohnung. Aber sie wollte auch nichts in Lincolns Räume mitbringen.

»Ich verliere mich lieber in Lincolns Gehirn«, erklärte sie mir einmal. »Ich möchte aus meinem Atelier nach Hause kommen und mich für eine Weile vergessen können. Ihn in mich aufsaugen.«

Ich fragte sie nicht, ob sie Erickson vermisste. Ich vermisste ihn jedenfalls. Erickson war ein ganz anderer Mitbewohner als Lincoln. Er ist total entspannt und fürsorglich. Die Liebe zwischen Teddy und ihm ist wie eine kuschelige Umarmung, einladend und warm. Außerdem ist Erickson der geborene Gastgeber. Wenn ich zu Besuch in der Court Street war, brutzelte er immer seine Spezialgerichte aus den Südstaaten für mich, wie Grilltomate mit gefüllten Eiern und süßem Hibiskustee.

Lincoln ist das genaue Gegenteil. Eher wie ein zerstreuter Professor. Er kann nicht mal Wasser kochen. Und soweit ich das beurteilen kann, war er schon immer eher ein Einzelgänger.

»Du willst sie retten«, sagte ich zu Lincoln, als wir einmal kurz allein waren. »Das sehe ich. Aber das ist ein Vollzeitjob. Erst war es meine Aufgabe, dann die von Erickson und jetzt ist es deine. Und du hast nicht erlebt, was letztes Mal passiert ist, als Zach diese Aufgabe übernehmen wollte.«

»Ich werde es nicht vermasseln, Lucy«, sagte er. »Das verspreche ich.«

Ich sah ihm in die Augen und wusste, dass es ihm ernst war. Aber ich wusste auch, dass er unmöglich begreifen konnte, auf was er sich da einließ.

Lincoln Reed, wie er sein Fahrrad in seinem Atelier in der Elizabeth Street abstellt, mit freundlicher Genehmigung von Lucy Lim

ERICKSON MCAVENA: Oh ja. Als sie ging, war ich furchtbar traurig. Klar war es lustig, mit Teddy das verheiratete Ehepaar zu spielen. Damals waren wir wie ein Paar alte Socken. Wir sind schon ewig zusammen, fast sieben Jahre. Aber ich hatte nicht einmal sechs Monate mit Addison zusammengelebt. Und dann war sie weg.

Das Schöne war, dass wir uns regelmäßig zum Brunch in einem tollen Frühstückscafé am Union Square trafen, wenn mein Zehn-Uhr-Fotografie-Seminar zu Ende war. Wir bestellten Maisbrot und Maisgrütze mit Käse und eine riesige Kanne Kaffee und redeten über alles Mögliche.

Eines Vormittags kam sie rein und wirkte irgendwie benommen. Außerdem hatte sie die Haare zu Zöpfen geflochten, ein Zeichen dafür, dass sie gereizt war.

»Ich war fast die ganze Nacht wach«, erzählte sie mir. »Du wirst es nicht glauben. Aber ich habe im Traum eine Botschaft geschickt bekommen. Von William de Kooning. Wir sind zusammen im Aufzug gefahren und da hat er etwas ganz Seltsames zu mir gesagt. Er hat gesagt: ›Nimm dir, was wertvoll ist. Hol dir wieder, was dir gehört.‹«

Zuerst dachte ich, das wäre ihre Art, mir hintenrum zu sagen, dass sie alles wiederhaben wollte, was sie in der *Schande der Queen* zurückgelassen hatte. Dann dachte ich, sie verarscht mich, und ich machte Witze darüber.

»Süße«, sagte ich, »ich wusste gar nicht, dass de Kooning redet wie das Orakel in *Matrix*.«

»Nein, nein, nein, ich meine es ernst, Erickson. Kapierst du denn nicht?« Ihre dunklen Augen waren auf mich geheftet. »De Kooning hat mir meine erste richtig monumentale Idee geschenkt. Und ich bin bereit dafür. Endlich kann ich mich entfalten.«

»Ich finde, du solltest noch eine zweite Meinung einholen«, sagte ich.

Aber sie hörte gar nicht hin. Sie hatte bereits entschieden, was der Traum bedeutete, und wenn ich das nicht begriff, hatte ich eben Pech gehabt.

LINCOLN REED: Nein, ich habe den Traum von de Kooning erst überhaupt nicht kapiert. Als sie mir erklärte, wie sie ihn deutete, dachte ich erst, sie macht Witze. Weil sie meinte, de Kooning hätte ihr durch diesen kleinen Traum gesagt, sie solle ihr Porträt aus dem Whitney-Museum stehlen.

»Da wäre ich lieber vorsichtig«, warnte ich sie. »Es ist eine Sache, in einem Kaufhaus ein paar teure Klamotten zu klauen oder dir als Paketdienst eine Badewanne zu beschaffen. Aber heimlich dein eigenes Bild aus einem berühmten Museum entfernen? Warum willst du die Hand beißen, die dich füttert? Und warum willst du das Risiko eingehen, dass du verhaftet wirst? Das steht dann für immer in deinem Führungszeugnis.«

»Nein, nein, Linc«, antwortete sie. »Ich ersetze das Porträt aus dem Whitney mit einem Video davon, wie ich es stehle. Ich hole mir wieder, was mir gehört. Ich nehme mir, was wertvoll ist. Ich tausche eine Kunstform gegen die andere aus. So sind hinterher alle zufrieden. Das bestmögliche Ergebnis.«

Ich sagte nur: »Gefängnis könnte auch ein mögliches Ergebnis sein.«

ADDISON STONE (aus ihren eigenen Aufzeichnungen): Ich arbeite da gerade an einem Projekt. De Kooning wusste besser als irgendjemand sonst, dass ein Künstler sich in einem ständigen Wandel befinden muss. Wir erschaffen etwas und wollen, dass die Welt es sieht, und dann wollen wir es noch einmal machen, aber mit einem ganz neuen Ansatz. Das erinnerte mich an das Zitat von Emily Dickinson, das Englischlehrer so lieben: »Sag die Wahrheit, aber sag sie verdreht.« Weil deine Wahrheit, dein Weg, immer verdreht ist. Und ich denke, ich könnte meine Verdrehtheit ganz umwerfend gestalten. Ich will mein eigener Kurator sein, mit einer Hand geben, mit der anderen nehmen. Und jetzt, wo ich diese Idee geschenkt bekommen habe, werde ich alles tun, was in meiner Macht steht, um sie umzusetzen.

DOMINICK LUTZ: Addison war ein richtiger Adrenalinjunkie. Sie tarnte ihre Sucht, indem sie es Kunst nannte. Aber als sie mit dem Plan zu mir kam, ihr eigenes Selbstporträt aus dem Whitney Museum zu stehlen – das einzige Selbstporträt, das sie je gemalt hatte – und es durch ein Video zu ersetzen, auf dem sie diesen Zaubertrick vollbringt, sagte ich sofort: »Verdammt, ja. Ich bin dabei.« Ich fand es so echt, so mutig. Es brachte mich zum Nachdenken darüber, was Diebstahl eigentlich ist. Wie bezeichnet man diesen Akt, der gemeinhin als »Diebstahl« definiert wird, wenn man ein Objekt stiehlt, das man selbst geschaffen hat? Ist das dann auch eine Straftat? Ist es Kunst?

Keine Ahnung. Es war mir auch egal.

CAMERON LUTZ: Es dauerte eine Weile, bis ich mich für Addisons Vision erwärmen konnte. Genau genommen dauerte es einen Abend, an dem ich mit Addison, Lincoln, Paloma und Dom durch die Bars zog. Am Ende willigte ich ein. Ich war – und *bin* – der vorsichtigere von uns Brüdern. Und ich bin der Techniker. Deshalb musste ich mich zuerst über die Sicherheitsvorrichtungen des Whitney Museum informieren. Schließlich nannten wir die ganze Aktion *Project #53*, weil das Addisons Platzierung in der Ausstellung war. Ihr Bild war das dreiundfünfzigste Kunstwerk. Mit dieser Nummer tauchte es in sämtlichen Sicherheitsplänen und -listen auf. Wenn ich hundert Jahre alt werde und die zehn unglaublichsten Dinge aufzählen soll, die ich je getan habe, dann steht *Project #53* mit Sicherheit ganz oben auf der Liste.

LUCY LIM: In dieser Zeit rief Addison mich ständig an. Sie schrieb mir keine Mails mehr, weil sie fürchtete, Zach würde Spione und Maulwürfe bei Bing, Yahoo und Google bezahlen, um über alle ihre Aktivitäten informiert zu sein. Aber sie rief an und erzählte mir von *Project #53*. Dass die Lutz-Brüder sich um die technische Seite kümmern würden. Manchmal sprach sie auch über das allgemeine Risiko. Sie fragte sich, ob sie vielleicht alle erwischt würden und wie die Strafe dafür wohl ausfallen würde.

Meistens war sie richtig high von der Idee.

»Endlich, Lu!« Sie schrie praktisch ins Telefon. »Endlich, Lu! Endlich!« Das kam so von Herzen, dass ich es nicht über mich brachte, ihre Seifenblase platzen zu lassen. Ich meine, wieso *endlich*? Sie war noch nicht mal ein Jahr in New York!

Aber zum ersten Mal hatte ich das Gefühl, dass sie nicht mehr gut auf sich achtgab. »Vergiss nicht, Addy: Ein Apfel am Tag und Doc Jones dich mag.«

»Nicht, wenn es der Apfel von Schneewittchen ist«, gab sie zurück.

»Ha, ha, ha. Bitte iss regelmäßig und nimm dein Z«, sagte ich dann scherzhaft und wie beiläufig. Gleichzeitig suchte ich im Internet herum, informierte mich über antipsychotische Medikamente, in der Hoffnung, Jones, Tuttnauer und die Fieldbenders würden Addy ebenso aufmerksam zuhören wie ich.

Lincoln meldete sich ebenfalls ein paarmal bei mir, weil er den Verdacht hatte, Addy könnte eigenmächtig die Dosis verringert haben. Er sagte, sie würde oft davon sprechen, sie wolle »clean« werden, also ganz mit dem Z aufhören. Aber er sagte auch, sie würde sich seinen Gewohnheiten anpassen, also keine Mahlzeiten mehr auslassen, genug schlafen und viel Fahrrad fahren. Sie fühlte sich gut und stark, und sie fand es schrecklich, dass ihre Persönlichkeit durch die antipsychotischen Medikamente gedämpft wurde. Vom Z loszukommen war für sie der letzte Schritt zur Gesundheit.

Menschen mit Addys psychischen Problemen meinen oft, wenn sie sich glücklich fühlen und beschäftigt sind und wenn die Sonne scheint und das Leben lacht, warum sollten sie dann noch diese kleinen Pillen brauchen? Sie denken, die Pillen hätten nichts damit zu tun. Vielleicht sind sie ja, hallelujah, geheilt? Dann setzen sie die Medikamente heimlich ab, und, schwupps, haben sie wieder mit ihren Dämonen zu kämpfen, noch bevor jemand merkt, dass sie vom Weg abgekommen sind. Und wenn man ein Medikament wie Zyprexa absetzt, gibt es außerdem keine Garantie dafür, dass es hinterher immer noch der richtige Schlüssel ist, um die Dämonen wieder in Schach zu halten.

Jedenfalls wünschte ich, *Project #53* wäre bald vorbei und erledigt.

MAXWELL BERGER: Ob ich von *Project #53* wusste? Nein. Ich wusste nichts davon. Erst hinterher, als ich in der Zeitung darüber las. Wenn ich Addison in einer Galerie oder bei einer Ausstellung traf, beschwerte sie sich immer noch bei mir. Sie hatte mir die *Mirror-Mirror*-Story nie verziehen, die im Februar veröffentlicht worden war. Obwohl ich offen gesagt fand, dass der Artikel ihrer Marke sehr genützt hat. Aber sie war anderer Meinung und brachte das nicht sehr respektvoll zum Ausdruck.

Addison im Gespräch mit Max Berger bei der Joaquin-Capa-Ausstellung, Frühjahr, mit freundlicher Genehmigung von Kate Volkmann

MARIE-CLAIRE BROYARD: Na ja, sie ging nicht mehr so viel weg, jedenfalls nicht abends, aber auch tagsüber nicht mehr oft. Im Winter hatten wir uns noch regelmäßig zu lustigen »Wellness«-Nachmittagen getroffen, wo ich Addison zu Elizabeth Arden schleppte und sie zu einer Maniküre, zum Augenbrauenzupfen und zu einer Gesichtsbehandlung überredete. Allgemeine Pflege eben. Im Winter ist die Haut immer so trocken.

Aber als Addison sich in *Project #53* vertiefte, gab sie das Nachtleben und auch unsere Wellnesstage auf. Früher hatte man immer darauf zählen können, dass Addison bis frühmorgens mit dabei war, und zwar jeden Tag der Woche. Trotzdem war sie am nächsten Tag immer frisch wie ein Gänseblümchen.

Eines Nachmittags wollte ich mal sehen, wie munter sie war, wenn sie *nicht* ausging. Ich klingelte bei Lincoln und musste feststellen, dass Addison seine Wohnung *total* in Beschlag genommen hatte.

»Sieh dir das an, Marie-Claire. Das ist der Grundriss vom Whitney. Damit baue ich den Raum nach, in dem mein Porträt hängt, damit wir den Film drehen können. Bitte entschuldige die Unordnung.«

»Unordnung? Das ist noch untertrieben, Addison. Du lebst in einer Müllhalde«, sagte ich zu ihr. »Und den armen Lincoln ziehst du da auch mit rein.«

»Also bitte. Jetzt übertreib mal nicht«, sagte sie.

»Marie-Claire sagt nur, was sie sieht«, rief Lincoln zu uns herüber. Und lachte nur.

Aber ich sage Ihnen, die Wohnung war völlig verwüstet. Überall lagen halb leere Schalen vom Lieferservice, Red-Bull-Dosen und Flaschen mit Vitaminsaft, schmutzige Malkittel und Notizbücher, Stapel von Zeitschriften und Kleiderhaufen. Dieses Mädchen war so was von *schlampig*.

Der arme Lincoln versuchte zu arbeiten. Er malte auf der gegenüberliegenden Seite des Lofts, aber ich fragte mich, wie er sich überhaupt konzentrieren konnte, mit dieser ganzen Addison-ität überall, die allen Sauerstoff aufzusaugen schien. Und Addison schien es gar nicht zu kümmern, was mit Lincoln war – ganz untypisch für sie. Als hätte sich etwas in ihr verschoben. Sie sprudelte nur so über vor lauter Plänen.

Ich hätte gern gewusst, was Lincoln von dieser Unordnung in seiner Wohnung hielt, aber er wirkte freundlich und verständnisvoll, der perfekte Partner eben. Deshalb hielt ich die Klappe.

LINCOLN REED: Sie vertiefte sich total darin. Sie ließ sogar Cheba für eine Weile links liegen, was ich gut fand. Aber sie ließ sich auch dieses schreckliche Tattoo stechen und das gefiel mir gar nicht.

LUCY LIM: Es gibt Dinge, die ich am liebsten ungeschehen machen würde. Und dazu gehört, dass ich Addison von Ida erzählte. Sie war erst kurz zuvor mit Lincoln zusammengezogen, und mir war nicht klar, dass diese Information sie so aus der Bahn werfen würde. Aber jetzt, wo ich den Rest meines Lebens darüber nachdenken kann, frage ich mich, ob es richtig war.

Während der Winterferien ging ich der Sache mit Ida nach. Ich schnüffelte herum und stieß schließlich in alten Volkszählungsunterlagen ganz in der Nähe von Bristol, in Dartmouth, auf einen Namen. Ida Grimes, 1899 bis 1919. Sie war mit zwanzig gestorben, mehr wusste ich nicht. Aber weil ich endlich eine Ida entdeckt hatte, dachte ich, ich sollte Addison davon erzählen.

Und das tat ich dann auch. Ich dachte, es wäre eine Bestätigung für sie, so wie es auch für mich eine war. Ein Beweis für sie, dass vielleicht doch nicht alles nur einer psychischen Krankheit entsprang. Aber warum hatte ich bloß angenommen, »Ida Grimes« würde Addy Frieden bringen? Vielleicht, weil ich den Gedanken immer furchtbar gefunden hatte, sie könnte sich Ida nur ausgedacht haben. Ein Poltergeist kam mir harmlos vor, verglichen mit den Rasierklingen in Addys Kopf.

Mir war nicht klar, dass die Büchse der Pandora dadurch nicht geschlossen, sondern überhaupt erst geöffnet wurde. Vielleicht wäre der Deckel sowieso irgendwann mal aufgegangen. Aber in diesem Frühjahr ließ Addy sich Idas Namen und die Lebensdaten hinten auf den Nacken tätowieren. Ich habe es erst in den Frühlingsferien gesehen. Und da bereute ich natürlich zutiefst, dass ich etwas gesagt hatte.

LINCOLN REED: Etwa um die Zeit herum, als Addison mit *Project #53* begann, kam Lucy zu mir und erzählte mir von ihren Schuldgefühlen wegen Ida. Sie ist so ein lieber Mensch und war immer wachsam wegen Addisons Stimmungsschwankungen. Wir simsten uns Witze, um unsere Ängste zu teilen und sie loszuwerden. Wenn Lucy und ich über Addison sprachen, über ihr manisches Verhalten, über ihr großes Talent, ihre Aktionen, ihre Betrügereien, ihre unüberlegten Tattoos, hatte ich das Gefühl, dass ich wieder klar denken konnte. Solange ich Lucys Ratschläge im Kopf behielt, konnte ich mit Addison umgehen.

LUCY LIM: Ich sagte zu Lincoln: »Tu so, als fändest du es gut. Sag Addy, in deinen Augen wäre das Tattoo ein guter Weg, ihren Frieden mit Ida zu machen. Tu so, als würdest du denken, es sei Addys Weg, Ida Grimes als Schutzengel oder Muse in ihrem Leben zu akzeptieren.« Mit diesem Blödsinn habe ich mich jedenfalls getröstet.

DR. ROLAND JONES: Nein. Von dem Tattoo auf ihrem Nacken wusste ich nichts. Das hielt sie vor mir verborgen. Tatsächlich hielt Addison, seit sie im Frühjahr mit *Project #53* angefangen hatte, ziemlich viel vor mir verborgen.

LINCOLN REED: Es war nicht nur das Tattoo. Man kam kaum mehr an Addison ran, je näher *Project #53* rückte. Sie war sehr vergeistigt und mönchisch die ganze Woche vor der großen Aktion, die am 15. März stattfand, an den Iden.

Wir beschlossen, uns gemeinsam darauf vorzubereiten. Es fing kitschig an, aber dann wurde es sehr ernst. Wir machten ein Ashram aus dem Loft. Wir sprachen nur noch ganz leise. Keine Mails, kein Telefon, keine SMS. Dabei war Addison online gar nicht aktiv. Sie hatte keine Facebook-Seite und war auch nicht bei Twitter oder Tumblr. Sie hielt solche Sachen für Ablenkung, digitale Sammelalben, die das wirkliche Leben störten und behinderten. Wir meditierten, sie machte einen Fastfood-Entzug, und wir nahmen nur noch Grundnahrungsmittel wie grünes Gemüse, Nüsse und Obst zu uns. Wir hörten gregorianische Choräle und Steve Reichs *Music for 18 Musicians* und machten bei Sonnenuntergang Yoga. Kein Licht außer Kerzen.

Das war extrem, aber ich liebte diese Nähe mit ihr. Sie war so entschlossen und unbeirrbar, was *Project #53* anging.

Sie hatte den Grundriss des Museums auf Pergamentpapier nachgezeichnet, zusätzlich zu der Kopie auf ihrer Festplatte. Außerdem lernte sie den gesamten Plan auswendig, den sie mit Cam und Dom erstellt hatte. Dort war genau aufgeführt, was wann passieren musste, sobald die Alarmanlage des Museums ausgeschaltet war. Jeden Abend vor dem Schlafen gingen wir den Ablauf durch.

Die ganze Woche schliefen wir mit dem Gesicht zueinander. Der gleiche Atem, der gleiche Puls.

»Synchronizität gibt mir Macht«, erklärte Addison. Das hat sie sogar in meinem Bad in Schönschrift über meinen Arzneischrank geschrieben. Ich schaue es jeden Morgen an, obwohl die Botschaft, seit sie weg ist, natürlich eine ganz andere Bedeutung bekommen hat.

Am letzten Morgen wachten wir auf und merkten, dass wir die ganze Nacht Händchen gehalten hatten. Wir weigerten uns, daran zu denken, was alles schiefgehen könnte. Dass der Einbruch fehlschlug und sie verhaftet würden und morgen auf sämtlichen Titelseiten wären, der Ruf zerstört und das Selbstwertgefühl im Keller. Es war ein Drahtseilakt und wir schauten nicht nach unten.

DOMINICK LUTZ: Addison hatte die laminierte Museumskarte durch eine Nachbildung ersetzt mit dem neuen Titel des Objekts, das von ihr ausgestellt war. Statt *Addison Stone: Self-Portrait* stand da nun: *Film of the Theft of the Self-Portrait of Addison Stone*. Dieses Detail fand ich super. Addison hat immer jede Kleinigkeit richtig hingekriegt, vom Aufpeppen ihrer T-Shirts bis zum letzten Pinselstrich, der ein Bild zum Leben erweckt. Sie machte keine halben Sachen.

In der Nacht von *Project #53* bauten wir ein Stativ vor ihrem Bild auf. Das Video ist ganz simpel, man sieht nur weiß behandschuhte Hände, wie von einem Butler. Das sind Cam, ich und Addison. Wir nehmen das Gemälde von der Wand und tragen es aus dem Bild. Addison sollte sich dann dorthin stellen. Ihr eigenes Gesicht auf Film, genau da, wo vorher das Selbstporträt gehangen hatte. Fünf Schläge lang, dann die Kamera per Fernbedienung abschalten. *Bumm.* Ende.

Wir wollten das Stativ stehen und den Film in Endlosschleife laufen lassen. Dann würde man anstelle des Porträts den Film sehen können, wie das Porträt gestohlen wird. Anstelle des Porträts das Subjekt des Porträts – als würde Addison für ihr eigenes Porträt Modell sitzen.

In der Nacht läuft alles wie am Schnürchen. Addison wartet wie ausgemacht fünf Schläge lang, doch dann springt sie weg, zieht eine Spraydose aus der Tasche ihres Kapuzenpullis und sprüht FUCK U, Z an die Wand. Das Ganze war absolut kindisch. Absolut unter Addison Stones Niveau. Außerdem war die Aufnahme dadurch ganze sieben bescheuerte Sekunden länger. Es passte absolut nicht zum Fluss und zur Metaebene des Films.

Danach waren Cam und ich kurz davor, Addison aus unserem Leben zu streichen. Wir hatten so viel riskiert. Und irgendwo bin ich heute noch sauer deswegen. Ich träume manchmal immer noch, dass ich sie anschreie. Sie hat uns in diese hochkünstlerische Aktion mit reingezogen, nur um das Ganze in einen Rachefeldzug gegen ihren früheren Freund zu verwandeln? Wir fühlten uns verraten.

LUCY LIM: Addys Gehirn war einfach genial. Aber ihr Herz war manchmal in der Pubertät stehen geblieben. Kann man ihr vorwerfen, dass sie Zach so hasste? Oder dass sie ihre Wut auf so eine krasse öffentliche Weise auslebte, wo sie es doch mit allem so machte? Ich wünschte, sie hätte mehr Zeit gehabt. Zeit auf der Welt, meine ich, um wirklich spektakuläre Kunstwerke zu schaffen. Addison gab nie auf. Sie hätte eine wahnsinnig einflussreiche Künstlerin werden können.

LINCOLN REED: Bis zu dem Moment, wo Cam mir den Film zeigte, hatte ich großen Respekt vor *Project #53* gehabt. Aber als ich sah, wie Ads die Nachricht sprühte – und ausgerechnet auch noch an Zach Frat –, wurde mir ganz schlecht. Das war total falsch. Erstens fand ich, dass Addison damit als Künstlerin richtig tief in die Scheiße gelangt hatte. Zweitens hatte ich das Gefühl, dass sie unsere Beziehung kaputt machte. Wenn ich eine Situation nicht bewältigen kann, laufe ich normalerweise immer weg. Und das tat ich dann auch.

STARGAZER LUZ: Mein Bruder war in einem Rutsch von New York nach Key West gefahren, um mich zu besuchten. Die ganze Ostküste runter. Er brauchte einen Tag und eine Nacht und kam etwa um drei Uhr morgens bei mir an. Wir saßen in der Küche und er schüttete mir sein Herz aus. Er erzählte, wie sehr er Addison liebe und dass er einfach nicht mit ihr umgehen könne – mit ihrer Rücksichtslosigkeit, mit ihren Forderungen, mit dem emotionalen Raum, den sie in seinem Leben beanspruchte. Er erzählte, wie sehr er Gil Cheba und Zach Frat und Max Berger hasste. Er erzählte, wie sehr ihr manisches Verhalten ihn nervte. Er erzählte, er werde ganz schwach, wenn er sich vorstelle, dass er vielleicht nie so eine große Liebe erlebt hätte wie zwischen ihm und Addison. Und zugleich sei ihm diese Liebe manchmal einfach zu viel.

My Face Is Tears von Addison Stone, mit freundlicher Genehmigung der Sinclair Corp.

Aber hauptsächlich sprach er darüber, was Addison im Whitney Museum getan hatte. Er konnte es nicht fassen, dass sie dieses Projekt nach der langen Vorbereitung und den vielen Gesprächen, nach der Selbstanalyse und den vielen Gedanken, die sie da hineingesteckt hatte, einfach in eine Zach-Rache-Aktion verwandelte.

Irgendwann schickte Addison ihm ein Foto davon, was sie mit ihrem Selbstporträt gemacht hatte. Sie hatte Augen und Mund verwischt. *»Mein Gesicht schwimmt in Tränen«*, schrieb sie ihm. »Komm zu mir zurück.«

Ich riet ihm ab. Niemand weiß, wie es ist, mit einer tickenden Zeitbombe zu leben, wenn man es nicht selbst erlebt hat. Mom und ich hatten diese Erfahrung mit Robard gemacht. Und es war schrecklich. Wirklich zerstörerisch.

MAXWELL BERGER: »Junge Künstlerin nimmt Selbstbildnis, hinterlässt Beweis« – so lautete die Killer-Schlagzeile in der *Times*. Ein Riesenskandal. Ich hätte es nicht besser inszenieren können, bis auf den Quatsch am Ende. Aber ich habe das geändert, ich habe Zach Frat herausgeschnitten. Am nächsten Tag ließ ich das Video von meinen Leuten bereinigen, damit es so war, wie es sein sollte. Addison wusste, dass die Techniker das regeln würden. Deshalb bekam auch niemand auf der Biennale Zachs Namen zu sehen. Und Addison war, wie jeder weiß, der Star des Abends.

ERICKSON MCAVENA: Nun, da Addison tot ist und die Leute sich einig sind, dass die Kunst noch ein Genie verloren hat, wird auch darüber debattiert, was von ihrem Werk bleiben wird. Darüber freue ich mich sehr. Aber als sie noch lebte, haben viele Leute sie behandelt, als wäre sie eine Kuriosität, ein dreibeiniges Zirkuspferd. Man kann Max Berger ja viel vorwerfen, aber er wusste immer, dass sie zu den Großen gehörte. Dass sie jetzt so groß ist und so verehrt wird, schon so kurz nach ihrem Tod – ich weiß nicht, ob sie darüber gelacht hätte oder ob sie sauer gewesen wäre.

ZACH FRATEPIETRO: Wenn man Addison und das, was sie ausmacht, auseinandernehmen und die vielen Einzelteile vor sich ausbreiten würde, dann würde die Maschine am Ende doch immer wieder ein Addison-und-Zach-Monster zusammensetzen. Mehr habe ich zu *Project #53* nicht zu sagen.

BILL FIELDBENDER: Während Addison sich *Project #53* ausdachte, arbeitete sie auch an einigen anderen Porträts. Sie skypte mit Arlene und mir, als sie *Exit: Roy*

Exit: Roy, Addison Stone, mit freundlicher Genehmigung der Saatchi Gallery

fertiggestellt hatte, und Max Berger verkaufte später auch ihr Selbstporträt noch einmal. Die sorgfältige Entstellung ihrer Augen und ihres Mundes verliehen ihm noch zusätzlich eine tragische Berühmtheit.

Außerdem hatte sie ganz im Geheimen einige Studien von Sophie Kiminski angefertigt. Ein oder zwei Mal machte sie Anspielungen auf diese Skizzen, aber sie war so selbstkritisch mit ihren frühen Zeichnungen, dass man davon ausgehen kann, dass sie sie übermalte und wegwarf, bis schließlich doch einmal ein fertiges Bild auftauchte.

Arlene und ich mochten das fertige *Exit: Roy* sehr. Es war ein gutes Beispiel für einen bestimmten Malstil, den Addison ausprobierte. In dem Bild ist ein unglaublich tiefes psychologisches Verständnis zu spüren. Ihr Vater sieht verwaschen aus, unsicher, abwesend. Als wäre alles, was er je werden wollte, aus ihm ausradiert worden.

LUCY LIM: Ich hatte die Skizzen von Sophie gesehen. Sie hat sie mir heimlich gezeigt. Sie waren richtig gut, aber irgendwie auch total krass. Addy wollte absolut nicht, dass Lincoln etwas mitbekam. Alle wussten, dass Sophie ein Problem mit Koks hatte und dass Lincoln es nicht geschafft hatte, sie clean zu bekommen, und jetzt stellte sich Addy immer neue Bilder von einer total zugedröhnten und gruseligen Sophie vor. Als Addy mir ein paar Bilder davon via Snapshot schickte, wäre ich fast umgekippt. Ich riet ihr, die Sache zu vergessen.

»Es ist nur so, Max möchte, dass ich ein Porträt von Sophie fertigmale«, erklärte sie mir bei einem unserer Telefonate. »Er sagt, er hätte schon einen Käufer.«

»Nein, Addy. Bring das ja nicht raus«, sagte ich. »Lincoln und Sophie haben eine gemeinsame Vergangenheit. Er will nicht daran erinnert werden. Du wirst ihn verletzen.«

»Und was ist mit mir? Ich werde doch auch verletzt. Sophie erzählt überall herum, ich hätte Lincoln nicht verdient und ich würde total überschätzt werden.«

»Sie hat Probleme. Da solltest du drüberstehen, Addy.«

Aber Addison mochte es nicht, wenn sie ihre Interessen gefährdet sah. Sophie Kiminski war aus vielerlei Gründen eine derart verbotene Frucht, dass Addison einfach nicht widerstehen konnte.

Nach der Whitney-Sache hätte Addy in ein Taschentuch rotzen und es verkaufen können. Aber ich wusste, dass sie Sophies große Klappe in den Medien verfolgte, und man konnte überall in der Klatschpresse lesen, dass Sophie wegen ihrer Kokainsucht in eine Entzugsklinik gegangen war. Und weil Gil Cheba mit ein paar Freunden von Sophie befreundet war, wusste Addy zudem aus zuverlässiger Quelle, dass Sophie Lincoln zurückgewinnen wollte, sobald sie clean war. Das befeuerte Addys Interesse nur noch mehr, Sophie auf die Leinwand zu bannen und sie sich so quasi anzueignen. Sie ahnte sicher nicht, wie wütend Lincoln darüber sein würde.

»Was bringt es dir, zwanghaft meine Exfreundin zu malen?«, wollte er wissen. »Solche Kunst solltest du nicht machen. Das ist gruselig und sensationsgeil.«

Sie rief mich an und erzählte mir von den Streitgesprächen zwischen ihnen. Natürlich hörte ich mir Addisons Meinung aufmerksam an, aber ich muss zugeben, dass ich insgeheim auf Lincolns Seite war. Es gab eine Million Menschen, deren Porträts sie malen könnte, und sie malte dieses geistlose, kaputte Mädchen? Warum konnte sie die Sache nicht einfach ruhen lassen?

LINCOLN REED: Schließlich kam es so weit, dass Addy mir schwor, sie würde nicht an einem Bild arbeiten, obwohl ich genau wusste, dass sie es doch tat. Es deprimierte mich, über die Klatschkanäle davon zu erfahren. Und später fand ich heraus, dass Berger das Gemälde klammheimlich an einen ungenannten Käufer zu einem ungenannten Preis verkauft hatte. Natürlich versuchte Addison, Bild und Verkaufspreis vor mir geheim zu halten. Sie meinte, es würde mich verletzen. Und da hatte sie recht.

Als ich über unsere Beziehung nachdachte, wurde mir klar, dass Addison in den paar Monaten, die wir zusammenlebten, erst meine Wohnung wegen der Arbeit an *Project #53* vermüllt und dann vor der ganzen Welt noch Zach Frat ins Spiel gebracht hatte. Anschließend hatte sie heimlich in ihrem Atelier in Chelsea an einigen verstörenden Porträts meiner Exfreundin gemalt – die zu der Zeit angeblich mit Zach zusammen war – und schließlich eines dieser Porträts über ihren Agenten an einen Privatsammler verkauft und alle dazu gebracht, mich darüber zu belügen.

Am letzten Märzwochenende, kurz nach *Project #53*, sollte ich in Washington an einer politischen Diskussionsrunde von CBS teilnehmen zum Thema Kriegstaktik. Einige meiner Werke über Chemiewaffen hatten gute Kritiken bekommen. Außerdem war einer meiner Halbbrüder zu der Zeit gerade im Irak-Einsatz. Offenbar glaubten die Schreibtischfuzzis, ich hätte vielleicht etwas Interessantes zu sagen über Chemiewaffen und deren Stellenwert in den Kriegen der Vergangenheit und der Gegenwart.

Mit Journalisten in einer Gesprächsrunde zu sitzen war eine große Sache für mich. So wie die Whitney-Aktion für Ads. Aber während ich für sie da gewesen war und sie unterstützt hatte, stresste Addison mich nur. Und sobald ich angefangen hatte, sie als schädlich zu betrachten, fast schon als eine Art Gift, mein persönliches Beziehungstoxin – na ja, da wurde ich den Gedanken nicht mehr los.

Obwohl ich Addison sehr liebte, wollte ich sie nicht mehr um mich haben. Ich wollte nicht mehr tagtäglich die vielen negativen Auswirkungen auf mich spüren. Ich hatte das Gefühl, als würde ich von ihr erdrückt werden, meines persönlichen Freiraums beraubt. Ich musste weg von ihr.

Addison beim Verlassen ihrer Wohnung in der Front Street 68 in Brooklyn, von Sam Jeffrey für die *New York Daily News*

X.
GETRÜBTE FREUDE

MAXWELL BERGER: Im Frühjahr suchte Addison mich auf. Das muss so Ende April gewesen sein. Es war das erste Mal, dass sie in mein Büro kam. Sie war noch nie hier gewesen. Aber nachdem sie *Exit: Roy* verkauft hatte, kam sie persönlich vorbei, um den Scheck abzuholen. Den dicksten Scheck, den unsere Buchhaltungsabteilung ihr je ausgestellt hatte. Sie war aus Lincolns Wohnung ausgezogen und hatte sich per Mietkauf eine Wohnung in der Front Street besorgt, in Dumbo, einem Viertel von Brooklyn, wo die ganzen jungen, hippen Leute leben. Sie war also wieder in Brooklyn, was ihr offenbar sehr guttat. Ich freute mich, ihr das Geld geben zu können. Natürlich hatte ich auch einen ganzen Batzen für mich behalten. Aber es gab so viele juristische Probleme wegen der Whitney-Aktion und die Anwälte und die ganzen Beratungshonorare mussten von dem Gewinn bezahlt werden. So läuft das Spiel nun mal.

Davor war Addison eine Zeit lang sehr deprimiert gewesen. Es ist kein Geheimnis, dass die Trennung von Lincoln Reed der Grund war, aber ich stecke meine Nase nicht in die Privatangelegenheiten anderer Leute. Bei diesen jungen Künstlern dreht sich alles nur um Sex, sie schlafen mit dem einen, betrügen den anderen. Da komm ich nicht mehr mit und das will ich auch gar nicht. Und als Addison mit so einem mürrischen Gesicht in mein Büro stolziert kam, wusste ich, dass sie mir sowieso den Kopf abgerissen hätte, wenn ich sie danach gefragt hätte.

Ich schenkte ihr eine Flasche Champagner, damit sie den Verkauf feiern konnte, und tat einfach so, als wäre alles bestens. Sie trug den Kopf hoch und hatte ihre Rüstung an.

Was mir von diesem Treffen am meisten in Erinnerung geblieben ist? Von dem letzten Mal, dass wir uns gesehen haben? Ich weiß noch, dass sie vor meinem Schreibtisch saß und mich nach künftigen Verkäufen und Aufträgen fragte.

Ich spürte, dass sie mir immer noch nicht recht traute. Sie hat mich regelrecht verhört. Aber das machte mir nichts aus. Ich bin schon so viele Jahre in diesem Geschäft und Addison war ein einzigartiges Talent. Im Gegenteil, ich freute mich, dass sie das wissen wollte. Manchmal ist es gut, einen Blick hinter die Kulissen zu werfen und zu sehen, wie der Hase läuft.

Am Ende unseres Gesprächs sagte ich dann noch etwas zu ihr. »Addison, meine Kleine«, sagte ich, »dir liegt die ganze Welt zu Füßen. Lass nicht zu, dass solche kleinen Scheißer wie Zach oder Lincoln oder sonst irgendjemand dir das versauen, wofür du so hart gearbeitet hast. Nimm es dir einfach. Nimm dir, was du brauchst. Nur so stehst du auch die harten Zeiten durch. Schau zuallererst auf dich, der Rest kommt dann ganz von allein.«

Sie sah mich an, mindestens fünfzehn volle Sekunden lang, bevor sie die letzten Worte sprach, die ich aus ihrem Mund hörte: »Berger, wissen Sie was? Sie können vielleicht große Töne spucken, aber Sie sind genau wie alle anderen Arschlöcher, die ich in New York getroffen habe. Ich brauche Ihren bescheuerten Rat nicht, wo Sie doch Teil meines verfickten Problems sind!«

Damit stand sie auf, nahm den Scheck, steckte die Champagnerflasche in ihren Rucksack und ging. Natürlich brachte *Bloody Sophie* beim Verkauf dreimal so viel wie *Exit: Roy*. *Bloody Sophie* ist bis heute ihr wertvollstes Bild.

LUCY LIM: Als Lincoln Addy bat, aus dem Loft in der Elizabeth Street auszuziehen, war sie am Boden zerstört – und das beschreibt ihren Zustand noch nicht einmal annähernd. Sie war total am Ende. Klar war ich sauer auf ihn, aber eigentlich konnte ich es ihm nicht verdenken. Es war unmöglich geworden, mit ihr zusammenzuleben. Aber dass sie Lincoln verlor, raubte ihr alle Kraft.

Kurz darauf hörte Addy das Gerücht – es war falsch, wie sich dann herausstellte –, Lincoln sei wieder mit Sophie zusammen. Außerdem glaubte sie, dass Zach nach *Project #53* seinen ganzen Einfluss nutzte und die Strippen zog, damit sie auf die schwarze Liste der New Yorker Kunstszene gesetzt wurde. Sie war überzeugt, er würde dafür sorgen, dass sie keine Einladungen mehr zu den wichtigen Partys bekam oder dass sie bei den bedeutenderen Vernissagen und Veranstaltungen nicht mehr auf der Gästeliste stand. Ich habe keine Ahnung, ob das stimmt, aber so zerrten ihre beiden Exfreunde auf unterschiedliche Weise an ihr.

»Komm doch eine Weile heim nach Peacedale, Addy«, bat ich sie am Telefon. »Was gibt es Schöneres als einen Frühling in Neuengland?«

»Ich habe keine Zeit«, sagte sie da. »Ich habe zu viel zu tun.«

»Du schindest dich noch zu Tode«, widersprach ich. »Deine Mutter möchte dich sehen. Und du musst dich ausruhen. Und hier in Peacedale weißt du wenigstens, dass du nichts verpasst. Hier gibt es nichts zu verpassen.«

Das Problem war, dass sie sich nie ausruhen wollte.

Und dann, haargenau am ersten wirklich perfekten Frühlingstag mit weißen und rosa Blüten überall, fand Addy die Wohnung in der Front Street. Sie schickte ihrer Mutter und mir und meiner Mutter ganz viele Bilder mit Herzen und Smileys und Sätzen wie »Parkettboden aus Ahorn« und »riesige Dusche« und »Skyline!« Und auf einmal wirkte sie so erwachsen. Dumbo war genau die richtige Gegend für sie, voller ehrgeiziger junger Leute, und sie hatte sich sofort verliebt in das Viertel. Sie hatte viel Geld mit *Exit: Roy* verdient und wollte nun zeigen, wie erfolgreich sie war. Oder dass aus gescheiterten Beziehungen und herzzerreißenden Trennungen trotzdem etwas Cooles entstehen kann.

ERICKSON MCAVENA: Ich half Addison, in die Gänge zu kommen und bei Lincoln auszuziehen.

»Hilfst du mir beim Umzug und putzt mir die Nase, wenn ich weinen muss?«, fragte sie.

»Ich bring sogar die Taschentücher mit«, erwiderte ich.

Als ich am Umzugstag bei ihr aufkreuzte, stand kein Lieferwagen vor der Tür, sondern nur ein Taxi. Dieses Mädchen besaß echt gar nichts.

»Für jemanden, der so viel klaut wie du, hast du ganz schön wenig Zeug«, frotzelte ich. Wirklich, gerade mal ein paar Koffer und ein paar Kartons. Das war's.

Teddy und ich mieteten dann am nächsten Tag einen Lieferwagen und brachten ihr alles, was sie in der Court Street zurückgelassen hatte. Von den hässlichen sonnengelben Kaffeetassen bis zu ihrem Plüschnashorn und sogar das Samtsofa. Die Badewanne blieb. Das Teil war einfach zu schwer und ungefähr so nützlich wie eine Bodenklappe in einem Kanu.

Unterschwellig aber hatte ich große Schuldgefühle. Addison wäre gerne zurück in die Court Street gezogen. Sie hatte das erste Wochenende bei uns verbracht, nachdem Lincoln mit ihr Schluss gemacht hatte. Aber inzwischen war Teddy mit eingezogen und fühlte sich rundum wohl. Außerdem hatten wir eine Untermieterin, MaryKate Harrington, die natürlich kein Ersatz war für Addison. Aber sie studierte Modedesign und zahlte eine ganz schöne Miete. Wir konnten MaryKate nicht nach nur einem Monat einfach wieder rausschmeißen. Addison wusste das, trotzdem hat sie sehr gebettelt.

»Bitte, kann ich nicht wenigstens ein oder zwei Monate bei euch wohnen?«

»Süße, das wäre nicht mehr gemütlich, und das wäre wie in einer Sardinenbüchse«, sagte ich.

»Ich weiß, ich weiß.« Dann meinte sie scherzhaft, aber auch ein bisschen sehnsüchtig: »Vielleicht könnte ich ja auf der Feuerleiter wohnen? Wir könnten ein Blechdach anbringen. Da würde ich niemanden stören.«

Das zerriss mir fast das Herz. Es tat mir so leid, dass ich ihr das alte Zimmer nicht mehr geben konnte. Ich kam mir hundsgemein vor. Deshalb war ich sehr erleichtert, als Addison so begeistert war von ihrer neuen Bleibe. Das Bad war wie in einem Nobelhotel. Um die Zeit herum beschloss Addison auch, das Atelier in Chelsea aufzugeben. Sie wollte an einem Ort leben und arbeiten. Ich fand die Idee gut.

Am Umzugstag Anfang Juni war ich dann zum ersten und letzten Mal in ihrer neuen Wohnung. Danach waren Teddy und ich nie wieder dort. Deshalb weiß ich nicht, wie sie sie eingerichtet oder ob sie den Zimmern ihren eigenen Stil gegeben hat, so wie wir es besprochen hatten. Aber an dem Abend, nachdem wir

Addison Stone in ihrer Wohnung in der Front Street, mit freundlicher Genehmigung von Lucy Lim

alles geschleppt und ausgepackt hatten, machten wir ein Picknick auf dem Boden. Ein französisches Abendessen mit einer Flasche Wein und Käse und Brot.

»Mach aus dieser Wohnung dein Zuhause, Addison«, sagte Teddy. »Kauf dir ein paar Lampen und Teppiche. Besorg dir einen Goldfisch.«

»Vielleicht klau ich auch einfach zwei riesige Ledersessel aus einem Möbelladen. Zusammen mit einem Flachbildfernseher und einem Zottelteppich«, antwortete sie. »Und dann stibitz ich noch ein bisschen Kunst aus dem Whitney.«

Als wir schließlich gingen, sah Addison so einsam aus wie die letzte Erbse im Topf. Zum Glück sollte Lucy Lim in der darauffolgenden Woche für ein paar Tage zu Besuch kommen. Aber es fiel mir schwer, mich von Addison zu verabschieden. Es war kaum auszuhalten. Teddy sagt, das sei bestimmt eine Vorahnung gewesen. Ich weiß es nicht. Ich hätte sie zurück in die Court Street ziehen lassen sollen. *Ich* hätte auf der Feuerleiter schlafen sollen. Sie war noch nicht so weit, dass sie allein hätte wohnen können, und das wusste ich. Alle wussten es.

LUCY LIM: Ich habe schon tausend Stunden damit verbracht, an meinen letzten Besuch in New York zurückzudenken. Ich suche nach den Zeichen. Spüre jedem Hinweis nach, den ich übersehen haben könnte. Dabei fing alles ganz fröhlich an. Die Prüfungswoche ist für die Abschlussklasse eigentlich ein Witz. Deshalb beschloss ich, endlich mal wieder nach Addy zu schauen, von Mittwoch bis Sonntag. Um mich mit eigenen Augen zu überzeugen, wie es ihr ging.

»Ich helfe dir, die Wohnung einzurichten«, sagte ich. »Wir können die Wände streichen.«

»Super! Eine Pyjamaparty! Wir ziehen einen Schlafanzug an und hüpfen auf meinem neuen Bett herum.«

Selbst Mom hatte nichts dagegen, dass ich dafür die Schule schwänzte. Ich kann mit Sicherheit sagen, dass Addy sich bemühte, aber dass sie nicht ganz sie selbst war. Mit *bemühte* meine ich, dass sie alles tat, um die Normalität aufrechtzuerhalten. Sie hatte meine Lieblingssachen zum Essen besorgt. Sie kaufte mir einen flauschigen Hausmantel und so süße kleine Seifen und Shampoos wie im Hotel. Sie erkundigte sich nach meiner Familie und nach meinen Freunden. Sie hörte zu, wenn ich darauf antwortete. Wir gingen spazieren und saßen im Café und redeten und redeten.

Wir gingen auch viel weg, auf ganz exklusive Partys, und ich wusste, sie strengte sich unheimlich an, es aus dem Kopf zu bekommen und nicht ständig darüber zu reden, wie sehr sie Lincoln vermisste und was für eine panische Angst sie hatte, Zach könnte ihr in den Rücken fallen und sie von sämtlichen Gästelisten New Yorks streichen lassen. Sie hatte angefangen zu rauchen, und sie war zu dünn, und das beunruhigte mich, aber da war noch etwas anderes an ihr. Eine rastlose Energie, eine Ungeduld, die sich darin zeigte, wie sie eine Gabel in die Hand nahm oder wie sie ihre U-Bahn-Karte durchzog. Aber ich konnte es nicht wirklich benennen.

»Addy, hast du das Z abgesetzt?«, fragte ich sie einmal.

»Was? Absolut nicht«, versicherte sie mir.

»Okay, und was ist mit den Zigaretten?«, fragte ich.

»Die helfen mir gegen das Lampenfieber«, erklärte sie.

Trotzdem zählte ich jeden Abend die Pillen in dem Fläschchen in ihrem Arzneischrank. Aber das brachte mich nicht wirklich weiter. Addy ahnte es wahrscheinlich und warf einfach jeden Morgen eine ins Klo. Ich machte mir auch Sorgen wegen ihres kreativen Outputs. Sie wirkte ein bisschen zu manisch auf mich. Überall Leinwände, hauptsächlich Skizzen und Studien für ihr neues Projekt *Bridge Kiss*.

Außerdem hatte sie angefangen, an die Wände zu schreiben. Auch das wirkte so rastlos auf mich. Alle möglichen Namen von Künstlern, dazu Zitate und Fragen an sich selbst. Ein paar weiß ich noch, zum Beispiel: »Was interessiert dich am menschlichen Gesicht?«, »Denkst du, deine Kunst ist eher Mainstream oder Avantgarde?«, »Wie siehst du deine Rolle als Malerin, als junger Mensch, als Frau?« Solche Sachen standen überall mit Edding an den Wänden. Als wäre sie ihr eigener Priester und würde sich die großen Fragen stellen. Nur die Antworten fehlten.

Ich kann mich noch an ein paar der Künstlernamen erinnern: Kiki Smith, Joan Jonas, Blek la Rat und mindestens noch ein Dutzend mehr. Außerdem lagen überall riesige Bücherstapel herum, hauptsächlich Kunstbücher. Sie bewahrte sogar Bücher im Backofen auf und ihre Malsachen im Kühlschrank.

Ein paarmal gingen wir mit Cheba aus. Er schien sehr nett zu sein und wirkte nie betrunken oder high, deshalb glaube ich es auch nicht, wenn die Leute sagen, er sei ihr Dealer gewesen. Nur dass Addy rauchte, das war seine Schuld. Aber ich habe nie erlebt, dass er etwas Befremdliches getan hätte; mir hat er keine Drogen angeboten, nicht ein einziges Mal.

Addy wirkte nie richtig begeistert von den Partys oder den Klubs, die wir besuchten. Sie sah ständig auf ihr Handy. Aus Neugier durchforstete ich einmal ihren Browserverlauf und stellte fest, dass sie nur Nachrichten über Lincoln suchte. Wo er steckte, was er so machte. Ich zog sie nicht auf deswegen. Das wäre zu grausam gewesen.

Als ich am Sonntag meinen Kram zusammenpackte, kam sie in mein Zimmer, setzte sich auf den Boden und brach zusammen.

»Ich drehe durch, Lulu«, sagte sie mit brechender Stimme. »Ich drehe total durch. Mein Gehirn ist wie ein riesiger Bahnhof, in dem lauter Durchsagen widerhallen, die ich nicht verstehen kann, und ich weiß nicht, welchen Zug ich nehmen soll, ich kann mich nicht entscheiden, weil es viel zu laut ist.«

»Du hast es abgesetzt, stimmt's?«, sagte ich. »Bitte sag es mir. Du brauchst eine Pause, Addy. Du musst mal weg von hier. Ich begleite dich auch. Und du musst auf die Medikamente vertrauen. Wenn das Z nicht mehr wirkt, dann musst du eben ein neues Mittel finden. Du musst deine Ärzte anrufen oder mich für dich anrufen lassen.«

Aber sie zuckte nur die Schultern. Schwor mir, sie würde das Z immer noch nehmen und es würde nach wie vor wirken. Tat alles mit einer Handbewegung ab. »Fahren wir doch im Sommer zusammen weg. Vielleicht runter zu den Keys. Da fand ich es echt cool.«

»Klar, ja, gern. Aber nur, wenn du deine Ärzte anrufst und wieder in die Spur kommst.« Das war mein Ernst. Wenn sie mich brauchte, würde ich jederzeit einen Sommer am Lake George für einen in Florida eintauschen.

Ich blieb noch den Nachmittag über. Sie war in schlechter Verfassung. Ich machte ihr Tee und ein Brot. Wir schauten uns *Titanic* an, einen unserer Lieblingsfilme. Wir liebten es, Rotz und Wasser zu heulen und zu hoffen, dass es diesmal für Jack und Rose besser ausging. Schließlich nahm ich den Abendzug. Aber ich bekam das Bild von Addy nicht mehr aus dem Kopf, die mitten in diesem leeren Loft kauerte wie ein aus dem Nest gefallener Vogel. Und dieses ganze Getöse in ihrem Kopf, das ihr auch noch von jeder Wand entgegenschrie.

Zuletzt umarmte ich sie ganz fest.

»Ich verspreche dir, ich komme in drei Wochen wieder. Ich verspreche dir, dass ich dich diesen Sommer begleite, egal wohin. Du musst nur durchhalten. Geh zu deinem Psychiater, lass dich wieder richtig auf das Z einstellen, bring dich nicht in Gefahr, und halte durch.«

»Versprich es mir noch mal, Lulu«, flehte sie.

Also versprach ich es noch einmal. Ich versprach es ihr tausend Mal: »Eh du dichs versiehst, bin ich wieder da.«

Und das hatte ich auch wirklich vor. Hundertprozentig. Tage später rief sie mich an, um mein Versprechen noch einmal zu hören. Aber ich hatte das Gefühl, dass sie mir nicht wirklich glaubte.

Das letzte Foto von Lucy und Addison, aufgenommen in New York, mit freundlicher Genehmigung von Gil Cheba

MARIE-CLAIRE BROYARD: Ich war für ein paar Monate in Paris gewesen; mein einwandfreies Französisch und meine Lippenstiftsammlung sind das Einzige, was ich mir als Erfolg anrechnen würde. Aber im Juni war ich wieder zurück. Ich hatte eine Einladung zur Modenschau drüben an der High Line. Es war eine Wohltätigkeitsveranstaltung, und sie baten Addison, als Model mitzumachen.

Addison war wun-der-schön, aber ich würde nicht unbedingt sagen, dass sie als Model ein Naturtalent war. Auf Fotos von ihr sieht man, dass sie ihren Addison-Look nie wirklich loswird. Sie schaut die Leute viel zu eindringlich an. Vor allem wenn sie eine Kamera in der Hand haben. Aber sie hatte Präsenz, das schon. Und als sie in diesem punkigen, neu interpretierten Safarioverall und in diesen unglaublich coolen Wüstenstiefeln über den Laufsteg marschierte, kreischten alle vor Begeisterung. Für das ungeübte Auge war sie immer noch das gleiche schlaue, mutige, rebellische, hübsche Mädchen. Selbst wer sie nicht persönlich kannte, hatte wahrscheinlich schon Geschichten über sie gehört. Und man spürte, wie sehr sie New York verkörperte.

Ich saß in der dritten Reihe. Auf der Bühne sah sie strahlend aus, aber später hinter der Bühne kam die Wahrheit heraus. Addison hatte noch nie viel auf den Rippen gehabt, aber so aus der Nähe sah sie, na ja ... die Knochen standen heraus, und ihre Haut hatte so eine wächserne Blässe. Vielleicht fiel es mir deswegen so auf, weil ich sie eine ganze Weile nicht mehr gesehen hatte. Gil Cheba war auch da, schwirrte um sie herum wie ein lästiger, blutsaugender Moskito und sonnte sich in ihrem Glanz. Ich fragte mich, ob sie wohl zusammen waren, und hoffte aufrichtig, dass es nicht so war. Aber das weiß bis heute niemand so genau, oder?

Addison benahm sich ganz merkwürdig. Ihre Stimme klang so aufgesetzt: »Ooooh, Marie-Claire, wie war Paris? Ich hab dich ja soooo vermisst! Wir gehen doch nach der Show noch zusammen was trinken, oder? Gil legt im Bembe auf. Wir schleichen uns zur Hintertür rein und kriegen hinten dann den besten Tisch!«

»Klingt super!« Aber ich verstellte mich auch. Sie war irgendwie aus dem Gleichgewicht, nervös, und ihre Stimme klang ganz angespannt. Ich nahm an, dass sie die falschen Drogen eingeworfen hatte. Cheba hätte ihr seinen letzten Schuss Heroin gegeben, wenn sie diesem Laster gefrönt hätte.

GIL CHEBA: Keiner von denen will zugeben, dass er Mist gebaut hat. Niemand will die Verantwortung dafür übernehmen, dass es mit Addison in diesem Sommer so steil bergab ging. Kann ja sein, dass ich die Warnsignale übersehen habe, aber es ist total lächerlich, mich als ihren Dealer zu bezeichnen, wie es Ihnen diese ganzen ach so ehrbaren Leute bestimmt einreden wollen. Und selbst wenn Addison auf ein oder zwei sorgfältig ausgesuchten Events Partydrogen genommen hatte – wer wollte ihr das verdenken? Sie hatte ein beschissenes Frühjahr hinter sich. Und jeder Arzt weiß, dass antipsychotische Medikamente kein Allheilmittel sind.

Zach Frat wetzte immer noch das Messer gegen Addison. Er suchte jeden Tag nach neuen Wegen, sie zu demütigen. Ich weiß, dass er sie von den Gästelisten für die Met Gala und für die Visionaire Party auf der Art Basel unten in Miami hatte streichen lassen. Und er erzählte jedem, der es hören wollte, Addison sei immer noch krankhaft besessen von ihm. Verbreitete so gemeine Lügen, wie dass sie nachts heulend bei ihm anrufen und ihn anflehen würde, er solle wieder zu ihr zurückkomen. Lauter solchen Quatsch eben.

Lincoln Reed war auch ein Wichser. Er zog sich total von Addison zurück. Ich bin hier also nicht der Böse. Ich habe alle möglichen blöden Gerüchte gehört, ich hätte sie auf Meth gebracht oder auf Opium. So ein Blödsinn. Ich war ein Freund, bei dem sie sich ausweinen konnte. Diese Klatschmäuler können von mir aus allen möglichen Scheiß über mich verbreiten, aber das stimmt alles nicht. In diesem Fall enthalten die Gerüchte nicht mal ein Körnchen Wahrheit.

LINCOLN REED: Ich hielt mich von ihr fern, bis ich so weit war. Aber ich war immer in der Nähe – wenn sie mich gebraucht hätte, wäre ich da gewesen. Wir wollten uns nur etwas Raum lassen. Nachdem sie mir eine kurze Nachricht wegen ihrer neuen Wohnung geschickt hatte, schaute ich eines Nachmittags im Juni einfach mal vorbei. Ich war gerade erst von einer zehntägigen Reise nach Brasilien zurückgekommen, wo ich mich verkrochen hatte, um ein Projekt abzuschließen. Ich war irgendwie ein bisschen daneben gewesen und wollte in Ruhe malen und den Kopf freikriegen. Seit Ende April hatte ich Addison nicht mehr gesehen. Ich hatte nur gehört, sie arbeite viel und feiere noch mehr. Ich hörte auch, Cheba klebe an ihr wie ein Blutegel. Ach, ich hatte so vieles gehört. Ich wollte einfach mal selbst nach ihr sehen.

Ich schickte ihr vorher eine SMS, ich sei in der Nähe und ob ich kurz vorbeikommen könnte. Sie schrieb zurück, Ja. Ich gab ihr eine halbe Stunde Zeit. Sie öffnete die Tür und *Bumm!* – es war, als wäre nie etwas passiert zwischen uns.

»Was geht, Reed?«

»Was geht, Ads?«

Ihr Lächeln blühte auf. Wie immer. Sie erstrahlte förmlich in diesem Lächeln. »Ich möchte dich malen«, sagte sie.

»Ich möchte dich halten«, sagte ich.

»Ich möchte dich behalten«, sagte sie als Nächstes und lachte.

Sie sah zerbrechlich aus, aber trotzdem wunderschön, in einem dieser alten Kittel, in denen sie immer malte, lang und weit und voller Kleckse, sie hatte Farbspritzer an den Händen und überall an ihren langen, schönen Fingern.

Wir verbrachten den Nachmittag zusammen. Von der ersten Minute an war klar, dass es passieren würde. Wir waren nicht getrennt. Was mich anging, waren wir nie wirklich getrennt gewesen. Es war alles nur viel zu schnell gegangen. Wir waren zu schnell zusammengekommen und hatten uns dann zu schnell wieder voneinander entfernt. Nun würden wir uns lieben und uns bemühen und unsere Beziehung wieder ins Lot bringen. Wir wussten, wir könnten es schaffen.

Ich weiß noch, wie ich mit ihr im Bett lag, sie küsste und auf ihr Gesicht hinuntersah. Sie war wie eine Erscheinung, ein Nachtengel mit schwarzen Haaren, die sich auf dem Kissen kringelten, und mit diesen glänzenden, Funken sprühenden Augen. Ich hatte das Gefühl, als würde ich verbrennen in ihrer Hitze.

»Lass uns noch mal von vorn anfangen«, sagte sie. »Aber diesmal ziehst du hierher. Zu mir.«

»Nein.« Nichts in meinem Leben ist mir je so schwergefallen, wie das zu sagen.

Völlig niedergeschmettert sah sie mich an.

»Ich will dich sehen. Unbedingt«, sagte ich. »Aber du hast mich zu tief verletzt. Ich muss erst einen Weg finden, damit klarzukommen. Und ich will nicht, dass du nur mit mir zusammen bist, weil du nicht allein sein kannst. Diese Rolle will ich in unserem Leben nicht haben.« Da wurde sie furchtbar traurig und gab sich selbst die Schuld.

»Niemand will bei mir bleiben«, klagte sie. »Ich bin zu kaputt. Die Leute sehen meine Narben, die Pillen, und dann rennen sie weg. Ich mache ständig Fortschritte, aber dann baue ich Mist, und alles ist wieder kaputt.« Sie weinte und konnte gar nicht mehr aufhören. Sie schien fast verwundert zu sein darüber. Als wäre dieser Heulkrampf wie ein Sturm ohne Vorwarnung über sie hereingebrochen. Ich kann es nicht genau erklären, aber ich wusste nicht, wie ich damit umgehen sollte.

Weil mir nicht die richtigen Worte einfielen, blieb ich einfach bei ihr und hielt sie die ganze Nacht in den Armen. Bei Tagesanbruch sagte sie: »Heute ist Lulus Abschlussfeier an der South Kingstown High. Wie wär's, wenn wir nach Rhode Island fahren?« Ich wollte sie ungern allein lassen und hatte auch Lucy schon eine ganze Weile nicht mehr gesehen. Außerdem war ich noch nie bei Addison zu Hause gewesen, und auf einmal schien es mir, als könnte das ein interessanter Tag werden. Deshalb stiegen wir in mein Auto und fuhren nach Peacedale.

LUCY LIM: Ich wachte morgens auf, und auf meinem Handy leuchteten lauter Nachrichten auf:

»Wir sind auf dem Highway!«

»Wir haben gerade angehalten und uns Kaffee geholt!«

»Wir sind schon so nah, dass wir die Pfannkuchen deiner Mutter in der Pfanne riechen könnten!«

Oh mein Gott! Ich kreischte auf. Ich war ganz kribbelig vor Freude. Ich hätte nie gedacht, dass Addy zur Abschlussfeier unserer Highschool kommen würde. Und vor allem hätte ich nie gedacht, dass es das letzte Mal sein würde, dass ich sie sah.

CHARLIE STONE: Als meine Schwester an dem Tag zu uns in die Highschool kam, ist die ganze Schule ausgeflippt. Sie sah ganz anders aus als alle anderen Schwestern. Sie hatte einen riesigen schwarzen Strohhut auf, trug ein winziges weißes Kleid und einen irre langen lila Schal, den sie x-mal um den Hals gewickelt hatte und der trotzdem neben ihr am Boden schleifte. Lincoln und sie waren die größten Berühmtheiten, die wir je gesehen hatten. Und man wusste, dass sie Berühmtheiten waren, auch wenn man sie nicht kannte. Alle spürten die Aufregung von der ersten Sekunde an.

Nach der Feier standen die beiden auf der Schulwiese herum. Die Leute schoben und drängten sich, um dichter an sie ranzukommen. Selbst Leute, die gar nicht wussten, wer meine Schwester war, hielten das Handy in die Höhe und machten Fotos von ihr. Man muss das verstehen. Die South Kingstown High ist eine winzige Provinzschule, wo die Mensa bis vor ein paar Jahren noch als Aula diente. Addison war der Hit, das Größte, was hier je passiert war, und alle meine Freunde – und sogar Leute, die ich gar nicht kannte – bedrängten mich die ganze Zeit: »Stell mich vor, bitte, stell mich vor!«

Addison machte alles geduldig mit. Nach einer Weile setzte sie eine riesige Sonnenbrille auf. Sie hatte einfach zu viele Fans vor der Nase.

»Alles okay?«, fragte ich immer wieder.

Und ich hörte Lucy flüstern: »Mein Jeep steht um die Ecke, Addy. Wir können jederzeit abhauen.«

Aber Addison war cool. Sie gab Autogramme. Die Kids stellten ihr Foto ins Netz, twitterten, betatschten sie, um sich in ihrem Glanz zu sonnen. Sie machte alles bereitwillig mit. Vielleicht, weil Lincoln neben ihr stand?

Ich war mit Addisons Geistern und Schatten aufgewachsen und rechnete schon fast damit, dass sie plötzlich wegrennen würde. Aber an dem Tag war sie die öffentliche Addison. Auf Hochglanz poliert und strahlend. Und irgendwann hörte ich auf, mir wegen ihr Sorgen zu machen. Ich war einfach nur stolz, wie extrem gefasst sie war.

Hinterher fuhren wir alle zu uns nach Hause, damit sie Mom und Dad begrüßen konnte. Sie blieb nicht lange. Lincoln und sie wollten in Newport übernachten, weil sie noch mal in die Green Hall gehen wollte. Sie lud mich ein mitzukommen, sie wollte wirklich, dass ich mitkomme, und wenn ich gewusst hätte, dass es das letzte Mal ist … sehen Sie, ich dachte, ich könnte Addison noch mein ganzes Leben lang sehen. Ich hatte mich schon mit ein paar Freunden verabredet. Sie war auch ein bisschen angespannt, weil sie wieder zu Hause war. Deshalb sagte ich, ich würde sie demnächst in New York besuchen kommen. Sie küsste mich zum Abschied und gab mir dreihundert Dollar. Drei druckfrische Hunderter-Scheine. Ich wünschte, ich hätte sie noch, aber am nächsten Tag bin ich los und habe Bier gekauft und neue Sportschuhe.

ROY STONE: Wer zahlt, schafft an. Wir bekamen eine SMS von Addison, sie würde später noch kurz vorbeischauen. Aber höchstens zwanzig Minuten. Natürlich hinderte das ihre Mutter nicht daran, zum Laden zu rennen und den ganzen Vormittag in der Küche zu stehen und Lasagne zu machen. Wir hätten so gern mit ihr gegessen. War das zu viel verlangt? Wir wollten auch etwas Zeit mit diesem Jungen verbringen, diesem Lincoln Reed, den wir bisher nur aus dem Internet kannten und von seinem Interview in dieser Talkrunde.

»Tut mir leid, aber ich kann nicht bleiben«, sagte sie. »Ich hab noch zu tun.«

»Deine Mutter wird sehr enttäuscht sein, Addison.«

»Freut euch einfach, dass ich überhaupt vorbeikomme. Diese Bruchbude bringt mir nur meine Albträume zurück«, sagte sie, und ihre Stimme klang richtig hart.

Natürlich war ich sauer. Es war einfach ein Schlag für Maureen, das zu hören. Außerdem gehörte uns das Haus, vom Keller bis zum Dachboden. Das können nicht viele Kinder über das Haus, in dem sie aufgewachsen sind, sagen. Ich versuchte, mir nicht anmerken zu lassen, wie gekränkt ich war. Ich wollte Maureen schützen. Aber es war ein schwieriger Besuch. Auch wenn sich zum Abschied alle umarmten.

Und dann war sie weg.

Von: **Addison Stone** addisonstoneart@gmail.com
Datum: 16. Juli, 03:34
Betreff: xoxo
An: Lucy Lim lucygracelim@gmail.com

Lulu, wäre es nicht toll, wenn jeder Tag so sein könnte wie bei der Abschlussfeier?
Dich da oben stehen zu sehen ... Du hast es geschafft! Nie wieder SK!
Der allerbeste Tag überhaupt.
Ich war fast ein bisschen wehmütig, als die Dengler-Beere mich umarmt hat. Aber nur fast. Nicht wirklich.
Sie ist immer noch eine blöde, aufgetakelte falsche Schlange.
Wetten, nächstes Jahr ist sie schwanger?

Der ganze Glitter verflog, als wir in die Stadt zurückkamen. Lincoln setzte mich zu Hause ab, und ich wollte gern, dass er die Nacht über bei mir bleibt, aber er wollte nicht…
Nachdem er weg war, wollte ich nicht allein sein.
Marie-Claire schleppte mich auf eine Party, und – war ja klar – Zach war da.
Also: Ja.
Und zu deiner Frage: Was du im Internet gelesen hast, stimmt. Nur war es nicht mal halb so schlimm, wie sie es darstellen.
Ich sagte ein paar dumme Sachen und Zach sagte ein paar noch dümmere Sachen.
Cheba versuchte zu vermitteln, aber dann hatte ich einen klitzekleinen Ausraster.
Ich wünschte, es wäre nicht so gewesen.
Aber ich bereue nicht, dass ich den Teller geworfen habe.
Jeder sollte wenigstens einmal im Leben einen Teller an die Wand werfen.
Bei Zach zeige ich mich wirklich immer von meiner schlimmsten Seite.
Und ich weiß genau, dass Lincoln davon gehört hat.
Er reagiert nicht auf meine SMS.

Heute Abend bleibe ich zu Hause.
Ich gehe nie wieder aus.
Lektion gelernt.
Irgendwie.
x!o!

LINCOLN REED: Der Ausflug nach Rhode Island war einfach himmlisch. Wir übernachteten in Newport. Am nächsten Tag spazierten wir herum und gingen in die Green Hall. Sie zeigte mir, wie sie die Kronleuchter-Aktion durchgeführt hat. Wir aßen in einem Restaurant namens Black Pearl, dann fuhren wir zum Strand und schauten den Sonnenuntergang an. Es war wie ein Traum. Es fühlte sich nicht an wie die Realität.

Und es war auch nicht die Realität. Die Realität sah so aus, dass ich keinen Platz hatte für Addison, die mit Warpgeschwindigkeit wieder in mein Leben gestürmt kam. Ich fing gerade mit einem neuen Projekt an, eine ziemlich ambitionierte Sache. Damals hatte ich nur die vage Idee, dass es um Stadtplanung gehen sollte. Ich hatte überall in meiner Wohnung vergrößerte Stadtpläne und Luftaufnahmen aufgehängt. Meine Gedanken kreisten unaufhörlich darum.

Ich konnte nicht mehr mit Addison zusammenleben. Und mit dem ganzen Mist, den sie mitbrachte. Ihr Chaos und ihre Anfälle, ihre Freunde und ihre langen Nächte. Und dann war da natürlich noch Gil Cheba. Zu der Zeit bekam man die beiden nur im Doppelpack. Das Leben mit ihr war schon schwierig genug, aber unter einem Dach mit ihm – das konnte ich einfach nicht.

An dem Abend, als wir aus South Kingstown zurückkamen, wollte ich nach Hause und noch arbeiten. Sie sagte, sie hätte auch noch was zu tun. Dann kam Cheba und überredete sie, zu so einer blöden Party zu gehen. Am nächsten Tag erfuhr ich, dass sie und Zach sich öffentlich gezofft hatten. Ich dachte nur … okay, geht das schon wieder los. Ich war total enttäuscht.

Zach war ein wunder Punkt, schon immer. Aber jedes Mal, wenn ich ihre Namen zusammen in der Presse sah, versetzte es mir einen Stich, und das konnte ich nicht gebrauchen. Auf keinen Fall. Ich brauchte Abstand zu dem, was zwischen uns passiert war.

Addisons strahlendes Licht lockte mich einfach immer wieder zu ihr zurück. Ich war verrückt nach ihr. Vor allem nach unserem Ausflug nach Peacedale. Wie sie da stand mit dem riesigen Hut, dem breiten Lächeln und ihrer riesigen Sonnenbrille, wegen der ich sie immer aufzog, weil sie damit aussah wie eine Fliege. Ich sah sie an und dachte: *Das ist das umwerfendste Mädchen, dem ich je begegnet bin. Ich liebe sie. Ich kann nicht genug kriegen von ihr.* Aber ich schaffte es nicht, sie zu retten. Und ich hatte das Gefühl, die Anstrengung würde mir meine ganze Kraft rauben.

JACK FROEK: »Zach Frech«, so lautete die Schlagzeile. Ja, ich war da. An dem Abend war Addison total geladen. Sie hat mehr als nur einen Teller geworfen, bestimmt sechs oder sieben, und dann noch ein paar Sektgläser. Sie und Zach haben den Klub regelrecht verwüstet.

Ich hatte Addison monatelang nicht mehr gesehen, seit Silvester. Sie hatte sich verändert. Das war keine Elfe mehr in einem Aluminiumkleid. Kein freier Geist. Die Addison an dem Abend war voller überschüssiger Energie, total außer Kontrolle, und vor lauter Wut auf Zach verhielt sie sich genau wie er. In dieser Nacht kämpften zwei Narzissten darum, im Rampenlicht zu stehen. Zwei verwöhnte Gören, die mit Spielsachen warfen.

DR. EVELYN TUTTNAUER: Der 25. Juni. Er steht in meinem Terminkalender. Ein Montag. Und der allererste Telefontermin, den sie je verpasst hatte. Natürlich versuchte ich, einen neuen Termin auszumachen. Ich bemühte mich sehr. Es wäre auch ein Verstoß gegen den hippokratischen Eid gewesen, wenn ich nicht alles in meiner Macht Stehende getan hätte, um meiner Patientin in einer Krise zu helfen.

DR. ROLAND JONES: Addison war sehr, sehr gut darin, ihre Krankheit zu verbergen. Sie gab vor, sie stecke bis zum Hals in Arbeit. Sie hinterließ mir lange Nachrichten, in denen sie bereitwillig mehrere Ersatztermine vorschlug, an denen wir unsere Sitzung nachholen könnten. Deshalb dauerte es noch einmal zehn Tage, bis bei mir die Alarmglocken schrillten. Unglücklicherweise. Hätte ich mich nicht so täuschen lassen von ihr, hätte ich sicher viel früher eingegriffen.

ZACH FRATEPIETRO: Max Berger machte viel Geld mit Addison. Er versprach meiner Mutter ein Vorkaufsrecht auf Addisons nächstes Bild, wenn sie mir einen Maulkorb verpasste. Berger fand, Addisons Produktivität leide, weil sie sich zu viel mit mir beschäftigte. Und meine Mutter sah das offenbar genauso.

Haben Sie gewusst, dass ich nach dem Streit mit Addison zu uns nach Hause zum Rapport einbestellt wurde? Von meiner eigenen Mutter? Im Beisein ihrer persönlichen Assistentin und mit meinem Vater, der über Lautsprecher aus der Toscana zugeschaltet war?

»Aber gern«, sagte ich zu ihr. »Natürlich lasse ich Addison in Ruhe. Ich habe eine neue Freundin.«

Echt unverschämt. Sie gaben mir das Gefühl, als wäre ich wieder zwölf Jahre alt. Ich fand es unmöglich, dass sie glaubten, sie könnten ein Kontaktverbot verhängen. Das war zum einen total unprofessionell. Außerdem hatte ich absolut keine Lust auf so ein Gespräch.

CARINE FRATEPIETRO: Ich möchte noch einmal klarstellen, dass meine Anwälte mir geraten haben, nicht zu ausführlich über dieses Thema zu sprechen. Aber ja, natürlich hoffte ich, dass dieses absurde Theater zwischen Addison und Zach irgendwann einmal in Bedeutungslosigkeit versinken würde.

Addisons Talent drängte nun mit aller Macht ans Licht. Ich hatte schon von ihrem neuen Werk mit dem Titel *Bridge Kiss* gehört. Berger hatte mir ein paar Fotos gemailt, die sie ihm von den Entwürfen geschickt hatte. Die Gesichter und Gestalten waren nicht mehr realistisch dargestellt und das Thema war nicht mehr konkret. Die Brücke war verdichtet und doch fragmentarisch, die menschlichen Subjekte waren zerbrechlich und doch klar umrissen. Die Zeichnungen waren intuitiv und durchdacht, nuanciert und gekonnt. In ihnen zeigte sich alles, was Coulsen ihr zuvor abgesprochen hatte.

Ich mische mich ungern in Herzensangelegenheiten ein. Ich mag es nicht, wenn ich meinem Kind Beschränkungen auferlegen muss. Aber das Addison-

und-Zach-Theater wurde langsam allen zu viel. Und ich fand, dass mein Sohn dafür die Verantwortung trug. Ich liebe Zach, aber er hat keine – wie soll ich das nur sagen? – *bedeutende* Stellung in der Kunstwelt. Seine Verbindung mit Addison schadete ihrem Namen und ich hatte in diesen Namen investiert. Deshalb machte ich ihm meine Wünsche unmissverständlich klar.

MARIE-CLAIRE BROYARD: Addison lud mich zum Sushi-Essen ein und hinterließ mir dazu mehrere Nachrichten, was sonst gar nicht ihre Art war. Also verabredeten wir uns. Ich machte mir Sorgen um sie. Und das aus gutem Grund. Zwischen Meeresalgensalat und Maki gestand sie mir, dass sie ihre Medikamente schon vor mehreren Wochen abgesetzt hatte. Dann sagte sie, Ida würde sie von der anderen Straßenseite aus beobachten. Ich weiß noch, dass mir die Stäbchen aus der Hand fielen, während ich versuchte, meine Reaktion zu verbergen – was mir jedoch nicht gut gelang. Aber es war schrecklich, das zu hören.

Ich hatte allerdings schon geahnt, dass sie mit dem Z aufgehört hatte. Ich hatte es schon vor ein paar Wochen bei der Modenschau bemerkt. Auch wenn Addison in jeder Hinsicht zu zeigen versuchte, dass sie gesund war. Sie erinnerte mich viel zu sehr an meine Mutter mit ihrem unsteten Blick, ihren rastlosen Händen und ihrem zusammenhangslosen Gerede. Bei dem Abendessen dann zeigte sich ihr Abdriften noch deutlicher. Sie redete völlig wahllos über alles Mögliche, über Bilder, die sie plante, und über Reisen, die sie mit ihrer alten Freundin Lucy unternehmen wollte. Und über Fernsehsendungen, hauptsächlich Dokumentationen, die sie machen wollte.

Sie erzählte mir auch, sie hätte mehrere Hellseher aufgesucht und sogar einen Traumdeuter und alle seien viel klüger als ihre Psychiater. Sie erzählte, Lucy und Erickson würden sie auslachen, weil sie an so etwas glaubte. Aber die Hellseher hätten versprochen, dass Lincoln zu ihr zurückkommen würde.

»Ich warte auf den richtigen Traum, auf den richtigen Weg, ihn zurückzubekommen. Träume, Zahlen, Abfolgen – das ist alles total wichtig, sie machen den geheimen heiligen Code des Universums aus, und dabei achten wir gar nicht auf sie, findest du nicht auch, Marie-Claire?«

»Was für eine schöne Vorstellung, Süße.« Und das Herz wurde mir schwer. Das war nicht die Addison, die ich kannte.

»Ich gehe wieder zurück an die Schule«, erzählte sie mir als Nächstes. Und ich weiß noch genau, wie tröstlich ich das fand. Es war so ziemlich das einzig Vernünftige, was sie während des ganzen Essens von sich gegeben hatte.

»Ja, ja, ja!« Ich klatschte in die Hände. »Geh wieder auf die Schule, Schatz.

Du darfst dich nicht nur auf Träume und Hellseher verlassen. Du brauchst viel mehr als das. Lehrer, Mentoren, neue Gedanken. Das wird bestimmt ganz toll.«

Aber sie hörte mir gar nicht zu. Sie war schon wieder bei einem neuen Thema. Es war ziemlich verstörend. Als ich nach Hause kam, rief ich sofort Erickson an.

DR. EVELYN TUTTNAUER: Ich fuhr zwei Mal nach New York, um Addison aufzusuchen. Sie hatte jedes Mal einen Termin vereinbart, aber das war nur ein Vorwand gewesen, sie hatte nicht vorgehabt, ihn einzuhalten. Das war, nachdem sie Roland versetzt hatte. Wir telefonierten und überlegten, ob vielleicht die Tatsache, dass ich so einen langen Weg auf mich nahm, sie dazu bringen könnte, zu erscheinen. Aber nein. Beide Male versetzte sie mich. Auch bei Roland war sie von der Bildfläche verschwunden, obwohl sie ständig Telefon-Pingpong mit ihm spielte.

Natürlich waren wir alle sehr besorgt. Ich habe ihren Eltern immer wieder eine Nachricht hinterlassen. Ich rief bei den Lims an, ich sprach mehrmals mit Erickson McAvena. Ich rief Arlene und Bill an. Und ich kontaktierte sogar Max Berger. Ich riet ihrer Mutter, dass jemand zu ihr fahren sollte, ein Familienmitglied oder ein enger Freund, um herauszufinden, was los war.

LUCY LIM: Addison kannte den Plan. Zuerst musste ich zwei langweilige Wochen mit Dad am Lake George überstehen – ich hatte es nicht übers Herz gebracht, ihm abzusagen –, dann sollte es nach New York gehen. Addison arbeitete noch an *Bridge Kiss*, deshalb wollten wir im August fahren. Zuerst wollten wir eine Woche lang zu den Keys fahren, weil sie es dort so schön fand. Dann wollten wir vielleicht noch nach Nova Scotia. *Anne auf Green Gables* war das einzige Kinderbuch, das wir beide gern gelesen hatten. Es war so eine Art Traum von uns.

Mom war im Juli auch weg, auf einem kleinen Trip nach Hawaii mit ein paar Freundinnen. Uns beiden war bewusst, dass Addison nicht in der besten Verfassung war, und wir überlegten hin und her, ob wir nicht einfach unsere Pläne über den Haufen werfen und ins Auto springen und sie holen sollten.

Wenn, wenn, wenn. Es wird bestimmt noch viele andere Wenns in meinem Leben geben, aber *wenn* ich doch nur im Juli zu Addy gefahren wäre – das ist das größte Wenn, an dem sich alle anderen relativieren.

CAMERON LUTZ: Eines Morgens mitten im Sommer kam Addison bei Paloma und mir vorbei. Es sollte wieder ein brütend heißer Tag werden, an dem man keinen Fuß vor die Tür setzen will und wo sich die feuchtkalte klimatisierte Luft in der Wohnung anfühlt wie eine dünne Schicht zwischen dir und der Hölle. Auf einmal stand sie da. Sie sei noch gar nicht im Bett gewesen, sagte sie, und das glaubte ich ihr sofort. Sie hatte ihren Arbeitskittel an und sie roch nach kaltem Zigarettenrauch. Sie sah richtig wild aus, wie ein Waldwesen oder ein Kobold. Sie war wahnsinnig dünn und müde und gereizt. Ich sagte, sie würde aussehen, als bräuchte sie etwas Schlaf und ein gutes Frühstück. Sie sagte, sie bräuchte eigentlich nur Kaffee.

Also setzte Paloma eine Kanne auf. Dann sagte Addison, ich solle alles aufnehmen, was sie sagte, weil es so wichtig wäre. Ich tat so, als würde ich das tun, dabei hatte ich keinesfalls vor, Addisons wirres Geschwafel aufzuzeichnen. Sie redete nur davon, dass wir unbedingt einen neuen Raubzug unternehmen müssten, weil der Kunstmarkt völlig ausgelutscht wäre und nichts mehr einen Wert hätte.

Als sie vier Tassen Kaffee später wieder gegangen war, taten Paloma und ich es irgendwie mit einem Lachen ab, aber wir waren auch beunruhigt. Wir mussten an den Abend denken, als wir sie kennengelernt hatten, an ihre Narben und an das erste Bild von Ida, das sie für uns gezeichnet hatte. Und daran, dass sie immer zu dicht am Abgrund stand, auch wenn es ihr gut ging.

Ich schickte Lincoln eine SMS. Nur um ihn zu warnen. Ich wusste, dass er sie immer noch sehr gernhatte.

»Sie kann ein richtiger Albtraum sein, aber sie gehört trotzdem zu uns«, sagte Paloma. Und genau so empfand ich es auch. Dann schrieb Lincoln zurück, er sei wieder in Brasilien, und da rutschte uns beiden das Herz in die Hose.

LUCY LIM: Jedes Mal wenn ich mein Handy in die Hand nahm, hatte ich sechzehn, siebzehn Nachrichten von Addy. Sie schien die Mailbox gar nicht als Hindernis zu betrachten – sie redete, bis der Piepton kam, rief noch mal an und redete weiter. Sie wollte einfach, dass ich nach New York kam. Darauf liefen alle Nachrichten von ihr hinaus. Dass sie einsam war.

Ich hatte einen Job in einem Hotel am Lake George bekommen, wo ich mir als Bedienung die Füße wund lief. Es war nicht gerade lustig, aber ich hatte ein Leben, wissen Sie? Ich bekam viel Trinkgeld und ich hatte gerade einen Jungen kennengelernt, Marcus. Wir sind immer noch zusammen. Man könnte also sagen, ich war gerade dabei, mich zu verlieben. Ich will damit sagen … zum denkbar schlechtesten Zeitpunkt, wo ich eine Entscheidung treffen musste, habe

Addison in ihrer Wohnung, mit freundlicher Genehmigung von Gil Cheba

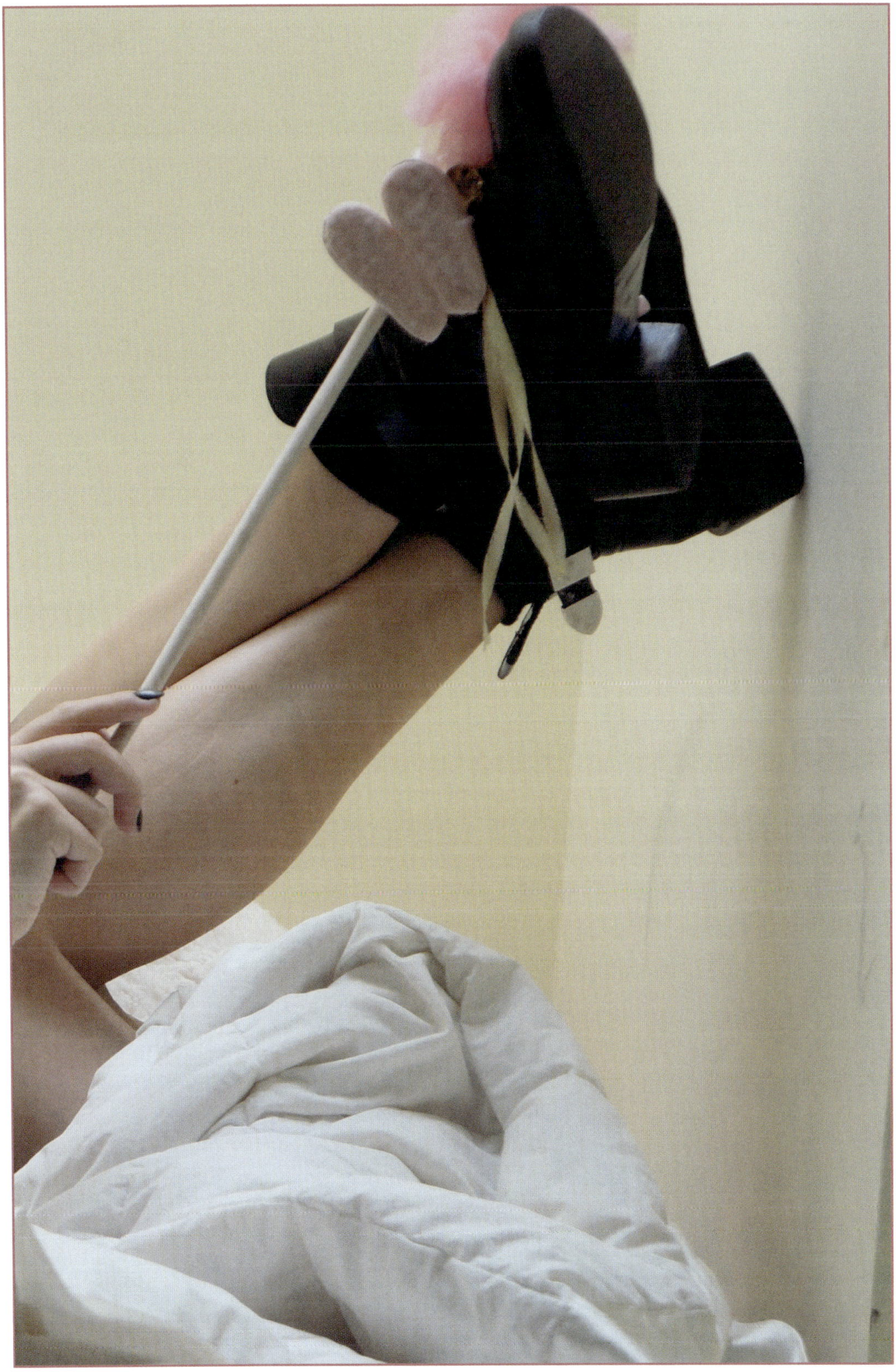

ich entschieden, dass sich mein Leben nicht immer nur um Addison drehen kann.

»Ruf mich um Mitternacht an, wenn meine Schicht zu Ende ist«, sagte ich zu ihr.

Aber bis dahin hatte sie mir sechs weitere Nachrichten hinterlassen. Sie arbeitete entweder ganz intensiv an *Bridge Kiss* oder war mit Cheba unterwegs. Um vier Uhr morgens rief sie wieder an. Sie fing an, von Ida zu erzählen und dass Ida sie zu *Bloody Sophie* inspiriert habe. Worauf ich sofort bei Dr. Tuttnauer und Dr. Jones anrief, die sich ebenfalls Sorgen machten, weil sie auch ihnen lange Nachrichten hinterließ, obwohl sie dann lauter Ausreden erfand, um Dr. Jones nicht persönlich zu treffen oder auch nur ein Therapiegespräch am Telefon mit ihm zu führen.

Es war schwer, Marcus das alles zu erklären. Er fand es ziemlich seltsam, da ich meine Zeit damit verbrachte, mit den Psychiatern meiner besten Freundin zu reden. Ich verstand natürlich, was er meinte. Ich wollte nicht von Addisons Problemen vereinnahmt werden. Ich wollte mit meinem Freund zusammen sein und Geld verdienen und meinen gewohnten Sommerurlaub bei Dad haben, ich wollte nicht, dass Addison den Löwenanteil meines Lebens beanspruchte. Vielleicht wollte ich einfach zu viel.

GIL CHEBA: Irgendwann im Juli rief sie mich sehr spät abends noch an. In dem Monat rief sie mich ständig an. Ein schrecklicher Fall von Telefonitis. Jedenfalls war es mitten in der Nacht. Sie hatte die fixe Idee, dass eine Frau sie verfolgte. Ich kämpfte mich im Halbschlaf in ein paar Kleider, suchte mir ein Taxi und fuhr rüber nach Brooklyn, wo ich Addison völlig verwirrt in einer Ecke ihrer Wohnung kauernd fand. Offenbar hatte sie stundenlang gearbeitet. Die ganze Wohnung roch nach abgestandener Luft und nach alter Pizza.

»Vor zwei Minuten ist sie weg! Sie ist den Flur runtergerannt und sitzt jetzt auf der Feuerleiter. Sie hat ein Messer! Bitte, such sie, Gil.«

»Mein Gott, ein Messer? Was soll das, Addison? Wer ist sie? Wohnt sie bei dir im Haus? Wir müssen die Polizei rufen!«

»Nein, noch nicht. Bitte jag sie weg, bevor sie mich umbringt!«

Dumm wie ich war, durchsuchte ich mit klopfendem Herzen das ganze Gebäude, Stockwerk für Stockwerk. Das dauerte über eine Stunde, und eigentlich hätte ich gern die Polizei angerufen, aber Addison wollte nichts davon hören.

Da fragte ich mich, ob Addison wohl irgendwie Ärger mit dieser Frau gehabt hatte. Oder ob es diese Frau überhaupt gab. Vielleicht hatte Addison nur einen schlechten Trip erwischt? Ich habe schon unzählige Leute nach irgendwelchen illegalen Mischungen ausrasten sehen, aber ich bekam nicht heraus, was für einen Cocktail Addison eingeworfen haben könnte.

Und ich nehme mal an, dass eine merkwürdige Art makabre Ironie darin lag, dass sie sich so benahm, weil sie ihre Drogen *abgesetzt* hatte.

Erst viele Monate später erfuhr ich, dass Addison öfter bei ihren Nachbarn geklingelt und sie gebeten hatte, nach dieser angeblichen Verrückten namens Ida zu suchen, die schon seit über hundert Jahren tot war. Ich war auf der Suche nach einem Phantom aus Addisons Fantasie gewesen.

Aber ich werde nie die Angst in ihren Augen vergessen. Deshalb habe ich auch nie an der Existenz dieser Frau gezweifelt. Sie schien mir genauso real wie Addisons Furcht.

Bloody Sophie von Addison Stone, mit freundlicher Genehmigung von Carine Fratepietro

XI.
ALL THE CHILDREN ARE INSANE

Von: **Addison Stone** addisonstoneart@gmail.com
Datum: 28. Juli, 16:58 Uhr
Betreff: nach dem Lesen löschen
An: Lucy Lim lucygracelim@gmail.com

Ich habe die Nachrichten abgehört, mit denen du auf meine Anrufe geantwortet hast. Aber ich schreibe lieber, weil ich das Gefühl habe, dass ich am Telefon immer wie besessen bin.
Deshalb hab ich es weggeworfen.
In den Müll.
Und da liegt es jetzt.
Ich gebe der Hitze die Schuld. Gestern waren es fast vierzig Grad. Heute auch.
Ja ja ja, Kniffel, du hast gewonnen.
Ich hab das Z wirklich abgesetzt. Aber Lulu, ich will das Leben einfach ohne ein künstliches Wohlgefühl in meinem Blut in Angriff nehmen.
Ich verspreche dir, es war die richtige Entscheidung, gesund und vernünftig.
Aber es ist süß, dass du dir Sorgen machst.

Es geht mir nicht so mies, wie du denkst.
Es fühlt sich ganz normal an. Die richtige Art Schmerz. Trennungsschmerz.
Beide Beine und der Kopf sind noch im Spiel.
Und das ist gut.
Ich möchte *Bridge Kiss* auf jeden Fall fertigstellen. Als meinen Abschied von der Liebe.
Als meine Brücke zwischen dem Ort, an dem ich jetzt stehe, und dem Ort, auf den ich zusteuere.

Carine hat die Bilder gesehen, und sie findet, es ist das Beste, was ich je gemacht habe.
Das ist doch schon mal was.
In einer Stunde kommt Marie-Claire und schleppt mich zu einer Party.
Ich war schon eine ganze Weile nicht mehr aus.
Vielleicht ist das ja ganz gut. Ich sollte mitgehen. Ich entschuldige mich für die 18000 Nachrichten letzte Woche.
Manchmal ist deine Stimme das Einzige, was mich noch auf diesem Planeten verankert.

x!o! und noch mal x!o! an deinen geheimnisvollen Marcus.

MARIE-CLAIRE BROYARD: In der Woche vom 4. Juli herrschte eine furchtbare Hitzewelle. Ich floh in die Hamptons und flehte Addison an, mich zu begleiten. Ich war mit ihr auf einer Benefizveranstaltung in der Frick Collection gewesen und Cheba hatte ihr dafür etwas Valium gegeben. Ich wusste, das war nicht die echte Addison. Valium ist ein nur ein schwacher Trost, aber damit kam sie wieder runter, und ich wollte ihr gern zeigen, dass da draußen eine große weite Welt mit offenen Armen auf sie wartet.

Dieses *Bridge-Kiss*-Projekt hatte sie völlig aus der Bahn geworfen. Das ging sogar so weit, dass die Lutz-Brüder und ich uns per Mail austauschten und überlegten, ob wir nicht irgendwie eingreifen sollten. Wir wussten nur nicht so recht, wie wir das anstellen sollten. Aber wir wussten, dass sie Hilfe brauchte. Mehr Hilfe, als sie bekam.

Darum rief ich Carine an und fragte, ob sie nicht irgendwann in der darauffolgenden Woche, bevor sie nach Capri reiste, bei sich zu Hause eine Party für Addison organisieren könne. Mir war nämlich eingefallen, dass Addison irgendwann im Sommer Geburtstag hatte.

Carine erklärte sich einverstanden, ein großes Fest oben in Briarcliff zu veranstalten. Unter einer Bedingung: »Du musst Addison persönlich mitbringen. Es geht nicht, dass ich diese Party gebe mit ihr als Ehrengast, und sie taucht nicht auf.«

Ich sagte: »Klar, kein Problem!« Innerlich aber, das muss ich zugeben, hatte ich echt Schiss.

Wie sollte ich es anstellen, dass Addison auch garantiert kam?

Aber es stellte sich heraus, dass Addison die Idee gut fand. Vor allem als ich sagte, ich würde mit einem Team anrücken und sie nach Aschenputtel-Manier verwandeln. Am frühen Abend fuhr ich in einer Stretchlimo mit meinem ganzen Team rüber zur Front Street: Friseur, Modestylist und meine anderen Berater.

»Du darfst erst kommen, wenn ich mit der Arbeit fertig bin«, hatte Addison gesagt.

Na ja, das hatte sie ganz sicher nicht gesagt, weil sie vorher noch aufräumen wollte. Meine Güte, es sah aus, als hätte eine Bombe eingeschlagen. Noch schlimmer als damals, als sie Lincolns Wohnung in der Elizabeth Street verwüstet hatte. Die Musik dröhnte, so schreckliche alte Hippie-Songs mit Orgelgejaule und Jim Morrison. Iiih, solche Musik erinnert mich immer an die Wochenendpartys früher im Internat.

»Du bist ja voller Farbe«, kreischte ich bei ihrem Anblick. »Wie willst du das bis zur Party alles abkriegen?«

»Ach, das geht schon«, sagte sie unbekümmert. Sie wirkte ein bisschen abwesend, aber auch zufrieden und glücklich. Das nahm ich als gutes Zeichen. Doch selbst nach zwei ausgiebigen Duschen klebten noch goldmetallische und violette Farbspritzer auf ihrer Haut.

Addison lieh sich ein glänzendes silberweißes Trägerkleid von Viktor & Rolf. Sie sah darin aus wie ein Engel. Nachdem sie geduscht hatte und die Haare hochgesteckt waren, sahen die Farbflecken an Händen und Beinen neben dem Weiß des Kleides aus, als wäre es Absicht. Sie leuchtete richtig.

»Du strahlst«, sagte ich.

Und da erzählte sie mir, dass sie den ganzen Tag mit Lincoln Reed verbracht hätte.

ZACH FRATEPIETRO: Ich wollte unbedingt zu ihrer Party kommen, weil ich es nur logisch fand, dass ich dabei sein sollte. Schließlich sollte sie im Haus meiner Mutter stattfinden! Und ob Addison da war oder nicht, spielte da ja keine Rolle. Wir waren doch alle erwachsen. Solange sie keine Teller in die Finger bekam, die sie nach mir werfen konnte. Klar war ich neugierig, sie zu sehen. Das war ich immer.

Während ich mich fertig machte, hatte meine Mutter die Dreistigkeit, bei mir anzurufen. »Zachary, als deine Mutter verbiete ich dir ausdrücklich, zu dieser Party zu kommen. Addison Stone ist nicht in der Verfassung, dich zu sehen.«

»Na klar, Carine.«

»Ich meine es ernst.«

»Ich auch.«

Meine Mutter war sehr besorgt wegen Addison und wollte nach ihr sehen. Außerdem plante sie, *Bridge Kiss* zu kaufen, sobald es fertig war. Deshalb blieb ich der Party an diesem Abend tatsächlich fern, trotz aller Berichte, ich sei dort gewesen, und obwohl ich in der Vergangenheit die Anweisungen meiner Mutter gerne missachtet hatte. Ich ging mit ein paar Freunden zum Abendessen und wir amüsierten uns prächtig. Bis Alex anrief.

MARIE-CLAIRE BROYARD: Briarcliff ist Carines Anwesen am Hudson River. Es ist abartig schön. Oder ganz schön abartig? Zum einen hat es so viele hässliche Kamine und gruselige Türmchen und einen Teich, der umgeben ist von lauter Trauerweiden. Ein echtes Vampirschloss. Meine Augen sind von dem Anblick jedes Mal aufs Neue geblendet und entsetzt.

Addison war noch nie dort gewesen, nicht einmal, als sie mit Zach zusammen war. Sie saß total nervös im Auto und schaute ständig auf ihr Handy.

»Lincoln kommt vielleicht auch«, sagte sie. Aber es sei noch nicht ganz sicher.

Das überraschte mich. Ich war erstaunt, dass sie den Tag zusammen verbracht hatten, und auch darüber, dass sie für den Abend verabredet waren. Ich dachte, die Sache zwischen ihnen wäre endgültig vorbei. Aber ich sagte nichts. Ich spürte, dass sie auf eine Versöhnung hoffte. Sie kauerte neben mir im Auto wie ein kleines Porzellanpüppchen.

Wir waren etwas spät dran. Die Sonne ging schon unter. Es waren schon viele Gäste da, und die Bedienungen brachten Champagner und Hors d'oeuvres. Auf dem Rasen spielte ein Jazz-Trio, und ich dachte instinktiv: »Oh, das sieht alles so perfekt aus. Addison wird ihre Nervosität überwinden, sie wird Lincoln vergessen. Es wird keine Rolle mehr spielen, ob er kommt oder nicht.«

Wir gingen über den Hof und durch einen vergoldeten Eingang ins Haus. Und *peng*, da hing sie. Wie eine Gastgeberin, die uns begrüßen wollte. Addison war direkt neben mir und sah das Bild sofort. Ich spürte, wie sie völlig erstarrte.

CARINE FRATEPIETRO: Ja, ich habe das letzte Kunstwerk gekauft, das Addison Stone vollendet hatte. *Bloody Sophie* ist ein Porträt der Schauspielerin Sophie Kiminski. Es ist ein wunderbares Bild. Damals ging es an einen anonymen Käufer. Aber jetzt will ich den Gerüchten ein Ende machen: Es gehört mir. Ich habe es gekauft.

Es wäre dumm gewesen, es nicht zu tun.

MAUREEN STONE: Das allerletzte Mal, dass ich mit meiner Tochter sprach – in der Nacht, als sie starb –, rief sie mich von dieser Party aus an. Ich war bei meiner Schwester in Princeton. Sobald ich Addisons Nummer auf dem Handydisplay sah, entschuldigte ich mich und stand vom Esstisch auf und entfernte mich ein Stück.

Später erfuhr ich, dass Addison offenbar zwanghaft mit allen möglichen Leuten telefoniert hatte, mit Charlie, mit mir, mit ihren Freunden, mit ihren Ärzten. Sie konnte nicht aufhören. Anscheinend war das ein Zeichen für ihre Psychose, aber weil niemand wusste, dass sie noch mit so vielen anderen Leuten sprach, merkte das keiner. Ich dachte einfach, sie fühlt sich einsam. Ich begriff durch das Telefon einfach nicht, was Addison von mir wollte.

»Addison, sprich langsamer«, sagte ich immer wieder. »Was ist denn los?«

Aber ich bekam nur heraus, dass es irgendwie um ein Gemälde ging.

Dann kam Jennifer ins Arbeitszimmer. Ich gab ihr das Handy, und sie versuchte, Addison zu beruhigen. Schließlich gab sie mir das Handy zurück, weil wir einfach nicht verstanden, was mit ihr los war. Es war sehr frustrierend.

Und Jennifer flüsterte die ganze Zeit: »Sag ihr, sie soll dich wieder anrufen, wenn sie sich beruhigt hat.« Und irgendwann sagte ich das auch. Natürlich wünschte ich heute, ich hätte Jennifers Rat nicht befolgt. Das heißt nicht, dass ich meiner Schwester die Schuld gebe, auf keinen Fall. Addison hatte schon immer einen Hang zum Dramatischen.

Sie können sich meinen Kummer vorstellen, dass so ein merkwürdiger, beunruhigender Anruf von Addison tatsächlich das letzte Mal sein sollte, dass ich ihre Stimme hörte.

LINCOLN REED: Wir hatten den ganzen 28. Juli zusammen verbracht. Am Morgen war mein Flugzeug gelandet und ich war direkt vom Flughafen zu ihr gefahren. Zu viele Leute hatten mir gesimst und gemailt und mich gebeten, nach ihr zu schauen. Deshalb ging ich gleich als Erstes zu ihr. Ich schickte ihr nur eine kurze Nachricht, ich käme vorbei, dann stand ich vor der Tür.

»Deine Wohnung sieht aus wie ein Terroristenversteck nach einer Hausdurchsuchung«, sagte ich zu ihr.

Sie hatte weiß Gott wie lange hart gearbeitet und sagte, Marie-Claire würde später vorbeikommen, um sie auf eine Party zu schleppen. »Ich will da eigentlich nicht hin. Ich will hierbleiben und arbeiten.«

»Dann bleib hier und arbeite.«

»Aber ich bin der Ehrengast. Ich glaube, eigentlich wollen alle nur sehen, wie es mir geht. Ich war so vertieft in *Bridge Kiss* und kann wahrscheinlich ein bisschen Ablenkung gebrauchen. Warum kommst du nicht mit?«

»Wie wär's, wenn ich meine Sachen nach Hause bringe, ein bisschen schlafe und später wieder bei dir vorbeikomme? Und nach der Party fahren wir nach Sag Harbour?«

Vielleicht war es so eine Art Rettungsinstinkt. Wir wollten beide zusammen sein. Aber zugleich hatte ich keine Lust auf ihre Welt. Ich wollte mit ihr weg. Raus aus der Stadt, raus aus dieser Szene, auch wenn es für sie schwierig sein würde, sich von dieser Arbeit zu lösen, die so hypnotisch und kraftvoll war.

»*Bridge Kiss* – das sind wir, oder?«, fragte ich sie. »Das hat bestimmt was mit unserem ersten Kuss oben auf der Manhattan Bridge zu tun? Stimmt's?«

Sie wurde ganz schüchtern. »Weiß ich nicht. Es ist Kunst. Das steckt darin und noch Millionen andere Dinge.«

Ein paar Leute wie Marie-Claire, Erickson und Lucy versichern mir immer wieder, dass sie mit mir zusammen ganz anders gewesen sei. Da hätte sie sich von ihrer besten Seite gezeigt, sagen sie. Aber das genügt mir nicht. Ich hätte genauer hinsehen müssen, ich hätte mich ebenfalls von meiner besten Seite zeigen müssen. Ich blieb noch eine Weile, bestellte uns Avocado-Sandwiches und Obstsalat und sah zu, wie sie aß. Und ich versprach, zu der Party zu kommen.

»Bitte, Lincoln, ich laufe gerade nur noch auf Reserve«, sagte sie. »Ich bin total ausgebrannt. Ich brauche dich. Nur der Gedanke, dass ich hinterher mit dir abhauen kann, hält mich aufrecht.«

Ich küsste sie und verließ ihre Wohnung. Ich fuhr nach Hause, duschte, machte ein Nickerchen und fuhr eine Runde mit dem Rad. Ich fühlte mich gut, voller Hoffnung. Als ich gegen acht Uhr vor Briarcliff vorfuhr, sah ich Addison in einem langen weißen Kleid auf dem tiefgrünen Rasen vor dem Haus stehen. Sie sah wunderschön aus, aber zutiefst verängstigt. Von der Ruhe, die sie am Nachmittag ausgestrahlt hatte, war kaum noch etwas übrig. Ich konnte mir das nicht erklären. Natürlich war das, weil sie wusste, dass ich gleich das Bild sehen würde.

»Bleib doch hier draußen«, sagte sie, als ich bei ihr war. Ihre Stimme klang angestrengt und übertrieben fröhlich. »Essen und Musik gibt es nur draußen.«

»Wieso, was ist denn da drinnen?«

»Nichts.«

»Das glaube ich dir nicht.«

»Nein, nichts. Bitte bleib hier bei mir.«

»Warum soll ich nicht ins Haus gehen?«

»Darum!« Sie zog an meinem Arm. Packte ihn ganz fest. »Weil ich mit dir tanzen möchte.«

Addison war schon immer eine schlechte Lügnerin.

Irgendwann schüttelte ich sie ab. Ich spürte, wie ihre Augen mir folgten, als ich davonging.

Im ersten Schock, als ich es sah – das Gemälde hing direkt in der Eingangshalle, sodass man es unmöglich übersehen konnte –, kam mir der verrückte Gedanke, ich sei nur deshalb auf die Party gebeten worden. Mein nächster Gedanke war, was für ein unglaubliches Gemälde sie da vollbracht hatte. Dann war es für mich natürlich auch der Beweis, dass Ads viele Abende in ihrem Studio daran gearbeitet haben muss, obwohl sie es immer abgestritten hat.

Ich wusste nicht, was schlimmer war: wie die Porträt-Sophie mich aus dem Gemälde heraus anstarrte oder wie die echte Addison mich ansah, als ich wieder aus dem Haus kam. Ihre Augen waren unverwandt auf mich gerichtet, voller ungeweinter Tränen.

Aber ich sagte nichts. Ich ging einfach.

MARIE-CLAIRE BROYARD: Mein Herz hämmerte vor Angst. Das war ein schlechtes Zeichen. Alexandre Norton sah das genauso. Was mich nur noch mehr beunruhigte, weil ich zuvor zu ihm gesagt hatte, ich hätte das Gefühl, Addison und Lincoln würden wieder zusammenkommen. Mit jeder Faser meines Körpers hoffte ich, Addison würde die Fassung wahren, nachdem Lincoln gegangen war.

Da kam Alexandre zufrieden lächelnd wie eine Katze auf mich zu. »Hast du das gesehen?«, sagte er. »Hast du Lincoln gesehen? Der war richtig sauer. Der sprichwörtliche Sargnagel.«

»Ach, hör doch auf. Wegen so einem dummen Gemälde? Du weißt ja nicht, was du da redest, Alex«, fauchte ich.

ZACH FRATEPIETRO: Alexandre rief mich an. Er erzählte mir, Lincoln hätte *Bloody Sophie* endlich gesehen und wäre einfach wieder abgehauen. Genau wie Addison. Aber sie wären nicht zusammen weg.

Ehrlich, ich hatte keine Ahnung. Ich wusste nicht einmal, dass meine Mutter das Bild überhaupt gekauft hatte. Ich saß mit meinen Kumpels in der Stadt bei Hamburger und Bier.

»Geh zu ihr«, sagte Alexandre. »Sie braucht dich. Ihr zwei, ihr gehört doch zusammen. Das ist deine Chance. Du musst für sie da sein.«

»Da muss ich noch drüber nachdenken.«

Ich gebe zu, ich war etwas unsicher. Ich hatte nicht vorgehabt, Addison an dem Abend zu treffen. Ich aß meinen Burger auf. Trank noch ein Bier und kippte einen Bourbon hinterher. Alexandre schickte eine SMS: *Geh zu ihr!*

Und das tat ich dann auch. Bis ich in Downtown war, war es schon ziemlich spät. Ich stand vor Addisons Wohnhaus und dachte: *Was zum Teufel mach ich hier eigentlich?* Ich war mir nicht sicher, ob sie mich reinlassen würde. Aber sie ließ mich rein.

»Ich war mir nicht sicher, ob ich wirklich kommen sollte«, sagte ich. Ich war ziemlich überwältigt, sie wiederzusehen. Außerdem war ich ein bisschen betrunken. Nicht gerade in kämpferischer Stimmung. Ich war einfach nur froh, sie zu sehen. Wahnsinnig froh. Ihre Nähe überrollte mich einfach. Sie trug so ein langes weißes Kleid und sah aus wie ein Engel. Aber als ich mich vorbeugte und sie auf die Wange küsste, da war sie so eiskalt wie eine Leiche.

»Psst. Ida ist hier«, sagte sie, als würde das alles erklären. Ich wusste nicht, ob sie damit sagen wollte, Ida hätte von ihr Besitz ergriffen oder so.

»Ach wirklich? Da hat sie sich aber eine schlechte Zeit ausgesucht«, sagte ich halb im Scherz. Ich wollte nicht in ihre Ida-Welt hineingezogen werden. Das war mir unheimlich.

»Deine Mutter hat entweder einen makabren Sinn für Humor oder sie hat keine Ahnung«, flüsterte sie, irgendwie lachend, aber auch seltsam abwesend und unglücklich.

»Ach, Addison, das ist doch nur ein Bild. Du hast es gemalt und verkauft. Meine Mutter ist ein Fan von dir. Das war schon immer ihr größter Fehler.«

»Ja, ich weiß.« Sie lächelte mich an. Und mein Herz … Verdammt. Wenn ich sie einfach nur wieder ansah.

Ich war immer überzeugt gewesen, dass wir wieder zueinanderfinden könnten. Wir waren einfach in ein tiefes Tal hineingeraten. Addison hatte mir gehört, und dann waren wir auseinandergerissen worden und hatten unsere Trennung über die Medien ausgetragen, weil wir beide einen Hang zum Dramatischen haben. Dabei war es nie so schlimm, wie überall geschrieben wurde.

»Hör mal, Addison«, sagte ich, »warum versuchen wir es nicht noch mal miteinander? Alle wollen doch sowieso, dass wir zusammen sind. Wir sind nun mal das Paar, für das sich alle interessieren. Und manchmal hat die Mehrheit eben recht.«

Aber ich merkte, dass sie mir nicht richtig zuhörte. Sie war in andere Gedanken verstrickt. Sie hatte sich tief in ihren Kopf hinein verkrochen. Das Gespräch, das ich so gern mit ihr geführt hätte, war unmöglich. Aber sie bat mich herein

Addisons Farben, Addison malend, mit freundlicher Genehmigung von Zach Fratepietro

und wir saßen in ihrer Küche und die Stimmung war gut. Ich durfte mich umsehen, ihre Farben und ihre Bilder betrachten. Das erinnerte mich an frühere Tage, bessere Tage, als ich in ihrem Studio in Chelsea neben ihr am Spülbecken gestanden habe und zusah, wie sie ihre Pinsel auswusch.

Ich tat so, als würde mir nicht auffallen, dass die Wohnung aussah, als wäre ein Wirbelsturm hindurchgefegt. Wir waren so viele Monate wütend aufeinander gewesen. Es war wunderbar, auf diese schöne, ruhige Weise bei ihr zu sein.

Außer dass sie ganz offensichtlich nicht normal war. Irgendetwas stimmte nicht. Der Ida-Faktor, stellte ich mir vor. Ich hatte diesen Unsinn, dieses Gerede von einem Geistermädchen nie geglaubt. Aber in dieser Nacht wurde ich das Gefühl nicht los, dass Addison von etwas so Machtvollem besessen war, dass es sich anfühlte, als wäre noch ein Wesen im Raum.

Wir saßen eine Weile herum, sie kochte uns Tee, und dann wollte sie mich loswerden. »Zach, ich bin froh, dass du gekommen bist. Aber du musst jetzt gehen. Ich muss die Maße berechnen, ich muss *alle* Maße berechnen, ich muss *Bridge Kiss* fertig machen, und ich muss auf Ida hören. Ich hätte die Wohnung heute gar nicht verlassen dürfen.«

»Du meinst, die eingebildete Ida, die dich dazu bringen wollte, dich umzubringen? Und auf die willst du hören? Das ist ja schwachsinnig, Addison.«

»Das ist ja schwachsinnig«, wiederholte sie und lachte. »Das Problem ist, Ida ist die Einzige, die mich kennt«, sagte sie. »Sie hört mich, sie spricht zu mir. Sie erinnert mich daran, wie wichtig die Arbeit ist. Die Arbeit ist das Einzige, was zählt. Deshalb muss ich da hoch. *Bridge Kiss* ist eine Installation und die muss heute Nacht da hoch.«

»Wo hoch?« Ich hatte keinen Schimmer, wovon sie redete.

»Alles muss perfekt sein. Ich schaff das auch ohne die Lutz-Brüder. Ich kann ganz allein auf die Brücke klettern.«

Als mir klar wurde, dass sie davon sprach, nachts auf einer Brücke herumzuturnen, sagte ich: »Kommt nicht infrage, tut mir leid. Egal, worum es da geht, das ist unmöglich. Du bist nicht in der Verfassung für so was, Addison.« Und dann nahm ich einfach ihren Klettergurt an mich, der direkt vor mir am Kleiderhaken hing. Ich hielt ihn ihr vor das Gesicht – ich hatte das Gefühl, ich müsste sie irgendwie warnen.

»Du solltest ins Bett gehen. Ich deck dich auch zu, ja? Und das hier nehme ich mit, damit du keine Dummheiten machst.«

Sie zuckte nur mit den Schultern. Was ich sagte, kümmerte sie kein bisschen. »Du glaubst, ich brauche einen Gurt? Das ist echt witzig, Zach. Ich trage den Gurt nur wegen den anderen. Ich trage ihn, damit die anderen glauben, dass ich auf mich aufpasse.«

Ich kam zu dem Schluss, dass sie bluffte. Wir tranken unseren Tee aus und ich brachte sie ins Bett. Ich schätze, sie hat mir nur etwas vorgespielt, aber ich habe es nicht gemerkt. Ich sagte zu ihr, für mich wäre dieser Abend ein Friedensangebot gewesen. »Komm, wir frühstücken morgen zusammen. Ich vermisse dich, Süße.« Das war das Letzte, was ich zu ihr sagte.

Nachdem ich sie zugedeckt hatte, ging ich. Obwohl sie sich nicht umgezogen hatte, sah sie ganz friedlich aus, die Lider schwer und die Augen halb geschlossen, so als würde sie gleich einschlafen. Natürlich habe ich nicht gedacht, dass sie noch mal loszieht. Wenn ich geahnt hätte, dass sie die Wohnung verlässt, wäre ich dageblieben. Wenn sie versucht hätte, auch nur in die Nähe der Brücke zu kommen, wäre ich ihr gefolgt.

Warum sollte jemand, der noch bei Verstand ist, eine so wahnwitzige Aktion durchführen?

Klar kenne ich die Antwort darauf. Sie war eben nicht bei Verstand. Aber ich habe wahrscheinlich schon viel zu viel erzählt. Egal, ich bin unschuldig. Ich habe den Gurt nicht mitgenommen, um sie anzustacheln. Ja, ich war an dem Abend bei ihr, aber ich habe kein einziges Wort gesagt, das ein Auslöser gewesen sein könnte für das, was sie als Nächstes tat. Kein Wort.

LINCOLN REED: Nach der Party fuhr ich eine Weile herum, um wieder einen klaren Kopf zu bekommen. Am Ende landete ich in der Front Street. Ich parkte und blieb eine Weile in meinem Auto sitzen. Aber ich war einfach noch so durcheinander. Ich sah das Licht in ihrer Wohnung. Ich überlegte, ob ich sie anrufen sollte. Dann hatte ich irgendwie das Gefühl, dass sie nicht allein da oben war. Cheba, dachte ich. Oder Zach.

Ich schlief ein. Als ich etwa eine Stunde später wieder aufwachte, so um Mitternacht herum, sah ich, dass sie mich angerufen hatte. Mein Handy leuchtete immer wieder auf wie ein Glühwürmchen. Ich dachte, dass derjenige, der vorher bei ihr gewesen war, inzwischen wohl gegangen sein musste.

Ich weiß nicht genau, warum ich nicht rangegangen bin. Wahrscheinlich war ich immer noch wütend. Wenn auch nicht mehr so sehr.

Sie rief mich weiter an. Immer wieder und wieder. Als ich dann doch ranging, stand sie schon hoch oben auf dem Gerüst über der Brücke. Aber das sagte sie mir nicht. Sie klang so nah. Ich hörte Sirenen und das übliche Verkehrsrauschen. Ich dachte, sie säße draußen auf ihrem Dach oder auf der Feuertreppe. Sie war gern im Freien.

»Ich konnte nicht auf der Party bleiben«, sagte ich.

»Ich auch nicht. Das war alles zu viel. Es tut mir so leid, dass du das Porträt auf diese Weise sehen musstest. Oder überhaupt.«

»Ist schon gut.«

»Nein, es ist nicht gut, Lincoln. Es ist nicht gut.«

Das sagte sie mir alles von dem Gerüst aus, was mich … Jedes Mal wenn ich daran denke, fällt es mir schwer, das zu verarbeiten.

»Ich liebe dich, Lincoln Reed«, sagte sie als Nächstes. Schlicht und einfach. Und wissen Sie was? Es war das erste Mal, dass sie es sagte.

Ich konnte nicht antworten. Ich meine, nicht am Telefon. Aber das hätte ich tun sollen. Warum habe ich es nicht einfach gesagt? Ich liebte sie doch so sehr. Sie war die Liebe meines Lebens. Stattdessen habe ich geschwiegen.

Die Polizei glaubt, ich muss gerade aufgelegt haben, als sie fiel. Falls sie geschrien hat, habe ich es jedenfalls nicht gehört. Den Schrei hätte ich nie wieder vergessen. Deshalb bin ich froh, dass ich es nicht hören musste. Aber ich weiß ohne jeden Zweifel, dass es ein Unfall war. Und wenn ich gesagt hätte, dass ich

Foto von Ida Grimes, unbekannter Fotograf, mit freundlicher Genehmigung von Lucy Lim

sie liebe, wenn ich gesagt hätte, dass ich zu ihr kommen würde, wäre es nicht passiert. Das weiß ich ganz genau.

Das wird mich mein Leben lang verfolgen.

LUCY LIM: Ida Grimes hatte einen so tiefgreifenden Einfluss auf Addisons Leben und doch war sie für niemanden zu fassen. Sie lebte nicht mehr und es gab kaum Informationen über sie. Der Gedanke ließ mir keine Ruhe, und ich suchte ständig nach irgendetwas, nach irgendwelchen winzigen Informationsfetzen über sie.

Aber erst im Sommer nach Addisons Tod entdeckte diese nette alte Dame, die im Ortsverband Providence der Historischen Gesellschaft von Neuengland arbeitet, im Zeitungsarchiv die Todesanzeige. Und so erfuhr ich, dass die Grimes-Familie etwa 15 Kilometer von North Lyn entfernt gewohnt hatte. In dem Artikel hieß es außerdem, Ida hätte Kunstunterricht bei einer gewissen Calliope Saunders gehabt. Das war sehr wahrscheinlich die »Miss Cal«, die im Haus von Addys Großeltern gelebt hatte.

Dem Zeitungsausschnitt lag ein Foto bei von einem Mädchen, das genauso dasaß, wie Addison es immer gezeichnet hatte.

MICHAEL FRANTIN: Ginny und ich hatten erst im Jahr zuvor geheiratet. Zur Feier unseres ersten Hochzeitstags waren wir wieder nach New York gekommen. Wir spazierten auf die Brücke und standen direkt auf dem Fußweg. Hielten genau an der Stelle Händchen, wo ich ihr damals den Antrag gemacht hatte.

GINNY FRANTIN: Es war eine warme Nacht und es wehte nur eine hauchzarte Brise. Das Mädchen trudelte aus der Dunkelheit herab wie ein fallender Stern. Sie muss schon ganz weit über uns auf dem Gerüst gewesen sein, noch bevor wir zur Brücke kamen. Plötzlich flog ein Körper herunter an uns vorbei wie Peter Pan. Bevor sie auf dem Wasser aufschlug, dachte ich, es ginge um eine Mutprobe, wissen Sie? Einen Bungee-Sprung oder so. Sie war auch ganz still. Dadurch sah es mehr nach Absicht aus.

MICHAEL FRANTIN: Sie trug ein weites weißes Kleid. Es bauschte sich um sie herum vor dem dunklen Nachthimmel. Ist es falsch, wenn ich sage, dass es zauberhaft war? Das klingt bestimmt übertrieben romantisch, aber es sah gar nicht morbide aus. Eher wie in einem Film oder wie in einem Traum.

LUCY LIM: Lincoln und ich reden immer wieder darüber, dass sie keine Furcht kannte wie normale Menschen. Ich kann mir ganz genau vorstellen, wie es war: ihre Zehen an der Kante, ihre dunklen Augen, die hinunter auf das Wasser schauen, voller Sehnsucht nach dem Wagnis. An einem anderen Tag wäre sie vielleicht gesprungen. Aber nicht in dieser Nacht. Nein, ich glaube nicht, dass Addy in dieser Nacht vorhatte zu springen. Ich glaube aber, dass sie in dem Moment, als sie abrutschte und fiel, entschied, dass der Unfall irgendwie doch beabsichtigt war.

Addy hätte niemandem die Schuld gegeben, sie hätte nicht gedacht, dass wir sie alle im Stich gelassen haben, obwohl es so war. Sie hätte sich möglichst tief in diese Erfahrung hineinfallen lassen, in dem Wissen, dass der Tod schon die Arme nach ihr ausstreckte, um sie zu holen. Wetten, dass sie dachte: »Das ist die perfekte Sommernacht, keine Wolke am Himmel. Ich habe dem einzigen Jungen, den ich je geliebt habe, gesagt, dass ich ihn liebe, und jetzt stürze ich in den perfektesten New Yorker Tod, den ich mir für mich hätte ausdenken können.«

Bestimmt hat sie nur die absolute Schönheit des Augenblicks gespürt.

Und wenn sie etwas bedauerte, dann vielleicht, dass sie niemanden bezahlt hatte, damit er es filmt.

ANMERKUNG DER AUTORIN

Während meiner Recherchen für das Buch galten sowohl Lincoln Reed als auch Zachary Fratepietro als Verdächtige in einem Ermittlungsverfahren im Hinblick auf ein schuldhaftes Verhalten beim Tod von Addison Stone. Zum Zeitpunkt der Veröffentlichung dieses Buches wurde Addisons Tod jedoch längst als Unfall eingestuft. Beide jungen Männer wurden von jedem Verdacht freigesprochen und die Klage gegen sie wurde fallen gelassen.

Alle Künstler streben in gewisser Weise nach Unsterblichkeit. Wie Jean Michel Basquiat, Keith Haring, Dash Snow und Francesca Woodman scheint auch Addison Stone bestimmt zu sein für einen frühen Tod und für Verehrung. Wir lesen ihren Namen und spüren sein Gewicht. Und doch hoffe ich, dass diese Geschichte einen intimen Einblick in Addisons Leben geben konnte, das erfüllt war von einer brennenden Kreativität, von der die meisten von uns, die wir ihr künstlerisches Erbe feiern, betrauern und fasziniert betrachten, nur träumen können.

Foto von Addison Stone von Francisco Marin für die Kunstzeitschrift *ReLive*

DANKSAGUNG:

ADDISONS GESCHICHTE setzt sich aus vielen Stimmen zusammen und ich bin jeder einzelnen davon sehr dankbar. Ich danke Alison Blickle, Cat Owens, Fiona Robinson für ihr umfangreiches Wissen und dafür, dass sie sofort verstanden haben, wie entscheidend der Anteil der bildenden Kunst an diesem Buch ist.

Besonderer Dank gebührt Michelle Rawlings, die mit ihren bewegenden Porträts Addisons Psyche Ausdruck verlieh.

Großer Dank geht an die wunderbare Anna Schuleit Haber für ihren großzügigen Rat vom Konzept bis zu Loftwohnungen (ganz zu schweigen von ihrem einzigartigen Malkittel).

Als meiner ätherischen Addison danke ich Giza Lagarce dafür, dass sie dieser Figur eine perfekte Gestalt und ein perfektes Gesicht verliehen hat. Das machte die Entwicklung dieser Figur zu einem großen Vergnügen. Außerdem möchte ich Gabriela Bloomgarden, Max Cosmo, Robbie Couch, P. Zach Garner, Richard Holland, Fabian Lagarce, Monica Lagarce, Sara Li und Evan Richards dafür danken, dass sie Addisons Welt bevölkerten und zum Leben erweckten.

Dank gebührt natürlich auch meinen Schriftstellerkollegen und ersten begeisterten Lesern: Michael Buckley, Julia DeVillers, Jenny Han, Elizabeth Kiem, Courtney Sheinmel, Adam Silvera, Bianca Turetsky und Jessica Wollman – euer lobender Zuspruch ist unbezahlbar. Ich danke auch Charlotte Sheedy und Emily Van Beek sowie der stets erfinderischen Carly Croll, die von Anfang bis Ende so sorgsam über dieses Projekt wachten.

Ich weiß nicht mehr, wie viele Stunden mein unermüdlicher Ehemann Erich Mauff damit verbrachte, Addison Stone mit mir zu durchdenken, aber ohne seine Hilfe wäre das Buch niemals so groß und tief und echt geworden.

Eine dicke Umarmung an das tolle, quirlige Team bei Soho Teen: Janine Agro, Meredith Barnes, Juliet Grames, Bronwen Hruska und Rachel Kowal. Was für eine faszinierende Reise, vielen Dank, dass ihr das mit eurer Arbeit möglich gemacht habt.

Schließlich danke ich auch meinem Lektor Dan Ehrenhaft. Als Schriftsteller hat er sofort den magischen Zauber dieses Buches erfasst, noch bevor eine Seite davon geschrieben war, und als Lektor hatte er genug Vertrauen, mich einfach machen zu lassen.

EXIT

HUNGRY
PLEASE HELP

68

GOGH
LOBSTER